KUWEI
酷威文化

星光璀璨，美好如初

李柯

星辰

素光同 著

四川文艺出版社

contents

目　录

第 一 章　　相逢何必曾相识　　001

第 二 章　　表白的临界点　　017

第 三 章　　初恋应有百般甜　　039

第 四 章　　在遇见她之前　　065

第 五 章　　愿景与荣耀　　096

第 六 章　　多情总被无情恼　　118

第 七 章　　兼程并进　　146

第 八 章　　屋漏偏逢连夜雨　　　174

第 九 章　　无法妥协　　　　　　189

第 十 章　　此去经年　　　　　　215

第十一章　　最终的告别　　　　　229

第十二章　　谁也没有回头　　　　244

番　　外　　一盏明灯　　　　　　266

第一章
相逢何必曾相识

高考当天，赵云深的座位在许星辰之前。这是他们第一次正式见面。

许星辰为了高考备战已久，精神高度集中。最后一场考试结束后，她站在学校走廊上，原地蹦跳，无意中撞到一个身形高大挺拔的男生。

这个男同学戴着运动手表，穿一件宽松 T 恤，扶住她的手腕强劲有力，就连声音都充满了磁性："你是七中的学生吗？我是你隔壁班的，我见过你。"

许星辰带了一瓶矿泉水，她握紧塑料瓶，手心起雾。夏风中光影交错，格外闷热。她疑心自己穿的白衬衫已被汗水浸透，她只能背紧书包，故作矜持地说："对，我是七中的学生，我叫许星辰。"她又问，"你呢？你叫什么名字？"

那人拉开书包，拿出一本作业："我叫赵云深，'云深不知处'的那个'云深'。我的名字很好记吧？"

许星辰笑着恭维："有品位，好名字。"接着又坦然道，"唉，我早听说过五中校草赵云深。"

许星辰从小到大都是一个挑剔的人。她对审美有一种苛刻的追求，不仅要有视觉上的惊艳，还要有感觉上的触动。青春期的幻想加深了她的天马行空——早在高二暑假，她就注意到了赵云深。

那天一如今日，阳光明媚，微风拂动，街边树影婆娑。

赵云深骑着一辆自行车穿过古旧的街道，途经许星辰身边时，松开双手，挺直后背。他不再掌控自行车的方向，车轮没加速，也没减速。他的侧影从许星辰的视野中一闪而过，许星辰忍不住询问一位女同学："他是谁呀？"

女同学挽着许星辰的胳膊，神情不太自然，目光紧随赵云深远去的背影："他是五中校草赵云深啊。"她说，"入我相思门，云深不知处。"

许星辰勾住同学的肩膀，纠正道："那是两句不同的诗。'入我相思门，知我相思苦'，还有'只在此山中，云深不知处'。干吗要把它们拆开，拼接在一起呢？"

女生涨红了脸，像是被朋友看穿心思："不是的……他们五中的人，都喜欢这么说。"

许星辰立刻严肃道："那我们七中的人，可不要跟他们乱学。"

周围的同学们都点头称是。

然而私下里，万籁俱寂的深夜时分，在暗沉天幕的掩映下，月华似水，星盏高悬，许星辰曾经趴在被窝中，攥着她最好的一支钢笔写过一行字：入我相思门，云深不知处。

刚一写完，她便慌手慌脚，如同酿成大祸的罪犯需要忏悔心境，需要荡涤灵魂。

她将纸团揉碎，呈一条抛物线状，扔进了垃圾桶。

于是到了今天，当许星辰真正与赵云深搭话时，她目不斜视，连一丝眼角余光都没瞥在赵云深的身上。她确实一心一意地与他说话，可是赵云深觉得，许星辰似乎把他当成了空气。

他停步于花坛边。

紫荆开得繁盛，随风散发着浓郁芳香。花叶拂落在他的肩头，他没注意，屈膝坐在花坛边沿的瓷砖上，明亮的光斑流泻了一地。他随口搭讪道："今天的天气还真不错。"

许星辰摊平手掌，搭在眉骨之上："万里无云，就是阳光太烈。这才六月份，温度飙上了三十摄氏度，等我们九月开学，热度能退了吧？"

赵云深的书包是双肩包，但他只用一边的肩膀背包，散漫地斜挎着。他刚才为了讲清楚自己的名字，拿出了一本作业，书包拉链还没合上，堂堂正正地敞开着。

要不要提醒他呢？许星辰斟酌着。她看向他的书包内，见到一袋牛奶、一盒面包、两个苹果……她便装模作样地咳嗽一声，往前方走了一步，说："我爸爸和姑姑都在门口等我呢，我先走了，有空我们再聊。"

赵云深喊住了她。

她侧过脸，露出一个笑容。

许星辰肤色雪白，身形偏瘦，笑起来十分可爱，因为她有浅浅的酒窝。她为什么被起名叫"星辰"？可能是因为，当她眼底有笑意时，就像夜晚星辰闪耀。

赵云深身体往前倾，面朝许星辰的方向。他的双腿没并拢，手腕放松，自然而然地搭在膝头，他仿佛闲聊般问了她一句："许星辰，你打算上哪所学校？本省的？还是北上广的？"

许星辰报出了她的理想学校的名字。

这太正常了。五中或七中的高三学生们见面，要么谈学习，要么谈理想。

于是许星辰也"礼尚往来"："你想学什么专业啊？"

赵云深挠了挠头，思考了几秒，才说："我还没想好。那么多专业，我怎么挑得过来？"他站起身来，从书包里掏出两个苹果，其中一个留给自己，另一个交给了许星辰。他依旧斜挎着书包，不等许星辰追上他，他已经迈开长腿，渐行渐远了。

许星辰冲他喊了一嗓子："我打算学计算机！辅修会计！"

赵云深伸直手臂，举高了红彤彤的苹果，像是在表示他已经听见了她的话。

等他离开学校门口，许星辰才往前走。

校外，家长们或站或坐，静候自家的孩子。许星辰扫视一圈，发现了她的父亲和姑姑。她连忙背着书包跑向他们，炫耀道："我考得很好欸，能写的都写了，不能写的也编完了。"

姑姑搂紧许星辰，安抚道："咱们考完了就不想了。什么时候出结果啊？"

许星辰道："七中手册上写了，6月23号吧。"她仍旧握着苹果，思绪飘离到高考之外的事上。

许星辰从小没有母亲。她母亲在她六岁时，跟着一个迪厅男员工跑了，甩下了年幼的女儿、辛苦工作的丈夫。偏偏许星辰的父亲很疼她，不愿再娶，害怕继母会对女儿不好。而许星辰的姑姑年轻守寡，此后一直未嫁，膝下也没有孩子，姑姑便经常帮忙照顾许星辰，教导她，爱护她，基本将她当成了自己的亲女儿。

许星辰在温暖的环境中长大，自愈能力很强，不开心的事情，转眼就能忘掉，也很少为了什么艰难困苦而发愁。

尤其高考之后，卸下了最重的学习负担，她觉得，她的春天应该来临了。

2009年6月23号当天，许星辰全家人围坐在电话旁边，虔诚地等待回音。此前，许星辰沐浴焚香，斋戒三日，可能是她的心意感动了上苍，她听见了一个意料之外的高分。

姑姑狂喜道："祖坟冒青烟了！"

父亲较为镇定："这下好填志愿了。"

许星辰拍了几下沙发，以缓解她的兴奋之情。

没过一会儿，许星辰已经打了三四次电话，反复确认她的分数。她心里清楚，每逢全市模拟考，她的成绩只比重点大学的分数线高几分，班主任经常在班会课上拿她的学习成绩说事儿，她也曾做过一两次成绩下滑的反面典型。但是，高考的结果使她扬眉吐气了。

她十分欢快地跑去了学校。

本市的第七中学拉出两条红色横幅，悬挂于正门前。第一条横幅赫然写着：热烈庆祝本校重点达线率位居全市第一！另一条横幅写着：热烈庆祝本校学子荣获全市理科状元、文科状元！

相比之下，隔壁的第五中学有些萧条冷清。

全市最好的两所中学，便是五中和七中。今年的高考，七中大放异彩，五中黯然失色。许星辰的同学们都觉得脸上有光，只有许星辰一个人为此失神。

她坐在班级座位上，愣怔着。

同桌问她："看你一脸呆相，舍不得我吗？"

许星辰轻笑："才不是。"

许星辰的同桌名叫宋源，是他们班上的学习委员。宋源挺受女生欢迎，可他在许星辰面前从来讨不到好。他也不知道为什么，隐隐感到很挫败。

他咬住一支铅笔的笔头，默记下一些大学专业的介绍。这时他听见班主任发表了一篇致辞，同学们情绪高涨，"嗷——"有人带头吼叫，接着呐喊，"青春万岁！"

　　高三（15）班的教室里，学生们或站或坐，吵闹声空前整齐。当然也有淡漠的局外人，比如许星辰和宋源。宋源正在惦记许星辰，许星辰则在眺望五中的教学楼。这场班会结束之后，她背起书包，冲向了五中门口。

　　今天又是一个晴天，暖风和煦，阳光耀眼。

　　五中门口，人来人往。

　　许星辰穿了一条格子裙，腰带被她拉高，裙摆更短。她知道自己的双腿修长笔直，符合大多数男生的审美。她甚至选择了略带气垫高跟的运动鞋，用来配合她的衣着打扮。这对一个向来不修边幅的高中女生而言，已经算是"精致"的极限了。

　　她的努力没有白费。

　　近旁有一位十七八岁的男生骑着自行车飞驰，冲她吹了一声口哨。

　　她却缩进了阴影深处。

　　五中的学生们成群结队地经过许星辰的眼前。她半靠着墙壁，时不时抬头，回首，垂眸看地板，以此来缓解尴尬。每当有人观察她几秒钟，她便觉得自己的心思昭然若揭。

　　呼吸急促，她吸了一下鼻子。

　　远处的凉风吹来，她的肩膀忽然被一个男生搭住。那个男生掌心滚烫，仿佛握着一团炙热的火球。他触及她裸露在外的雪白皮肤，就像打破了固有的生理平衡，受到强烈的冲击。他僵硬到挪不开手。

　　许星辰扭过脑袋，望见了宋源。

　　他比许星辰紧张多了。他的脖子和脸颊泛着红光，如同一尾缺水的鱼，误入干涸的沟渠，不知未来在何方。可他还是一咬牙，下定决心，握紧许星辰的肩膀，一开口就说："许星辰，我们处个对象吧。好不好？"

许星辰没听清："啊？"

宋源前进一步，迫使她退至墙角。建筑物的长影遮挡了他们二人，许星辰并未察觉到任何一丝来自异性的攻占与压迫感。因为宋源绞着衣袖，抬不起头。他弓着脊骨，半弯着腰，格外青涩地说："我和你填报一样的志愿。我们俩有缘，总分只差两分。"

他吞咽着唾沫，喉结滚动，那感觉，像在等待一场终极审判。

他是莽撞的犯人，许星辰是负责裁决的大法官。

然而许星辰迟迟没应声。

她将额前碎发将到了耳后，视线越过别人，直望向赵云深。赵云深驻足于宋源的背后，侧身站立，远离阳光，风吹起他的衣领，露出精壮流畅的线条。

她的脸颊泛起了热潮。

一瞬间，好像时间倒退，又回到了今年冬天。许星辰很怕冷，戴着帽子、围巾和口罩上学。那天下了一场大雪，路面很滑，许星辰将近八点还没踏入校门，快要迟到了。她心里着急，脚底用力，自行车蓦然一震，翻倒在校门前，教科书与笔记本撒了一地，周围有同学路过——可是他们也要赶时间，没人帮她。

当时她身上很疼，但也管不了那么多，忙着收拾东西。凛冽寒风中，五中的一位男生蹲下来，帮她一起拾捡地上的东西。他动作灵活、手脚麻利，很快帮她整理完残局，将书包隔空一甩，扔回她的手中："上课去吧，我们都迟到了。"

那会儿，她想说：谢谢你啊，赵云深同学。

不过她记起来，他从没向她介绍过自己。他的奇闻趣事，都是她偷偷打听来的。

而现在，他们已经进行过一次正式会面，许星辰终于能坦荡而直率地喊他："赵云深！"

他回应："在！"

赵云深的那种语气和态度，如同应付一场体育考试的点名。他双手揣进裤兜里，身旁也有别的男生，那几个哥们瞥一眼许星辰，又瞄准了赵云深，"嘿嘿"地嬉闹着，推了他一把，他笑着顺势往后退，倒着走了两步路。

他还问道："许星辰，你吃冰激凌吗？"

许星辰搓了搓手："我请你吧。"

场面一度很复杂。

宋源的脸色由红转白，他已是不战而败。"五中校草赵云深"的名声如雷贯耳，许多女孩子默默对他抱有好感。不过赵云深的花花肠子很多，生活重心根本不在学习上，完全不像一个老实人。

宋源的语言表达能力本就不强，他花费了九牛二虎之力，做了许多心理斗争，才鼓起勇气抓住许星辰表明心迹。但是，许星辰不仅没答复他，甚至将他抛之脑后。

她跟着赵云深走了。

赵云深的同学们都很识趣，纷纷散开。

许星辰在报刊亭买了两支蛋筒。她一边走路，一边吃冰激凌，过红灯时，心不在焉，往前走了一小步，赵云深就拉住她的手腕，制止道："等等，红灯危险。"他说，"大马路上车来车往，不能不看路。"

许星辰点头附和，又问："我们是要去哪儿啊？"

赵云深反问她："你中午回家吗？"

许星辰攥紧口袋里的诺基亚手机。等红灯的那一分钟，她挡住了手机屏幕，飞快地给姑姑发短信："姑姑，我中午和同学出去玩，不回家吃饭啦。"

她的姑姑立刻回复："好的宝贝，你们去放松，姑姑下班了去接你。"

收到了家长的允诺，许星辰告诉赵云深："我不回家，可以玩到下午。"

赵云深邀请道："跟我回家吧。我爸妈出差了，家里没人。不过你要想好了，我家没什么吃的，我只能下碗面条当午饭。青菜肉丝面，加几个荷包蛋。"他的提议是如此顺水推舟、光明正大，没有任何忸怩作态。

许星辰一度认为，赵云深经常把朋友们带进家门。那他还真是一个热情似火的人，她想。

临近中午时，许星辰跨进了赵云深的家。

他的家在普通小区里，三室一厅，装修简单雅致。卧室的房门敞开，许星辰偷瞟了一眼，见到了赵云深父母的婚纱照。她转了个身，望着另一个方向，发现一间属于男生的卧室，还算干净整洁，床单被褥都是深蓝色的，台式电脑蒙着一层棉布，空调已经打开了，往外散发降暑的冷气。

赵云深卸下书包，待在厨房煮面。

他被蚊子咬了手背，可是锅中的水滚沸，他便开口说："帮我拿一下清凉油。"许星辰听得一愣："你在跟我讲话吗？"他握着筷子，侧目看她："除了你，我家还有别人？"

许星辰二话不说，立马在茶几上找到了清凉油。她噔噔噔跑进厨房，问他："哪里被咬了呀？"他说："左手。"许星辰自然地弯下腰，替他上药。

他怔然，微微失神，记起同学的话：我哥们儿在七中念书，他班上有个女生叫许星辰，长得漂亮，性格特好，活泼又温柔。那哥们儿是许星辰的同桌，就想追她，嘴上却不敢讲，别提多愁人。

赵云深问她："校门口和你说话的那个男的，是你同桌？"

许星辰惊讶道:"你认识他啊?"

赵云深嘴角一勾,挑出一个别有意味的笑:"他叫宋源是吧?"

许星辰双手抱拳,向他拜服道:"赵兄的交际圈很大,格局很广,遍布五中和七中的江湖。"

赵云深回复了一个抱拳礼:"哪儿的话,我们江湖中人很随便,没打过照面的朋友,只能私下聊两句。"

面条已经被他煮熟了,他顺溜地掌勺出锅,开始煎鸡蛋。他的厨艺真好啊,许星辰赞叹不已,比她要强多了。

许星辰说:"我就没下过厨房。"

赵云深不假思索地问她:"你爸妈没教过你?"

许星辰坦白道:"我妈妈很早以前就走了。我是爸爸和姑姑带大的,姑姑特别惯着我,不让我做饭买菜,我从小十指不沾阳春水。唉,我这么讲,你觉不觉得我有一点娇气呢?"

赵云深敲碎一个鸡蛋,头也没抬地道:"不算吧。我爸常说,男孩穷养,女孩富养。"

许星辰又问:"你爸妈工作忙吗?"

"不忙。"赵云深调侃道,"碰巧赶一块儿。他们俩都不想面对我的高考成绩,就先跑了,借口出差,后天才能回来,留我一人面对残酷的现实。"

许星辰脑中顿时"咯噔"一声,心脏也跟着收紧。她垂下头,发丝遮挡半张脸,试探地问道:"你的高考成绩怎么样?"

他先报出一个总分,然后又是六门单科分数。

许星辰舒了一口气:"你比我高了十分。我们可以考虑同一所学校的不同专业。"

赵云深正在将食物装盘。他打开消毒柜,取出两个海碗——他准备的一碗面,几乎是许星辰的三倍饭量。他一共煎了八个荷包蛋,每碗分得四个，吓得许星辰不敢作声，甚至想回家了。

他一抬眼，见她表情隐忍，便问："怎么？"

许星辰实话实说："大哥，你没请女孩子吃过饭吗？"

赵云深没想到自己被她一眼看穿："女孩子不吃面条？"

许星辰耐心解释："你太生猛，女孩子一次吃不掉一大海碗的食物，外加四个荷包蛋啊。"她端走属于她的那一碗面，手执筷子，扒拉一半面条给他，旋风般迅速逃离厨房。然后，她又静止在客厅里。赵云深家没有餐厅，他们平常都在哪儿吃饭？

赵云深说："我喜欢坐在沙发上。"

他打开卧室的门："你来我的房间坐一会儿。"

许星辰端着碗，尾随着他。

电脑桌前摆了两把椅子。许星辰落座，赵云深挨在她旁边，两人一时又有些局促，不知要说什么才好。面条与荷包蛋蒸腾着热气，空调的凉风又是一阵冷过一阵，许星辰攥着裙摆，说："你打开电脑，放部电影吧。"

赵云深立刻开了电脑。鼠标在许星辰这一侧。她握着鼠标，点开桌面上的"电影"文件夹，便见到赵云深欲言又止，最后他竟然抬起一只手，捂住了他自己的脸。许星辰还很愕然：他害羞个什么劲啊？

耳畔传来奇妙的旋律，许星辰强自镇定道："哦，文艺爱情电影。"她赶紧关掉了播放器。精神戒备，食欲消退，她捧着滚烫的瓷碗，心跳飞快如小鹿乱撞。

她再一扭头，只见赵云深坐得笔直，目光不自觉地落在她身上。他凝视她时是如此专注，只是耳朵有些泛红。她面对着他，伸手去触碰他的耳朵，他立刻制止："喂，许星辰，你搞什么？你别……"后面的话，他却不提了。他趴在电脑桌前，块头那么大，如同一只温驯的狮子，失去利齿，任人宰割。

许星辰理智崩裂，像一块玻璃被哗然打碎。她拖着椅子挪近，轻声对他说："赵云深，我们都是十八岁的成年人，扭扭捏捏不好玩。岁月不饶人，青春不等人，实话跟你讲啦，我想对你负责。"

处于休眠之中的电脑屏幕上播放着一条变幻的蓝色彩带。赵云深看了一眼屏幕，又看了一眼许星辰，总觉得哪里不对。他从没见过像她这样的女孩子。少女的羞涩和婉约呢？他整理了一下衣襟，重新坐得端正："许星辰，你怎么能和我讲这种话？你作为一个女生，太直接了。"

许星辰呼吸一口凉气，顺着气管往下，脊背与骨骼都感到酸麻。她双手撑着椅子，鞋尖点地，慢悠悠地回答："因为没时间了嘛。高考结束了，大家马上就要填志愿了，将分道扬镳，从此江湖不见。我姑姑经常讲，人生的离别残酷在我们不知道哪一次见面就是最后一次……"

赵云深微皱了眉头，继续探究刚才的问题："所以你就能对一个刚认识的男的讲那种话？你这是从哪儿学来的？"

许星辰如实回答："韩国爱情电视剧里。"

赵云深摆出一派镇定模样："电视剧上放的东西都是假的，就你一个人会把电视剧当真吧。"

许星辰仰起脑袋，凝望窗边的风铃："为什么电视剧里的年轻人可以那么做，我们却不能呢？为什么女孩子一定要矜持，男孩子一定要勇敢？主动的女生，就像哭哭啼啼的男生一样，会叫人唾弃？"

赵云深正欲辩解，许星辰接着感慨："我知道我做得不对。我要是只做正确的事，就不会跟着你回家了，多危险啊。"她微微俯身，扒了几口面条，还挺好吃。她用筷子戳破了荷包蛋，赵云深抬手推了一下她的碗。她感到疑惑，侧过脸看着他。

他问："是你吗？去年夏天？"

这一刹那间，她神情呆滞。

赵云深便认定道："是你没错了。"

屋檐外的风铃被吹动，叮咚作响，夏季的浓烈阳光洒进来几寸，明明没照到许星辰，但她抬手挡住了双眼。好一会儿，她才说："我当时吓坏了，忘记谢谢你了。"

赵云深随口说："你水性不好就别去深水区。那天游泳馆人也少，我把你捞起来放地上，你立刻趴窝，幸亏没事。"

他对那一天的印象很清晰。同样是一个阳光明媚的夏日，他和堂哥一起去了游泳馆。彼时是早晨七点，游泳馆刚营业不久，深水区的一位女生沉下水面，整整几十秒没浮上来，赵云深原本就在观察她——她那天戴着护目镜，头发全部往后梳，被一顶泳帽包裹着，他只觉得她很眼熟。动作反应之快，远胜于头脑思考，他跳下水池，不遗余力地救起了她。

当时她说的第一句话是："我的小腿抽筋。"

赵云深没回答她。因为他呛了一口水。他走向男更衣室，咳嗽半天，吹了一会儿电风扇，等他再一次返回原地，姑娘的踪影早已消失。

而今他重提旧事，并不是自诩"救命恩人"。

不过许星辰脸色更红，补充道："我们俩蛮有缘的。"她尽量表现得随和自然、大方坦荡，最坏的结果就是被他拒绝——可他没有。他伸直五指，碰到了她的手背。她搭扶着桌面，又突然很想撤离。那是一种怎样奇妙的感觉呢？好比清晨路过花园，见到一束最漂亮的玫瑰，枝叶繁茂，芳香沁人心脾，因此她备受吸引。然而当玫瑰真正垂青于她时，她便想将一株花连根拔起，栽入她自己的院子里。

那时她还不明白，喜欢一个人，伴随着的是占有欲的萌芽。

赵云深拿回了鼠标的控制权。他将鼠标掌握在手里，翻来覆去，不停把玩。书桌前摆着一本《选校指南》，也被他翻开，逐页展示在许星辰眼前。

"你想学医？"许星辰问他。

他说："是啊。前天晚上做的决定。"

凡是与医学相关的专业，都被赵云深用铅笔画了一个圈。他重点勾描了"临床医学"，紧挨着"计算机科学"。

许星辰轻轻折下纸页，建议道："就这所学校吧。"随即她又踌躇地说，"我听别人讲，医生特别辛苦，念完本科，还要念研究生，完了还有什么规培，夜班、白班来回换，全靠职业精神在支撑。"她指甲一划，留了个印记，"你要是想学，那还是蛮好的，多有意义的职业。"

赵云深合上《选校指南》，反过来问她："你为什么想学计算机？这个专业容易掉头发。我叔叔在深圳工作，写 C++，不到三十岁，已经秃头了。"

许星辰顿时慌张地道："秃头了？"

赵云深叹了口气："寸草不生。"

许星辰急切地探究道："视力呢？他的眼睛好使吗？"

"也不行。"赵云深摇一摇头道，"近视九百多度。"

许星辰的未来似乎一片惨淡。她选择计算机专业，是因为她姑姑坚持认定，计算机是万金油，学得好，容易赚钱。但是姑姑没说，每天要面对电脑几个小时，是不是真的容易秃头？

赵云深的告诫引发了许星辰的深思。她捧起《选校指南》，认真钻研。这时他们家的座机突然响了。赵云深跑去接了个电话。座机真是一个检验孩子有没有乖乖待在家的好东西，赵云深和他父亲聊了几分钟，又提及一句："我想学医。"

父亲回答："学啊，没人拦你。"

赵云深从善如流地道："那我真报了。"

父亲鼓励他道："报！男人做事，不要瞻前顾后，畏畏缩缩。"

赵云深点头道："行吧，我后天填志愿。"

他说话时，许星辰侧耳细听。那一天，她一直待到了下午，还和他打了几局游戏。许星辰的操作异常敏捷，水平之高，甚至超过了赵云深的几位好友。他们就在虚拟世界中对战，直到时钟指向了三点，许星辰告辞道："我要先回家了。我姑姑五点下班，可不能让她来接我。"

赵云深低下头看她："怕你姑姑发现你在我家里？"

许星辰没作声。

她背起书包，又将两个碗放进厨房水槽里。她想了想，还是拿起抹布，拧开水龙头，把碗洗了，再用厨房纸擦干净，放进消毒柜里。

许星辰做这些事的时候，赵云深要来帮她。厨房狭窄，水槽前仅容一人站立，她腾不出地方，赵云深只好站在她身后。当她微一俯身，更显得腰肢细软，双腿纤长，赵云深就端起茶杯饮下一口凉白开。

他送她去了公交车站。

她向他挥手："再见！"

赵云深点头。

汽车开动，他后知后觉地道："许星辰……"

她已经坐在靠窗的位置，回首一笑，眼中泛起光泽，发丝被风吹得缭乱。那辆公交车一路飞驰，很快走远了，赵云深捏着手里的矿泉水瓶，捏得嘎吱作响，这才想起他没问她要联系方式，也没问过她家住在哪里。

赵云深拜托了几个同学，从五中辗转问到七中。同学们带回一连串的消息——许星辰竟然没有QQ号。不过，他们拿到了许星辰家里的座机号码。

填完志愿的那一晚，赵云深洗了澡，穿条裤衩，攥着诺基亚手机，走进了他的卧室。他母亲见他这样，还问："你干吗呢？要给谁打电话？"

赵云深回答："我的一位同学。"

他的父亲翻开报纸，也没抬头，当场戳穿他道："肯定是个小姑娘，老婆，你别问他了。咱们的儿子高考也考完了，志愿也填过了，应该有一点年轻人的自由。"

父母的交谈声被隔断。赵云深关紧房门，坐在床边，拨打了许星辰家里的座机号码。他等待很久，无人接听，但没有放弃，连续几天在傍晚联系她。某一夜，或许是天气太热了，空调增大了负荷，整个小区都停电。

万家灯火被熄灭，建筑物隐藏于黑夜中，整个房间浸透在漆黑夜色中。赵云深找出一支蜡烛，将它点燃，火光跳跃，落影半明半暗。他左手拿扇子，右手捧一本书，在依稀闪动的朦胧烛光中阅读一本《挪威的森林》。日本作家村上春树在书中写道："那是一个温和的雨夜，我们赤身裸体也未感到寒意。我和直子在黑暗中默默相互抚摸身体，吻着嘴唇……"

他看得困乏，书本遮挡了视线，轻轻盖在他的头上。他倚着墙壁入睡，还做了一个梦。苦闷的燥热消失了，雨声缠绵，凉风舒爽，飘摇的风中带着一片凉爽水雾。静悄悄的黑夜里，他感觉有一个女孩子趴在他的肩头吐息，叫他："赵云深？赵云深同学，实话跟你讲啦，我想对你负责。"

他睁开双眼，灯光刺目——家里来电了。

又过了几日，他不抱希望地再一次致电给许星辰，依旧毫无回应。后来，他才知道，许星辰高三搬家，原先的座机号码早已作废。

整个暑假，他过得漫长而枯燥。

第二章
表白的临界点

九月初，大学开学。

赵云深一个人来报到。他坐火车抵达省会 A 城，拖了两个行李箱，一路上风尘仆仆，好在他常年坚持锻炼，倒也不觉得疲惫。

校门口摆放着姹紫嫣红的花盆，数不清的志愿者在为新生引路。某位学长拦住赵云深，问他："新同学你好，哪个专业的？"

赵云深拿起录取通知书："临床医学。"又问，"大哥，学这专业的人多吗？"

学长生得一副沧桑样貌，少年白头，胡子拉碴。赵云深其实不确定对方究竟是学长还是辅导员，便以"大哥"作为称谓，以示尊重。

这位学长对此果然受用，颔首道："我是计算机科学专业的大二学生，不了解你们临床医学的情况。你们医学院的学生就是胆子大，解剖课上……啧啧啧，你去那边吧。"他指了一条路，"你们的辅导员在那儿，快去找他，现在队伍不长。"

赵云深一听"计算机科学"，竟然不走了。他伫立几秒钟，试探地道："你们专业的这批新生里，有没有一个叫许星辰的女孩子？"

四处人声鼎沸，学长没听清，便问："谁？"

赵云深大声重复道："许星辰！"

不远处，有个清亮的女声回答："我在这里呢！"

赵云深侧过头望向附近。许星辰穿着一条连衣裙，欢欣雀跃地向他跑了过来。她瞧见他的录取通知书，甜甜地笑道："你好呀，赵医生。"

赵云深手上提着一捆凉席。许星辰的出现使他大为震动，他手劲一松，凉席掉落在地。

九月初的气温偏高，夏季余热未退，校园内人潮拥挤，场面是如此繁闹喧嚣。

许星辰和赵云深对视片刻，竟然弯下腰帮他捡起了凉席，紧紧抱在怀里。

赵云深问她："你学哪个专业？"

许星辰挨近他道："会计学。"

旁边的学长发问："你们两位是高中同学？"

许星辰抢先回答："我们算是高中同学。"

学长疑惑地问："是就是，不是就不是，你说'算是'，代表什么意思？"

许星辰莞尔一笑，没再解释。她抱着凉席走在前面，一边为赵云深开路，一边介绍情况："我早晨就到学校啦，见过室友，领过教科书。今天中午，我姑姑还请我们吃了一顿饭，她住在学校的招待所里，明天才走。你呢？你一个人来的吗？你带了这么多东西，累不累啊，干脆我给你铺床吧……"

她不停地讲着话。

赵云深起初还担心冷场，看来是他多虑了。

路边的树影在阳光中摇曳，许星辰高兴得一蹦一跳，像个没心没肺的小孩子。她偶尔会抬头看他，倘若他回视一眼，她的笑容就会更加灿烂。

医学院的男生宿舍是一栋老楼，墙皮刷着一层绿漆，有些褪色；墙角边缘坑洼不平，落下来几块石灰，刚好撒在台阶上。

许星辰像个远道而来的观光客。她迈过台阶，顺着楼梯走到了503男生寝室，大大方方地进了屋。

同宿舍的另一位男生叫邵文轩，正在收拾东西。他占据了过道，行李箱一半的空间都被书本填满。

赵云深的床铺与邵文轩紧邻。于是，许星辰悄悄偏过脑袋，打量起了邵文轩。他身形瘦高，穿着白色背心和黑色运动裤，像一根顾长的竹竿屹立于寝室中。他还戴着一副框架眼镜，镜片度数很高，每当他略微低头，便要伸手扶一次镜架。

在许星辰的短暂凝视之下，邵文轩耳朵泛红。他半开着一扇衣柜门，遮挡身体，头往外露，问她："你找谁啊？"

"我不找人。"许星辰自我介绍道，"我是你的室友赵云深的……"

邵文轩理所当然地说："女朋友？"

他们讲话时，赵云深扛着两个行李箱进门来。

他徒手拎着八十来斤的重物，从一楼搬到了五楼。许星辰知道他的箱子重，所以她上楼的脚步特别快，心想：她早点把凉席放到他们的宿舍，就能跑下去帮他搬东西了。然而，许星辰走得越快，赵云深追得越急。

今天的气温是三十四摄氏度，寝室里没空调也没电扇，赵云深出了汗，一时也有些口渴。许星辰从她的包里掏出水杯，递给他道："我中午在食堂接来的白开水。"

赵云深拧开盖饮下两口水，便觉得十分清爽畅快。

那个玻璃杯造型精巧，自带一点柠檬香味，赵云深握紧了杯子，忽然察觉这是许星辰的杯子。她或许也刚从杯子里喝过水，或许和他喝水的位置一模一样。想到这里，他立刻被呛了一口，半低着头闷声咳嗽。他越想压下心中那一股躁动，就越是咳得震撼胸腔、惊天动地。好不容易咳完了，他扶着墙站起来，刚好与邵文轩四目相对。

邵文轩眼神躲闪，脸早已红透，仿佛目睹了赵云深与许星辰的间接接吻。

罪魁祸首许星辰却丝毫不知。

许星辰还凑到赵云深面前，问他："你呛到了吗？要不要紧？现在感觉怎么样呀？"

赵云深没有回答她的问题。他侧身倚靠着衣柜的门，不动声色地静静看着她。她已经擦完了桌椅，又帮他拆开新生包裹，开始熟练而坦荡地铺床。这时，邵文轩又问了一句："赵云深，你的女朋友是你的高中同学吗？"

赵云深摆了一下手道："不是你想的那样，她不是我的女朋友。"许星辰爬上了他的床铺。他微微抬起头，继续凝视她的身影，又想起盛夏夜晚那个朦胧不清的短暂梦境……他自言自语般重复了一句，"她怎么会是我的女朋友？"

许星辰动作一顿。她将床单折得严丝合缝，床沿擦得干干净净，表面上看不出任何沮丧情绪。

她半靠着床头，喊住了赵云深："赵云深？赵云深！我叫你呢，快把凉席递给我，我再帮你擦一遍，保证你今晚睡得安安稳稳……"

许星辰的听力特别强。她听见邵文轩压低了嗓音偷偷与赵云深交谈："喂，赵云深，人家不是你的女朋友，你还让她给你干活。"

赵云深开始进行自我批判："我这种做法，是不太好。"

邵文轩一副"世风日下"的表情。他拎起一个开水壶，出门去打水，还顺手关严了寝室的门，渐行渐远。

这时，赵云深出声道："许星辰？"

许星辰回应："我在你的床上。"

赵云深听得一乐："别说一些有歧义的话。"他拍响了扶栏，"赶紧下来。"

许星辰飞快地回到了地面上。她在厕所的水池边洗了一把脸，又拿出一包崭新的纸巾。

赵云深没注意她的动作。他落座于一把椅子上，整理着书桌，女孩子雪白的手越过他的左肩，缓缓向他伸过来，伴随着一阵清甜的香风袭来。

许星辰攥着纸巾，动作轻柔地擦拭着他颈间的汗珠。她叹了一口气，喃喃自语道："为什么男生容易出汗？夏天男生都会出汗吗？还是因为你扛上来的箱子特别沉？我看见你的衣服湿透了，像是穿着衣服洗了一个澡。"

她或许是为了尊重他，说话时半弯着腰，凑在他的左耳边。

现实与梦境再度重合，赵云深不断回忆暑假断电那一夜的场景，虚幻世界里的湿润雨水，见不得光的晦涩意念。他像是为了摒弃杂念，蓦地扶着桌子站起身来。

许星辰错以为自己弄疼了他，连忙走近一步，而赵云深刚准备出去，正好挡住了许星辰的退路。他将她禁锢在书柜与书桌形成的狭小角落中，周围光线昏暗，他们呼吸交缠。三十多摄氏度的高温中，彼此交融的气息越发混沌、燥热。

赵云深问她："你对男生这么感兴趣？"

许星辰使劲摇头道："不不不，不是的。"

赵云深点了点头，说："那就是没兴趣。你对男生没兴趣吗？"

许星辰绞着裙摆道："我只对你有意思。不然我干吗帮你铺床啊，我可不是活雷锋……我要是活雷锋，就把你们一整个宿舍的床全收拾了，晚上回宿舍写一篇助人为乐的日记。"

赵云深抬手撑住书柜。许星辰往旁边瞥了一眼，心道：他的骨骼和肌肉一定很坚实，要是能碰一下就好了。她胡思乱想之际，他的手臂收拢了几厘米，她白皙的脸颊瞬间爆红，只当自己那些不轨之意彻底被他看穿了。

他仍在追问："你对我有什么意思？哪方面的？怎么发展到今天的程度的？"

许星辰被他一连串的问题弄蒙了。她觉得奇怪，喜欢就是喜欢，不喜欢就是不喜欢，难道她还能在身上安装一个周期性仪器，记录心动的点点滴滴吗？如果男生女生之间的感情可以调控，那它还是发自内心的悸动吗？

许星辰扯住赵云深的衣摆，反问道："赵云深，你要做医生是不是？"

赵云深忽略了她跳跃的逻辑，简略地答道："对。"

"那我是你救过的第一位适龄少女。"许星辰指间绕紧他的衣服，信誓旦旦地说，"救命之恩，以身相许呀，赵医生。"

她追溯着历史渊源："我国古代神话故事里，数不清的妖怪神仙……被书生或者樵夫救了一命，立刻化作少女报答恩人。你上次不是跟我讲，我不应该相信电视剧吗？那这一回我说的是历史上流传已久、人民群众喜闻乐见的有趣故事。"

赵云深没料到许星辰还有这一套说辞。他指出她的逻辑漏洞："救过野猫、兔子、青蛇、小狐狸的书生成百上千，几个人能等到妖精报恩？"

许星辰蹙眉道："可我不是野猫、兔子、青蛇、小狐狸，我是人啊。"

他们讲话时，宿舍的门再次被打开。

邵文轩拎着开水瓶，进也不是，退也不是，特别尴尬地开口道：

"你们俩要不要……那个……要不要继续？我回床上躺着，看不到你们。"

邵文轩说得很含蓄。许星辰听出了弦外之音：邵文轩同学即将上床休息了。

她也觉得不能再打扰他们，便向他们两人抱拳，告别道："我也回去啦，你们别忘了吃晚饭。从你们寝室走到学校食堂，大概十分钟的路程。"说完，她一溜烟地跑远了。

赵云深坐回他的椅子上，长腿伸直，靠着椅背，姿态慵懒了许多。

邵文轩约他下楼散步，他同意了，也终于能换一件衣服，脱掉被汗水浸过的背心。

此时是下午两点，温度计显示了室温：三十八摄氏度。窗外烈阳似火，炙烤着广阔无边的校园。

邵文轩带着一封录取通知信，还说："咱们去领教科书吧。"

赵云深随他出门。路上，邵文轩颇有感慨地说："我爸的领导的姐姐的儿子是我们专业毕业的学长，现在他在我们省的一家三甲医院做主治医师……我们学校很特殊，大一上学期就开始学系统解剖学，课程跨度是大一整个学年。你知道这意味着什么吗？再过一两个月吧，咱们就要去解剖尸体了！"

"泡在福尔马林里的……"赵云深立刻会意，"传说中的大体老师？"

邵文轩推了一下眼镜，又问："你怕不怕？"

赵云深无所谓地道："我怕这个，就不会来学医。"他还没讲完，邵文轩定在原地，如一座雕像般静止不动。赵云深便调笑道："邵文轩，怕得走不动路了？"

邵文轩摇头道："我们走错路了。"他神情凝重，遥望着远处，"这里不是我们应该经过的地方。"

赵云深没带地图，也没见到标识。

此处邻近一所校内花园，路径幽深而复杂，赵云深却不觉得有什么。他照直往前走，坚信那里立着路标。恰好，另一位提着笔记本电脑的男生与他擦肩而过，他便问了一句："同学？"

那位同学停下脚步，回过头反问道："有事吗？"

赵云深指着一个方向问道："请问，你对校园熟悉吗？书店在不在那儿？"他瞧见这位同学手执一块牌子，其上写着：参赛选手傅承林。

傅承林客气地道："我不是你的校友，不过这里有一场金融数据大赛，我代表本校参加比赛。"

赵云深感到费解："现在不是刚开学吗？"

傅承林逐渐走远："八月初赛，九月复赛。"

邵文轩进校以来，近距离观察过两位男生，其中一个是赵云深，另一个则是傅承林。邵文轩不知道他是不是高三学习太用功，与社会脱轨太久，顶级帅哥的比例已经如此之高，以至于他在校园里随便就能撞上两个。

他心中感慨，随口和傅承林攀谈道："同学，你是经济专业的？"

傅承林笑着说："差不多。"

邵文轩最近在看一本《股市的逻辑》。大学生一旦脱离了家庭管束，难免有些雄心壮志，也想赚点零花钱。邵文轩认识的朋友不多，交际圈子比较狭窄，碰巧逮住了一位经济系学生，便赶紧问道："同学，你研究股票吗？哪些行业的股票最能赚钱？"

话音刚落，赵云深就接了一句："哎，比赛要紧，你别耽误人家同学。"赵云深抬起手腕。他戴着一块机械表——这是父亲送给他的十八岁生日礼物，表盘在斑驳树影中反着光。他摸清了时间，告诉傅承林：二十分钟后，比赛将要开始。

傅承林路过赵云深的身侧，低声而略带调侃地说："军工、陶瓷、房地产。"

直到傅承林的背影消失，赵云深还在掂量该不该相信傅承林所说的热门股票行业。赵云深志在学医，对炒股赚钱这码事基本没怎么关注过。如果炒股真的能赚钱，他当然不会拒绝。赵云深一边胡思乱想，一边走上一条羊肠小道。邵文轩快步跟上他，手上还攥着录取通知书。他们看到墙壁横亘的尽头处连接着一栋简朴的四层楼房，赵云深抬头看了一眼，恰好是他们寻找的"博闻书店"。

赵云深进门，领到了一套教材。

电扇旋转着吹出一阵疾风，翻起了赵云深的衣领。他坐在一把椅子上，用一根塑料红绳将七本书捆成一摞，轻松地拎在手中。旁边的邵文轩怎么都弄不好，赵云深便弯腰去帮他，这般友善的举动，显得他帅气潇洒又乐于助人。

发放教材的志愿者里，包括几位高年级的学姐。赵云深哪怕待在角落里也很惹眼，于是他很快招来一个搭讪的学姐："学弟，你在医学院吗？"

赵云深以为她要调查自己的身份，防止教材冒领，便立刻出示了自己的学生证。他不得不承认，当他亮出学生证时，内心也涌出了考上医学院的骄傲之情。

学姐轻笑道："你叫赵云深？"

她挽着裙摆，蹲在赵云深面前，仰起脸来和他说话："周五下午的医学院欢迎晚会，能带一位舞伴，我没找着男同学……"

学姐一句话还没说完，赵云深一抬手臂，揽住了邵文轩的肩膀。邵文轩没明白发生了什么，只听赵云深盛情邀请道："你跟我去。"

邵文轩愕然道："去哪儿？"

赵云深重复了一遍："医学院的欢迎晚会，你认真听学姐讲话。"

邵文轩只顾抱着书，问道："都有哪些活动？"

学姐热情地介绍道："晚会提供饮料、游戏、小零食，现场嘉宾是一群研究生和博士生。他们都很乐意帮助新同学，能给你们带来不少机会。这几天刚开学嘛，你们都不用上课，来玩一次，吃点东西，交个朋友……"她详细描述着零食有多好吃，游戏有多好玩，确实打动了赵云深。不过赵云深反过来问她："我能不能带上其他专业的学生？"

学姐语调轻快地说："行啊。"

赵云深转头就说："明天我去会计系找许星辰。会计系的女生宿舍在哪里？开学期间，宿舍管理不严，男生能进女生宿舍。错过这个机会，我们就进不去了。"

邵文轩给他指路："会计系在商学院吧？她们应该住在 2 号宿舍楼。"

赵云深点头，带着教科书走了。

第二天清晨，赵云深维持着高中作息，六点起床，还去卫生间洗了个澡。在他的带领下，其余三位室友纷纷从床上坐直，寝室里充斥着一股积极向上的属于年轻人的干劲。

邵文轩提议道："咱们聊天吧，挨个做一圈自我介绍。对面那位靠墙的朋友，你是凌晨来的吗？"

那位朋友留着较长的头发，可能走的是日系风格，琐碎的刘海挡住了眼睛，头发烫成了微卷的浅棕色。他名叫杨广绥，皮肤很白，裹着被子，悻悻然地接话道："我凌晨两点进门，吵没吵醒你们？"

赵云深摆手道："没，我一点动静都没听见。"

杨广绥立刻下床，说："现在你们都醒了是吧？我要收拾东西了！"他这句话像是一次严肃而正式的宣告，来势汹汹。

赵云深披着浴巾，偏了一下头，专程看他。只见杨广绥同学从行李箱里掏出底座、伸缩杆和人体骨架，并以迅雷不及掩耳之势拼好——那具人体骷髅高约 175 厘米，从头骨到趾骨，每一寸都雕琢精细，极其逼真。赵云深离得近，刚好与骷髅对视。

杨广绥又挂起一面镜子，对赵云深说："学医做人，要看穿表皮。"

赵云深虚心请教道："撕开皮肤看骨头？"

杨广绥抚摸了一下骷髅的脑门说道："不在乎外表，平等对待每一位患者。"

旁边的邵文轩忍不住问："杨广绥，你不在乎外表，为什么要烫头发？"

杨广绥被他问住，迟迟没回应。邵文轩还抬起手，将一撮卷毛拢在掌心里，掂啊掂地道："哇，好有弹性。"

杨广绥笑道："我特别了解皮肤护理和头发护理。"

赵云深随口问他："了解那些东西做什么，专门搞整形美容？"

杨广绥双手扶住赵云深的肩膀道："你看出了我的梦想。"又仔细端详赵云深的脸，"你这样的，很优秀了，不用再做整形。但你可以介绍一些认识的朋友给我。"

赵云深应和道："行吧，我多注意谁有需要。"

杨广绥郑重地点头。

赵云深换了件衣服，跟三位室友去学校食堂吃了一顿早饭，又在附近转悠了一圈，买了一袋水果，晃到了女生宿舍 2 号楼。他并不清楚女孩子几点起床，再一看表，早晨八点多了，她们应该醒了。他一个人踏进宿舍，却被宿管阿姨拦下，问他："你找谁呀？你是学生的亲属吗？"

赵云深非但没有止步，还借机和阿姨聊起了天。阿姨问他："你是不是我们学校的学生？"他理直气壮地回答："是啊，您看，这是我的学生证。"又说，"宿管姐姐，我上去找个同学，很快下来。"

他这一声"宿管姐姐"一叫出口，阿姨对他的态度便好了不少。

赵云深跟阿姨聊了几句，还从她的名册上翻到了许星辰的宿舍号。他三言两语蒙混过关，跟着几位送行的家长走向了楼梯。

许星辰的宿舍号是520，谐音很有趣，大概是"我爱你"。

赵云深路过520的门口。房门没关，敞开了一半，他听见了一个女孩子的声音："我睡醒了吗？我看见我喜欢的男生在外面。"

女孩子的室友们惊呼：哎呀，你没看错，外面真的有男生！叽叽喳喳的交谈声此起彼伏。赵云深侧倚着墙壁，左腿弯曲，右腿伸直，这般百无聊赖地等了一会儿，许星辰便从寝室里冲了出来，欢呼雀跃地喊他："赵云深！赵云深！"她笑得开心，眼中满满的明光，好像他是天底下最重要的人。

赵云深将一袋水果递给她道："学校超市的货架全空了，只剩几个苹果和香蕉，凑合着吃吧。"

许星辰感到惊讶、难以置信，最后兴奋地推了他一把，问道："你找我干什么？"

赵云深告诉她，周五晚上他们医学院有一场迎新晚会，零食、饮料都很好吃，还有一些现场小游戏，问她愿不愿意参加。她几乎不假思索地答应了，临走前还快乐又热烈地拥抱了他一下，持续时间仅有两秒，或者三秒，短暂到赵云深来不及体会。

周五晚上，许星辰尝试了一下高跟鞋。鞋子是姑姑送她的，七厘米的裸色高跟，很合脚。她身着一件米白色短裙，反复询问室友："我看起来怎么样？"

室友王蕾一边啃着苹果，一边赞叹道："校园清纯小美女。"

另一位室友说："我要是男人，立刻就把你按在墙上亲。"

许星辰张开双臂道："来吧，吻我，我不反抗。"

王蕾走近，搂着许星辰的细腰，教训道："许星辰，你这样不行。

我告诉你，你必须矜持。"

许星辰猛点头道："我懂我懂。"说着，她便推开王蕾搂着她的腰的手，脑袋低下去，娇着地搓起了手心。

另一位室友点评道："搓手的动作不自然，看起来有点做作，赵云深不一定喜欢……要不你再把裙子撩短点？"

王蕾如慈母般制止了这种行为："不行，我们星辰的裙子已经很短了。再短一寸，赵云深会觉得她不矜持。"

许星辰无所谓地道："他早就不觉得我矜持了。"

王蕾惊讶地问："为什么？"

许星辰定了定神，勇敢地说："我在他们男生宿舍里……啊，不对，高考刚结束，我就对他表白了。我想着他要是拒绝了我，我也不难过，反正我才十八岁，人生还很长，未来的路很多，我老公可能在未来等我。"

"好样的！"王蕾为她打气，"胜不骄，败不馁。"

许星辰颔首并握拳。

傍晚七点，许星辰按照约定时间下楼，赵云深已经在等她了。相比许星辰的万般庄重，赵云深明显随性许多。但是许星辰见到他的那一刻，仍然眼睛一亮。在澄澈的月光和路灯的照耀下，他似乎更好看了。他是那样年轻又出挑，适合被明亮的光环笼罩。

许星辰跟着他走路，很开心地说："我第一次和男同学单独出去玩呢。"

高跟鞋不稳，许星辰晃了一下，赶紧抓住赵云深的手臂。他反过来握住她的手腕，就这样，他牵着她道："你也是第一次穿这种鞋。"

她一秒钟都不敢耽搁，急切地回答道："对呀对呀。"她害怕自己稍微晚回答片刻，他就不再愿意牵着她了。

许星辰一向活泼外向，和人聊天不会词穷，更不会冷场。可是就在今晚，她和赵云深手拉着手……她暂时性丧失了语言能力，所有感官都集中在左手掌心上。她甚至不记得一路上走过哪些地方，只记得夜风柔和，蝉鸣声浅，呼吸变得柔柔绵绵。

这一晚，医学院为新生准备的欢迎会在一间最大的活动室里开展。许星辰一进门，便闻到蛋糕的奶香、橙汁的甜味，不过室内光线特别昏暗，她一时没瞧见零食都在哪里。

她很肯定地感叹道："是巧克力蛋糕和蓝莓软糖的味道！"

赵云深松开了她的手。

许星辰没跟上他。她绕向一张方桌，立刻有一位男生按住她，让她坐在椅子上，还问道："你是哪个系的学生？口腔医学？临床医学？"

许星辰也不知道他们会计系的学生能不能参加医学院的欢迎会。她正在思索时，那位男生又自我介绍道："我叫李言蹊，是你的研究生学长。"他伸出右手，与许星辰交握。

许星辰立刻应道："桃李不言，下自成蹊的那个言蹊吗？"

李言蹊专注地看着她问："你叫什么名字？"

李言蹊的外表很出色。他和赵云深分属两种不同的类型。两位帅哥作为颜值担当，撑起了今晚的医学院聚会场面。

方桌四周都坐满了人，对面还有看客调笑道："哇，我们班最帅的学神李言蹊，铁树开花了。"李言蹊没否认，又开启了一罐可乐，递到许星辰的手里。

他们正在玩一局桌游，许星辰莫名其妙地加入了。她精通各种游戏，以一敌五，快速战胜了在场的所有对手，赢得三枚游戏币。

她问李言蹊："李学长，这个游戏币有什么用？"

李言蹊温柔地回答道："你现在去赢游戏币，午夜十二点时能换奖品。第一名的奖品是《格氏解剖学》《临床应用解剖学》以及医学院全套教辅材料，第二名的奖品是 Kindle，第三名的奖品是苹果耳机。我们活动室一共有十九种游戏，我是桌游的庄家……"

许星辰欢喜地道："我明白了！如果我赢了足够多的游戏，第一名的奖品就属于我。"

李言蹊和她击掌道："你一进门，我就猜你一定是第一名。"

许星辰疑惑地问："为什么？"

李言蹊挑起她的下巴道："你的眼睛里闪烁着智慧的光芒。"他稍微摩挲着她的皮肤，柔嫩光洁，年轻而富有弹性。当他俯身向前时，仍然瞧不见许星辰脸上的妆感。她没化妆，天生丽质。

他再次问道："你叫什么名字呢？"

同样的问题重复两次，便充满了戏剧性，就像童话中的灰姑娘参加晚宴，迟迟不愿把自己的真名告诉王子。

许星辰没回应他，从他的手下躲开，跑向了隔壁的牌局。她的外表人畜无害，作风却像一个地狱杀手，所到之处搜刮一片游戏币。

四周的窗户都被窗帘遮得密不透风。灯光被调得半明半暗，赵云深端着一块巧克力蛋糕，挺不容易地找到了许星辰。她告诫他道："你千万千万不要打扰我，我快赢了。"

她往椅子里面坐了坐，随身背包里丁零咣当一阵轻响。

赵云深问她："你带了多少硬币？"

许星辰将背包往桌面上一摆，拉开拉链，当场炫富道："你看啊，这都是我赢来的游戏币。"她拍了一下赵云深的大腿，"我保证帮你把那一套专业书赢回家。"

麻将桌周围的三个人都笑了。其中一人还是赵云深的室友王淼，感叹道："赵云深运气好啊。"

赵云深将蛋糕搁在一旁，低声说："我记下书名，去图书馆借几本就行……"他后面的话，许星辰没听清。因为她赢了，面朝着庄家道："运气来了挡不住，不好意思啊各位同学，我又赢了。"

庄家认栽。

许星辰起身，但被赵云深拉走了。他将她带到一个隐蔽的角落，她还嚷嚷着时间宝贵，她的松懈将是第二名的进步。赵云深往她手里塞东西，止住了她的声音。她低头细瞧……是一把蓝莓软糖。

赵云深站在她面前道："活动室的糖都发完了，我出去在校外超市买到了同款。"

许星辰剥开糖纸，含含混混地说："你也吃一块，好甜呢。"

赵云深低头挨近了她。当他离得足够近时，才发觉他所闻到的馨香气味来自许星辰，而非那一块软糖。她唇色粉嫩，触感柔软。他右手握紧她的肩膀，将她抵在墙面上，轻吻她的嘴唇。她没动，他便持续不断地试探，左手紧贴着她的脊背。

许星辰心跳剧烈，血液从胸腔涌到了大脑。她能感觉到赵云深手心的温度，好像她是什么医学器材，正在被他认真研究。

不知道过了多久，赵云深终于停下来，左手扶住了墙面。他和许星辰的温存就像仲春时节的一场梅雨，时断时续，连绵不绝。他仿佛喝醉了酒，心间燥热，面上带笑地问："你有什么感觉？"

许星辰恍惚地道："感觉啊？"

赵云深提供了一些选项："喜悦、开心、兴奋、愉快？"

许星辰略迟疑后才说："也不完全是高兴啦，我的脑袋炸掉了，好晕好晕。我现在跟你聊天，还能说清楚一两句话，但是我脑海里一片空白。我考试前不能和你接吻，否则我一定会考零分，那样我就毕不了业了。"

赵云深却反驳道："也不一定吧。我多亲你几次，你习惯了不就好了？你现在这么不习惯，脑袋又是炸掉又是头晕的，状况多严重？你听我的，你要加强锻炼。"

许星辰的长发披散在肩头上。赵云深将她的发丝往后拨弄，靠近她，抵在她耳边问："心跳快吗？你的心跳。"他离开活动室之前，曾经回头望向许星辰，只见她与一位研究生学长坐在一块儿谈笑风生。那画面十分融洽和谐，但在赵云深看来，却有几分刺眼。他觉得许星辰没吃过亏，所以胆大包天，游荡于校园里，谁都敢惹。

许星辰还告诉他："我的心跳快得要炸了。"她小心翼翼地问，"你呢？"

赵云深站在角落里，倚着冰冷的墙壁："你过来自己听，我跟你形容不好。"许星辰便将脑袋凑近，侧脸贴住了他的胸膛。她紧紧地依偎着他，像是要尽其所能地缩短两人之间的距离，不过片刻后，咬唇道："我没听见……"

赵云深只能自己铺了个台阶，说道："我胸腔里的骨头和肌肉长得太厚。"

许星辰就用手掌感受了一下。她一会儿抚摸，一会儿按压，嘴上念念有词道："这是胸大肌和胸小肌吗？"

赵云深头往后仰，"砰"地撞到了墙面："你问我？我也不知道。"

"别啊。"许星辰鼓励他道，"你将来是要做医生的，不能不懂人体构造。"

赵云深将双手揣进裤子口袋里，说："我了解男人的身体。"接着又说，"大三上学期必修一门妇产科，我就会去研究……"

许星辰当场戳穿他道："你应该也见识过女人的身体吧？"

赵云深再次搭上许星辰的背部，顺着她的脊骨往下轻抚，嗓音低低切切，如呢喃，亦如耳语："看见和碰见的感觉到底不一样。"他不知为何，总是贴在她耳边说话，"我很早以前就想问你，你为什么这么香？嗯，为什么？"

许星辰飞快地回答道："可能因为我出门前洗了澡。"

他又问："你知不知道自己说话声音很嗲？你跟别的男的讲话也

这样？"

许星辰并未承认。她正要辩论一句，不远处走来了另一位同学。她赶忙推开赵云深，与他间隔一米距离，还用双手抚平了褶皱的裙摆。

许星辰觉得，私下里她再怎么跟赵云深胡闹都是可以的。但他们眼下毕竟还是在活动室——公共场所，言行举止都要注意。

来人正是李言蹊，那位研究生学长。

李言蹊说："我还到处找你呢，原来你在这儿啊。我们的桌游少一个人，目前六缺一，你快来参加，游戏币都给你准备齐了。"

许星辰跟着他跑，问道："有人比我挣得多吗？"

她所说的"挣得多"，仅仅是代指游戏币。但是李言蹊听了这话，故意曲解地道："整个活动室里，就属你挣得最多、最富裕、最有前途。"

他百折不挠地问："你叫什么名字？"

她终于回道："我叫许星辰。"

李言蹊伸出一根食指，立在左手的掌心中写字："许诺的许，满天星辰的辰？意境很美。"

许星辰朗声一笑，和他互吹道："还是'桃李不言，下自成蹊'更胜一筹啊。"

李言蹊面带微笑，转身瞥向了后方的赵云深。他对赵云深有些印象，好像是大一年级的临床医学新生，同样选择了八年制的本博连读学位。

光线暗淡，赵云深的神情不甚明晰。他追上来，挡在许星辰的左侧，与李言蹊搭话道："你是……"

李言蹊介绍道："本校研究生。"

赵云深问他："外科还是内科？"

李言蹊摊开双手道："等我工作了，我会选外科。我动手能力比较强。"

许星辰顿时来劲，说："外科医生吗？是那种拿着手术刀的外科医生吗？"

她原地蹦了一下，幻想着多年之后的赵云深——穿着白色衣服，握着锋利的手术刀，执行一系列的精细操作，每天奋战在第一线救死扶伤，她便不由自主地、发自内心地感叹道："天哪！真是太帅了。"

话没说完，许星辰就坐在一张桌子边，参与最后一场桌游争夺战。她将赢来的游戏币装好，跑去领奖台那里咨询，发现登记在册的玩家里，游戏币最多的那个人也不及她的三分之二。

到了午夜十二点，主持人公布最终结果，许星辰毫无悬念地成为第一名。她率先为自己鼓掌，凝视着一大摞专业书，当场发表获奖感言："我以前在台上领奖，都没有哪一次像今晚这么开心的！我高考超常发挥，这才考上了我们学校，那种难以言表的激动就和今天晚上获奖类似啦。"

主持人是研究生院的一位学姐，也是本次活动的总负责人。她笑着开口道："我们最开始准备的时候，第一名的奖品并不是专业书。后来学院的领导听说了晚会的事，就给我们拉赞助，计划也变了。我还担心呢，小学妹和小学弟们见到第一名的礼物是专业书，会不会不愿意参加了呢？还好啊，许星辰同学就做了个榜样！"

学姐满怀一腔热血地道："今天在场的同学最多的还是新学生。你们踏入了本校的医学院，也代表你们踏入了全国排名前十的医学院，我祝大家都能顺利毕业，完成医学生的誓言！"她将话筒递给许星辰道，"许星辰同学，你带我们念一遍誓言，作为今晚的聚会收尾。"

许星辰一瞬蒙。

什么是"医学生誓言"？

她望着人群，搜索到赵云深的身影。

赵云深已经从地上捡起一块牌子，举得很高。许星辰心领神会，念出那上面的字："我志愿献身……献身医学！热爱祖国，忠于人民，恪守医德，尊师守纪，刻苦钻研，孜孜不倦，精益求精，全面发展。"

台下的同学们跟着振臂高呼，场面之宏大，是许星辰未曾料到的。

学姐被大家的精神感染，接话道："我们决心竭尽全力除人类之病痛，助健康之完美，维护医术的圣洁和荣誉，救死扶伤，不辞艰辛，执着追求，为祖国医药卫生事业的发展、人类身心健康奋斗终生！"讲到后来，她已双眼含泪，略带哭腔。

许星辰并不知道她想起了什么。

许星辰拖着一大箱的书本跑向赵云深。这时，她才听到周围有人讲：那位学姐的父亲也是一位医生，曾担任肺科医院的主治医师，但在2003年对抗重症急性呼吸综合征的时候殉职了。

回去的路上，许星辰心情复杂。

赵云深没有来时那般轻松。他怀抱着纸壳箱，箱子里装满了教辅资料。

许星辰问他："你将来想做内科还是外科？"

他说："外科。"

许星辰嘀咕道："果然跟我想的一样啊。"

或许是因为箱子沉甸甸的，赵云深一反常态地有了沉重的责任感。他一边剖析自己，一边规划未来："比起动脑，我更擅长动手。大医院竞争激烈，还要写几篇论文，学术与技术都得加把劲。"

许星辰拍了下他的肩膀道："才貌双全的赵医生。"

赵云深却否认道："你要说我的才能，那还八字没一撇。"

许星辰挠了一下头道："我跟你是八字有一撇吗？没有就算了。"

赵云深停下脚步。他站在女生宿舍2号楼的门口，低头看着许星辰，纸壳箱与教辅书还挡在他们之间。许星辰忽然紧张起来，非常害怕他会说"我们再相处一段时间"，或者"我今晚跟你闹着玩呢"，诸如此类的话。

事实上，他将箱子放下来，轻轻踢了一脚，反问她道："你是想跑还是怎么？"

许星辰立马表态道："我没有糊弄你的意思啊！我早就对你表白了。"

赵云深弯腰将箱子捡了起来："可以。"又问，"你喜欢吃蓝莓软糖是吧？从明天起，我每天带糖。"

许星辰扭捏地道："不用啦！我不想长蛀牙。"

她提出另一个要求："你每天和我见一次面就行了。我很容易满足，要求也不高的。"

赵云深淡淡一笑道："行吧，你再站过来点儿。"许星辰便挪近几分，他俯身亲她的额头，动作很不顺畅，显得比较懵懂青涩。周围还有别的学生路过，瞧见女生宿舍门口的亲热景象，早已是见怪不怪。

许星辰和他告别道："我们……明天见？"

他点头。

她笑着说："明天见！"说完，她冲进了女生宿舍的大门。

赵云深在原地站了几分钟，抱着箱子返回男生宿舍。他并不知道今晚的许星辰心跳过速，脸颊潮红久久不退，别说许星辰自己，就连她的室友也察觉到了不对劲。

室友王蕾正在看电影。笔记本电脑摆在书桌前，音量调得不高不低，播放着张曼玉和王祖贤主演的《青蛇》。此时，电影正接近结尾，婉转的女声念道："姐姐常说人间有情，可是情为何物呢？"王蕾随声音入戏，抽出餐巾纸擦脸道："唉，情为何物呢？"再一扭头，望见了许星辰，王蕾精神抖擞道，"你跟你们家赵云深做什么去了？"

许星辰换了一双拖鞋，兴致勃勃地道："参加聚会。"

王蕾拍掌道："不仅是聚会吧，你这张小脸通红通红的。"

许星辰架不住室友的再三逼问，直说赵云深现在已经是她的人了。从此，只要有她的一口汤喝，就有赵云深的一口饭吃。她对天发誓，永远不会亏待赵云深。

第三章
初恋应有百般甜

赵云深正式成了许星辰的初恋男友。

刚开学的那一个月，许星辰走路都有点飘。

王蕾问她："你找个那么帅的人，有心理压力吗？"

"没有啊。"许星辰回答道。

王蕾叮嘱她道："越帅的男人，越容易花心，你平时越要看紧。"

许星辰像煞有介事，模仿电视剧里的反派角色，使劲捏拢了五指，纤细的骨节"嘎吱"作响："你不要担心。我会拴紧赵云深，让他一辈子逃不出我的手掌心……"

她说话时，正与王蕾一同走向女生寝室。

忽然有人靠近，搭住了她的肩膀。她一扭头，就撞上了赵云深的视线。他背着书包，与他的室友们站在一起，似乎是准备去上课了。许星辰略感羞愧，因为刚才她与王蕾的对话很可能被他们听见。

这时，赵云深问道："你要回寝室吗？"

许星辰展颜一笑道："是呀。"

赵云深又问："你下午打算做什么？"

许星辰脱口而出道："看动画片啊。"

赵云深便双手揣兜，说："我们有三节系统解剖学的课，专门讲人体，比动画片生动刺激得多了。"

许星辰松开了王蕾的胳膊，就像被人灌了一碗迷魂汤，不声不响地开始跟着赵云深走路了。那厢的王蕾还没反应过来，喊了一嗓子："许星辰，你要听他们医学生的专业课吗？"

许星辰去意已决，挥手与她告别。

王蕾无奈地摇头，喃喃自语道："那可是解剖学，你是一个见血就晕的女孩子啊！"王蕾抱怨的声音太低了，许星辰压根没注意。她只听见赵云深慢悠悠地说："你还真要跟我去上课？拴得这么紧，我是逃不出你的手掌心。"

许星辰哈哈一乐道："我刚才瞎讲着玩的。我喜欢你，就会鼓励你，给你充分的自由，你爱做什么做什么，天高任鸟飞，让你永远记住我的好。"

赵云深的另外三位室友都听见了这句话。他的室友杨广绥笑着问："许星辰，你还有单身的亲姐妹吗？介绍一下。"

"没啦。"许星辰如实介绍道，"不过我有一个大表哥，经常照顾我，对我特别包容。如果你对性别要求不高，我可以亲自把大表哥介绍给你……"

杨广绥立刻拒绝道："那就免了吧。"

赵云深揽住杨广绥的肩膀，说："多认识几个人，你也不亏。"又转头对许星辰说，"寒假我们一起回家，我要拜访你的大表哥。"

杨广绥狞笑道："哟，云深，看不出来嘛，这么早就想着要讨好大舅子了？"

赵云深坦荡地走在前方道："这算哪门子讨好？我是听许星辰说她表哥照顾过她……"

杨广绥猜测道："你就要去帮人道谢？"

赵云深微微摇头，但没继续和杨广绥讲话。因为许星辰待在他旁边，与他聊天："我能在你们专业课上写高数作业吗？我不能看动画片了，书包里只有一本作业。"

赵云深条理清晰地分析道："随便写。你周围肯定都是记笔记的人，他们才没工夫去关心你在写什么东西。"

许星辰信以为真。

然而当她坐在阶梯教室里，充满仪式感地摊开《高等数学》的课本，拿出两张草稿纸，才发现自己完全无法进入状态。倒不是因为她厌学，而是因为，此时此刻系统解剖学的教授采用 PPT 播放了一段视频。

偌大的屏幕中，人体腹腔被切开，隐约可见各种鲜血淋漓的器官。

这时，教授突然手疾眼快地按下了暂停键，轻轻握起一根激光笔，指着 PPT 上的画面说："同学们，经过几周以来的学习，我已经带着大家认识了人体的运动系统，包括肌肉、骨、关节。上周五的课堂中，我们进入到了消化系统的学习，现在我来请一位同学给我指出大肠、小肠、胃、肝的位置。"

教授说完，视频继续播放，只见一把手术刀缓缓剖开腹腔，翻出脂肪组织，血液外渗，相继出现了 A、B、C、D 四个区域划分。

许星辰凝视片刻，觉得她的肝好痛。

她惶恐而呆滞的目光，吸引了教授的注意。

教授说："第五排穿浅灰色衣服的女生，请你来回答我们的问题。"

许星辰像是被人一斧头劈在脑门上，猝不及防又茫然地站了起来。她的高数书还没来得及收走，她就成了全系学生的重点关注对象。

正当她无助时，赵云深写下了标准答案，摆在许星辰眼前。她连忙低头，念道："A 是大肠，B 是胃，C 是肝脏，D 是小肠。"

教授叹了口气道："你坐下来吧。"

许星辰很奇怪地问："我回答得不对吗？"

前排的同学说："对的呀。"

他们还在窃窃私语，教授便开口教育道："无论你们去了哪个科室工作，基本功不能落下。你们将来救治病人，连人体构造都记不清，那不是庸医是什么？"

讲台下的人寂静无声。

许星辰总算明白：赵云深递给她一张字条，她将字条念了出来。这一系列小动作根本没逃过教授的火眼金睛。教授认定许星辰是医学院的同学，上课不认真听，下课也不复习，便有了一丝失望。

许星辰小声道："我的内心为什么会有羞愧感？我不学医啊。"

赵云深指间旋转着一支钢笔："下次还是不能带你来上课，你什么都不懂。"

许星辰做贼般低下了头，拽过赵云深的教科书。她又一次惊呆了，天哪，好多笔记啊。在她的印象里，男同学基本是不怎么记笔记的，他们上课就带个脑子，光在那儿坐着听，动眼不动笔，像是一帮电子记录仪。她还是第一次见到像赵云深这种写满了一本教科书的男孩子。

赵云深的严谨态度打动了许星辰。

下课铃响后，许星辰问他："你为什么这么认真？"

"你非常辛苦地给我挣来一箱辅导材料。"赵云深摸了几下她的头，"我可不能像以前那样混日子，让你的辛苦白白浪费。还有啊，你有没有想过未来？我要是再混日子，以后就是个庸医，我们俩都没饭吃可怎么办？"他说话时，并没有看她，很正派地目视着前方。而且他掌握不好手上的力道，那摸头的动作就像是要将许星辰的脑袋往下按。

许星辰确实没扛住，额头"砰"的一声撞到了桌面，前排的同学们都惊讶地回过头来。

赵云深的室友杨广绥还问："怎么了？赵云深，你媳妇儿不认识大肠小肠，你就把人按在桌上认错吗？”

许星辰摆手道：“不不不，他就是控制不好力度。”

杨广绥花容失色道：“赵云深，你对女孩子下手要轻。鼻子什么的撞坏了，还得找膨体和软骨之类的材料再垫起来……”

赵云深为自己辩解：“我们都是文明人，不对女人动手。”他挑起许星辰的下巴，看着她，缓缓地问道，“磕没磕疼你？”

许星辰望着他的双眼，只觉得他幽深的瞳仁里，映着属于她的模糊倒影。她感到额头烫了起来，精神紧张，呼吸急促，被他碰到的地方酸软得几近麻木，那症状如同突然发烧，诱因是赵云深，病因也是赵云深。

许星辰支支吾吾地辩解道：“完全没有。”

她清了清嗓子，破坏暧昧的气氛，指出他的口误：“你不对女人动手，但会对女人动刀吧。将来你肯定会遇到一些女患者，要掏出手术刀，切割她们的肉体，血溅出来，哗啦哗啦的，喷射到无影灯上，像是老师 PPT 上放的视频。”

赵云深皱了一下眉头道：“话是这么说的没错，但听了你的形容，我怎么感觉有些不对？”

许星辰坐得更近，与他一同探究道：“哪里不对呀？”

赵云深沉思道：“我脑补的画面是《电锯惊魂》的片段。”

许星辰猛地一拍桌子道：“你平常喜欢看恐怖片吗？”

“偶尔看看吧！”赵云深懒洋洋地靠上椅背，“我收藏了不少战争片，尤其是有关‘一战’和‘二战’的。我的笔记本电脑里也有备份。你就别问我要了，电影场面很惨，特别暴力血腥，一大批一大批地死人，你看了八成要做噩梦。”

许星辰调侃道：“赵云深，在你眼里，我的胆子很小吗？”

赵云深耸肩一笑道：“路上的一只蜜蜂都能把你吓得嗷嗷叫。”

前排的同学们听了也笑。

许星辰趴在桌子上，侧过脸看着赵云深："没有啦。"她悄悄告诉他，"我是在男朋友面前装柔弱。"

她最后的那句话，只有赵云深听见了。他又摸了摸许星辰的头，这一次力度掌握得很好，像是在触碰一只柔软的小兔子。

傍晚，许星辰和赵云深一起去食堂吃饭。途经南门的传达室，许星辰背着书包跑进去，欢快地道："我的好朋友去北京上学了，给我寄了几张明信片。有故宫、天安门、颐和园的，我要去找一找……"

传达室共有三座木柜，分别放着本科、研究生、博士生们收到的信件，按照宿舍楼地址统一归类。许星辰猫着腰找了半天，不仅拿到了属于她的明信片，还发现了一封寄给赵云深的信。

信封是粉红色，字迹秀丽工整，大概率来自女生。

寄信人的名字是：晴晴。

果然是个女生啊，许星辰心想。

许星辰跑出传达室，直接将信件转交给赵云深。

赵云深扫视一眼，问她："晴晴是哪儿来的？"

许星辰惊讶地反问他："你不认识吗？"

赵云深掐指一算道："我认识的名字里带晴的女生，至少二十几个吧。"

许星辰踮起脚，企图达到他的高度："有没有交往紧密的、关系特别好的姑娘呢？"

赵云深握住了她的手："有倒是有，不过她的名字里只有星辰。"

许星辰因为这话，转瞬就忘记了那封信："好的！我们去食堂吃晚饭。"路过学校的垃圾车时，赵云深顺手将信封撕开，把里面的纸揉成一团，精准地扔进了一旁的垃圾堆里。落日西下，他原地站立几秒钟，斜斜的影子落在地上，更显颀长。

傍晚时分总是食堂用餐的高峰期。许星辰满脑子都在想，一定要早点去食堂，排队的人少，还要帮赵云深抢一份巴沙鱼——在他们学校食堂，巴沙鱼限量供应，去迟了就卖完了。但她注意到赵云深喜欢吃鱼。

许星辰还认为，谈恋爱就要有谈恋爱的样子。每天三餐，最好都和男朋友一起吃，这样饭菜的滋味都会变得更香。许星辰和赵云深在食堂用餐时，经常撞见双方的同学。有时候许星辰吃到一半，搂一下赵云深的肩膀，刚好被他的朋友们看见。那些朋友就挺不好意思的，偷偷和赵云深招一招手。许星辰反倒豪气万丈地道："咦，那是谁啊？你朋友？喊过来让我认识认识。"

凭借这种方法，许星辰熟知了赵云深的三位室友。

她和杨广绥玩得最好。

杨广绥是个妙人。他教会许星辰护肤，还送过她一瓶护手霜，强调道："手是女人的第二张脸。"

许星辰仔细端详过杨广绥，当场惊叹不已，表示拜服道："妈呀！你的皮肤没有毛孔。"

杨广绥沾沾自喜道："我是 T 字区混油皮的肤质，经常做清洁和保湿。喏，我这儿有个面膜小样，你拿去试试。基础保湿款的面膜，最适合每天早晨用，可惜你不化妆，你敷完这个面膜再化妆，底妆都会很服帖。我看你皮肤蛮好，你再跟我多学一学，多做护理，毛孔也能小到看不见。"

许星辰摊平手掌，向前伸直，像教徒接受圣物一般，虔诚地接受了杨广绥的面膜小样。然后，她从背包里翻出两支新买的唇膏，问他："你喜欢哪一种？左边是蜂蜜味，右边是草莓味。"

杨广绥也不客气，直说："蜂蜜味，我喜欢蜂蜜。草莓太甜，味道太浓，我几乎不用草莓味的唇膏。"

许星辰把蜂蜜味的唇膏赠送给了他。

杨广绥当场拆开包装纸，拔出唇膏试用一番，评价道："香气自然，润泽度还行，持久度有待观察。你知道有些唇膏刚用完嘴巴不干燥了，还没到半个小时呢，嘴巴又干燥起来，那就是没有持久度的产品。"

许星辰捡起纸壳子，指着上面一行文字道："这两支唇膏都是我昨天买的，它们有 SPF12 的防晒值。杨广绥……啊，我叫你杨老师好了。杨老师，唇膏的防晒度数管用吗？"

杨广绥听到这一声"杨老师"，嘴上不说，心里还是很受用的。他那些异常宝贵的护肤常识根本没办法和寝室里一帮不修边幅的糙老爷们儿分享。赵云深还好，至少每天洗澡，算得上干净整洁。他们寝室的王溙每天连头都不洗，还指望他花心思做美容吗？怎么可能呢。杨广绥不禁感慨，幸好赵云深早早地交到了女朋友，这才有人和自己交流美容心得。

"你一定要注意防晒。"杨广绥语重心长地叮嘱道，"虽然现在是十月底，但是偶尔也有几天阳光很暴烈的，紫外线指数强，你要记得在脸上涂一层防晒霜。防晒是抗衰老的第一大利器，你看欧美那边的女孩子为什么老得那么快？因为她们不保养，还喜欢躺在沙滩上晒太阳。"

许星辰止不住地点头道："晚上回宿舍，我会用卸妆水仔细做清洁。"

杨广绥哈哈一笑道："很多人以为啊，防晒霜用清水就能洗掉，那是不对的，要做深层护理。"他拍了拍自己的脸蛋，"还有一些女同学整天熬夜，晚睡晚起，当然会长粉刺和闭口啦。什么是美容觉，就是早睡晚起，皮肤自然好。"

许星辰表示受教地说："我会保持每天八小时的睡眠。"

杨广绥倾身向前道："这就对了！吃好睡好，养出好皮肤。"

许星辰感叹道："从此告别粉刺和闭口。"

杨广绥充满赞许地看着她，两人像革命志士一样亲切地握手。杨广绥还发表了重要讲话："许星辰，护肤是一项长久的事业，千万不能怕吃苦、怕麻烦。你要持续做好自我监督、自我评审、自我提高，坚持每天早晚都用清水洗脸，每周敷一次保湿面膜。"

许星辰连连点头："就让我们一起加油。"

许星辰和杨广绥相谈甚欢时，坐在旁边的赵云深散发着一种难以形容的可怕气场。这种气场，常见于年轻的雄性动物被侵犯领地时，那种阴沉的表现。

食堂里，喧闹声依旧。

赵云深吃完一条鱼，便在餐盘里拼骨架。许星辰终于发现他的异常，轻轻地喊道："赵云深？"

赵云深呵呵一笑。

许星辰像往常一样，右手握着筷子，左手揽住他的肩膀。别的情侣都是面对面坐着，只有许星辰总是与赵云深并排，时不时伸出手将他搂一搂。大多数情况下，他都会配合她。

不过今天的赵云深特别沉稳。许星辰与他开玩笑，他扯着嘴角不咸不淡地笑一声，还把目光聚在杨广绥身上。赵云深神情和煦，温柔而充满关切地问道："广绥啊，唇膏好用吗？"

杨广绥正在吃鱼，差一点被鱼刺卡住喉咙。他咳嗽两声，坐立不安地道："还、还蛮不错。"

赵云深拼好了一条鱼的胸腔骨架，头也没抬地道："蜂蜜味很好闻吧，比草莓好多了。"

杨广绥哪怕是个傻子，此刻也能感受到赵云深飘散在空气中的浓烈醋意，更何况他不是傻子。杨广绥立刻叹气道："好是好，不适合我。"他将唇膏交到赵云深手中，赵云深却不愿意收下。

赵云深说："你嘴上用过的东西，拿来给我用，你什么意思？在你眼里，我就是这么随便的人？"他一边说话，一边放下筷子，满盘的骨头散落一片。

杨广绥冷静地回答道："这支唇膏，今后就放在我们寝室里，作为一个小小的吉祥物，谁都不许动它。"

杨广绥的一番言论，引发了许星辰的深思。

这天晚餐结束之后，许星辰和赵云深在学校的树林里散步。

天幕暗淡，夕阳收尽余光。附近层影重叠，树叶在风中摇摇晃晃，许星辰趁着四下无人，掏出她的草莓味唇膏抹在嘴唇上，小声碎碎念道："挺好用的啊。"

赵云深站在近旁，背靠一棵树。许星辰还凑近他，追问他："赵云深，你是不是吃醋了呀？"

赵云深喊她的名字："许星辰。"

许星辰原地立正道："你说你说，我仔仔细细听着呢。"

赵云深将双手插进衣服口袋里，神情有些严肃地说："你跟别的男生打交道，不要过于温柔和热情，要有分寸感。你知不知道什么是分寸？不管是当着我的面，还是背地里……"他这话一出，许星辰恍然有一种被抓奸的错觉。

许星辰连忙解释："上周四中午，我经过北门，杨广绥刚从屈臣氏回来，顺道送了我一瓶护手霜。他还是你的室友。我就觉得吧，我不能占他的便宜，必须和他有礼还礼，正巧昨天新买了两支唇膏，还没拆封……我就顺便送他一支了。"她双手背后，低着头，略显挫败地说，"既然你很有意见，我以后不跟异性讲话了。"

赵云深轻拍她的头顶道："你不要误解我的话好吧。你不讲话，平常怎么跟人沟通？你会计的工作还做不做了？"

许星辰思路奇特地说："我不想惹你不高兴啊。"

赵云深却告诉她："哪怕我是你的男朋友，也不能操纵你去做任何事。我让你干什么，你就去干什么，你还要不要过自己的日子了？同理，别人按他们的意愿，要求你去达成什么目标，你也要先在自己的脑子里过一遍吧。"他摸上许星辰的后背，喃喃道，"喂，许星辰，你爸妈没教过你怎么跟别人相处吗？"

许星辰嗓音更轻地说："我讲过的，我没有妈妈。"

赵云深未停顿，脱口而出道："不要紧。"他眼神专注，认真地看着她，"现在我来照顾你。"

他说：现在我来照顾你。这句话共计七个字，每个字都敲落在许星辰的心房上。

草木繁盛的秋日树林里，她踮起脚和他接吻，浅尝辄止，像偷喝了一口蜂蜜，甜得发腻，流进心里，使她不敢继续了。

夜间，许星辰回到宿舍，内心愉悦又兴奋，久久不能平复。她便搬来一张小凳子与室友们一同看电影。王蕾晚上没去食堂，打回来一大份麻辣烫。王蕾一个人也吃不完，索性将麻辣烫扣进了饭盒，传给另外三位室友。

几个小姑娘聚在一块儿，你一口我一口，互相喂一串食物。电脑屏幕立在前方，播放着一部最新的台湾偶像剧。王蕾对男主角十分迷恋，动辄出声道："好看，真好看，怎么会有这么好看的男演员？"

许星辰嗑着瓜子说："长相一般，演技不行。"

王蕾揪起她的衣领，一副要吃了她的样子问道："你说谁长相一般，演技不行？"

许星辰眨巴一下眼睛道："我自己。"

王蕾这才松手，接着说："气质比脸更重要。一个男人，气质让人心动，我会忽视他的脸。"

许星辰好奇地问她："哪种男人最有气质？"

王蕾的脑海中浮现模糊的人影。她声情并茂地描述道："白净，瘦弱，肤如凝脂，弱不禁风。"

许星辰雀跃地扑上去道："我符合你的条件呀，要不干脆我们俩一起过日子？"

王蕾推开她道："不行，你有了赵云深。"

只要有人提到赵云深的名字，许星辰免不了就会走神。她双手托腮坐在板凳上，望着黑夜中的玻璃窗以及更远处的男生寝室楼。

男生寝室楼内，赵云深还在复习功课。

赵云深的室友邵文轩正躺在床上，捧着一本书研究股市行情。邵文轩半掀开眼帘，瞄见赵云深用功读书的侧影，多问了一句："赵云深，你白天也学，晚上也学，你高中就是学霸吗？"

赵云深铺开一张白纸，临摹着人体运动系统和消化系统的结构。他一边作图，一边说："没啊，我高中是个混子，经常抄同学的作业。谁给我作业抄，谁就是我亲爹。"

邵文轩惊讶地道："你怎么考上我们学校的？"

赵云深若有所思道："高考那两天，我特激动，肾上腺素分泌得多，脑筋突然好使，考出的结果比平时多了四十来分。"

邵文轩称赞他道："神人啊，神人。"又问，"你是不是早就想好了要做医生，要救死扶伤，怀着崇高的信念踏进了我们学校的医学院？"

赵云深翻开教科书的下一页，坦诚相告道："我填志愿的前一天，才稀里糊涂地确定了要学医。我还给我爸打了个电话，他要是不同意我学医，我就不学了，但他说想学就学，男人做事不能畏畏缩缩，我就填报了我们学校。"他画出一幅非常细致逼真的腹腔解剖图，随手对半一折，将其夹在了书中，"开学这两个月，每天听老师讲话，你觉没觉得医学很重要？我们现在昏头昏脑地混日子，将来也许就会耽搁别人的一条命。我要拿什么东西去赔人家的一条命？"

邵文轩叹道："是哦。"他把一本《中国股市经典案例》盖在脸上，平躺着不动，"再过几天，我们要去亲手接触大体老师了。"

所谓"大体老师"，正是医学生们对遗体捐赠者的尊称。

旁边正在敷面膜的杨广绥一愣。好半晌，杨广绥闷声说："我怕。"

无人理睬他。

杨广绥摘下面膜，往脸上拍了一层精华水："我怕尸体。"

邵文轩纠正道："他们不叫尸体，是大体老师。"

这时，赵云深拎着书站起来，走到了杨广绥的身侧。杨广绥心里一暖，正想着：嘿，赵云深这个哥们儿够意思！他肯定是感同身受，也很害怕尸体又不敢说实话吧。

杨广绥扭过头，却见赵云深弯下腰，仔细研究着杨广绥桌前的人体骨骼模型，并没有开口说一句话的意思。赵云深摆弄着骨头关节，露出一副"原来如此"的表情。

杨广绥问他："深哥，你对大体老师有什么看法？"

赵云深反问："我还没见过，能有什么看法？"

杨广绥的千般怀疑都化作了一抹笑："讲实话，你怕不怕？"

赵云深没作声，连连摆手。

到了正式上课的那一天，所有同学都穿着白大褂，戴着手套和口罩，进入了庄严的解剖楼。

福尔马林的气味很呛鼻，杨广绥担心自己的皮肤受不了，便站到了赵云深的背后。他们五个人共用一具大体老师，只做观察，并不动刀。杨广绥与赵云深一组，自始至终不敢直视大体老师的面部。

教授在讲台上说："你们不能信鬼神，但不能不敬畏生死。感谢大体老师的贡献，我们先为他们默哀一分钟。"

一分钟内，教室里静若无人。

杨广绥只觉瘆得慌。

赵云深与他截然相反。赵云深按照课程要求，进行着全方位的观察。他们的大体老师是一位年迈男子，腿部和背部都有伤疤，赵云深便和杨广绥说："他活着的时候不容易，看这样子，肯定动过几次大手术。他离世后，就把遗体捐给了学校。"

杨广绥双眼紧闭地说："我去看看隔壁组的情况。"

赵云深侧了一下头说："隔壁组的大体老师是个九岁的小朋友，白血病离世。"

杨广绥重复昨晚的问题："你对大体老师有什么看法？"

这一回，赵云深终于能直白地回答："我的直观感受是，皮肤很硬，气味刺鼻；内心感受是，他们的贡献很大，解剖是现代医学的基础。我暂时只能想到这么多。"

实验课结束之后，赵云深找到教授问了几个问题。那位教授详细地回答了他，赵云深觉得今天收获不小，还挺高兴。当他走出实验室时，正好碰见了高年级的学生以及走在前头的另一位老师。

老师说："几位长得壮、有力气的男生，跟我去一趟地下室。"

那位老师路过赵云深身边，见他静立不动，竟然催促了一句："同学，请你过来帮个忙。"

赵云深猜测：肯定是要搬运器材或者医学标本。

赵云深和一群学长乘坐电梯到达了负一楼，看到一片水泥墙，冷硬坚固又简陋。老师朝着他们招手，说："大体老师都不轻，你们小心点啊。"

老师拉开了柜门，取出一些被不知名材料包裹的尸体，嘴上还念叨着："明年寒假，实验台改装，按个按钮就能抬出标本，你们的学弟学妹有福了。"

赵云深站得最近。他弯腰接过尸体，双手一沉，没想到会那么重。古怪的气味包围着他，四处都是泛黄的昏暗灯光，学长还在一旁调笑道："那边是不是尸池？"

另一位学长窃窃私语道："2006 级的学姐说，负一楼尸池闹过那种事。"

赵云深作为 2009 级的新生，自然存有一丝好奇心："什么叫那种事？"

学长的面容被阴影遮蔽："嘿嘿，你想知道啊……"学长把手绕到了赵云深的背后，瞬间猛拍一把，赵云深手腕僵硬，差点摔掉了尸体。

老师看见他们的小动作，微有愠怒地训斥道："你们也不是新生了，尊重大体老师的教育课还要我在这里给你们几位重新上一遍吗？"

学长连忙认错。赵云深叹了口气。

他们一行人将几具标本搬进电梯，拉入实验室，摆上实验台，尸体终于露出了真容——发黄发暗的皮肤黏着骨头，双眼安详地紧闭着。

赵云深没有立刻离去。他又待在旁边观察了一会儿，听见老师和学长的谈话："我上堂课有个学生割伤了手。你们想做外科的，不能毛躁，手术刀很锋利，别说你戴着一层手套，就算两层手套，照样割开。这一批手术刀片是新的，缝个针就行，污染过的，还要去打破伤风的针。"

学长却说："我还没想好要不要做外科医生呢。"

这时有人接话："外科、内科、急诊科，轮着来一遍实习嘛。"

学长面露忧虑地说："一天忙下来，没时间吃一口饭，我又饿又累，回家还要写论文。"

他们表现得垂头丧气。赵云深一问，才知道前几天发生的事——有一位性格开朗的优秀学长，正在医院实习，晚上值班时被患者家属打了一顿，造成骨裂。这种倒霉事发生在陌生人身上，大家不会有太多感触，可能看完新闻转过头就忘了。但如果发生在熟人身上，便会激发一些愤怒和消沉情绪。

赵云深倒是乐观。他觉得，倘若病人想吵架，他会一言不发，吵不起来就没事了吧。

死亡与病症面前，普通人很难做到从容坦荡，赵云深完全可以理解。他觉得，如果是他的亲人生了什么大病，他也会急躁愤怒，先茫然后崩溃吧。

时间一天天过得飞快，转眼深秋已过，凛冬将至。

赵云深的课程排得很满，许星辰比他轻松不少。

平常赵云深在图书馆自习时，许星辰经常捧着电脑看连续剧。她是电视剧的狂热粉丝，精通于各种类型的复杂人物关系。某天，她正在观赏主角谈判的一场戏，忽然有个陌生人敲响了她的桌子。

许星辰抬起头，见到一个打扮朴素的男同学。

那人悄声说："我是大一的学生，我们明天早上有小测验，我还没有复习完呢。图书馆坐满了。你要看电视剧，回寝室看行不行？你把座位让给我吧。"

如果赵云深不在旁边，许星辰是可以离开的。她的作业都写完了，最近也没有重要考试。但她转念一想：不对啊，他这是求人的态度吗？

许星辰摘下耳机，轻声回话："你们明天要测验，你就应该早点来图书馆呀。七点半了你才来图书馆，肯定没有位置了。"

那人目视四周，只听见一片笔尖滑动的"沙沙"声。

他索性取下书包，扔在许星辰的脚边："谢谢同学，谢谢你，你让我吧。我们明天测验，题目特别难，还要算进期末的总分里。"

许星辰扭过头，默不吭声。

除了许星辰之外，附近所有人都在看书、学习、写作业。

那位男同学见她不动，大为光火，问她："你都没事做，为什么不能让啊？你是哪个专业的，这么自私？"

赵云深搭话道："你为什么不能早点来？"他视力很好，看见了那人学生卡上的名字——范元武，2009级软件工程专业。

范元武今天诸事不顺，心情很差。明天就要考试了，他都没开始看书，心里自然很着急了。于是赵云深一发话，范元武嗓音拔得更高了："我和她说着话，你插什么嘴？从哪里冒出来的龟孙，跟你有什么关系？"

赵云深把钢笔一甩："你是来找座位，还是来找碴？"

范元武嘴皮一动，从牙缝里挤出一阵"喊"声。

赵云深念高中时并不是一个好学生。他经常抄作业，还参与过打架斗殴，只是很少被老师和家长发现，但他骨子里可能是十分叛逆的人。他非常看不惯范元武当着他的面，三番五次地针对许星辰。

范元武当然也不好惹，问："喂，你哪个专业的？"

赵云深笑得挑衅地说："我知道你是软件工程专业。"

他们这一番交谈引来了周围人的注视。许星辰轻扯赵云深的衣袖，赵云深却将她的手拽走。他的教科书和笔记本都摊放在桌面上，展露了一幅无比清晰的人体解剖图。

赵云深在重要部位都写了备注，他那些工整翔实的字迹，充分透露了教科书的主人是一个爱学习的学霸。

范元武伸手要翻书，想见识一下赵云深的名字。

范元武快要碰到纸页时，有人识破他的意图，拍掉了他的手背，他的皮肤红了一片——动手的人，不是赵云深，而是许星辰。

许星辰第一次处理男同学之间的冲突。她很茫然地说："大家都是校友……"

冷风穿透窗户缝隙，乍然吹过桌面。范元武狠狠踩了一脚许星辰的书包，一脚还不够，他又跺了一脚，甚至充满恶意地蹍了蹍鞋底。做完这些，他转身往外面走去。浅米色书包留着他的肮脏鞋印，显得分外刺眼。

许星辰拾起书包，拍掉了上面的灰尘。

赵云深从座位上站起来，跟紧了范元武的脚步。他推开椅子的声音不小，许星辰有些紧张。

赵云深的手机、钱包、笔记本电脑还留在座位边，许星辰不敢走远。她飞快地帮赵云深收拾好东西，然后拎着两个书包正要起身，忽然另一个熟人的声音传来："许星辰，你待在这里，我去找那位学弟。"

许星辰循声望去，见到了李言蹊。

李言蹊气质出尘、风度翩翩，而且，他似乎很有处理矛盾的经验。他回忆了一遍自己或经历或旁观过的纠纷，略带无奈地说："十几岁的男孩子，脾气最冲动。"

本学期李言蹊开始在医院实习。他还准备了一篇论文，即将发表。他是技术与学术上的双料冠军，也是教授们的重点栽培对象。老师给他布置了不少任务，所以他最近很忙。李言蹊抽空来图书馆查资料，碰巧目睹了刚才那一幕。许星辰的惊慌失措，让他心生怜悯之意。

图书馆后门口的小花园里，月光暗淡，树影横斜。两位同龄的年轻人正在对峙——范元武比赵云深矮了十厘米，身量也偏单薄。不过他肤色黝黑，体格精瘦，真要打起架来，他也能撑上一段时间。

范元武背靠一堵墙，问道："你干什么跟着我？"

赵云深视线下移，说："问问你自己那双脚，专踩女孩子的书包，你本事挺大啊。"

范元武解开外套扣子，摆出阵势："别以为我怕你，别以为我不敢动手……"

赵云深往前走了一步，踏过一株凋零的杂草。他身后来了另一个人，拦在他的前方："学弟你好，我是李言蹊，你的研究生学长。"

天气越发寒冷，屋檐上挂着一层白霜。李言蹊拉紧外衣，圆场道："学生守则上写了，打架呢，起码是个记过处分。这位软件工程的同学，你明天还要参加考试。你为了考试跑到图书馆找座位学习，这说明你还是重视考试、重视学校的。你干吗要跟同学起争执，抹黑自己的学生档案？"

范元武没辩解，跑出了花园。

那人逃窜的背影就像一只在粮仓里撞见老猫的耗子，赵云深心想。他有点不耐烦。李言蹊又忽然喊住他，语重心长地对他说："我同学和你一样，勇敢自信，充满热血。上周五，他在实习医院值班，跟患者家属起了口角，被人用不锈钢杯子猛捶手指，当场骨裂了。"

赵云深没好气地回复了一句："你想告诉我，我不能跟笨蛋计较？"

李言蹊摇头道："赵云深，你是我们专业的学弟，我才敢摊开了跟你讲，忍字头上一把刀，你要做一个好医生呢，脾气就不能急躁。你要慢慢来，不要急，不要跟人吵。"

赵云深走到他身侧道："我可没打算痛扁范元武一顿，虽然他那人确实欠扁。我可不想给我的学生档案抹黑，为了那种人，犯不着让学校给我记过。我原本的计划是，拖着他，浪费时间。他很厌，不会先动手。明天早晨他不是要考试吗？我陪他熬一晚上，他明天可能就考不好了。"

李言蹊和他相视一笑。

站在后方的许星辰拎着两个书包，望向了赵云深。她轻轻叫他的名字，他就牵住她的手道："回去吧，我们接着自习。"

许星辰十分惋惜地说："我刚收好你的东西，座位就被别人占领了。今天图书馆的人特别多……"

赵云深当机立断道："不学了，我带你出去玩。"

许星辰双眼一亮地问："去哪里玩呢？"

"我们先回寝室放书包。"赵云深思考道，"西门对面的游戏厅没关门，那儿还有小吃一条街。"

晚上八点，许星辰跟着赵云深走进游戏厅。

游戏厅里的玩家多半是学生。许星辰换了一把游戏币，摆弄起了拳皇，她的操作很精准，赵云深和她对打，两人的水平竟然不相上下。

许星辰非常高兴，炫耀道："我玩小游戏，很少输给男生。"

她说着，还跑向另一台抓娃娃机。她的滑铁卢从这里开始——她投了五个游戏币，连个影子都没抓上来，许星辰简直惊呆了。

赵云深观察片刻，便说："夹子的抓力太松，好几次都是差一点。"

他摸上许星辰的手背道："换我来。"

许星辰分给他十个游戏币，说："抓不上来就算啦，娃娃机不好操纵的。"

赵云深用行动证明了他的实力。他旋转游戏杆，推动了某一只娃娃，恰好掉入洞口。那是一只粉白色的小熊，毛茸茸的，仅有巴掌大，脖子上系着蝴蝶结，许星辰喜欢得不得了。

她将小熊抱进怀里，夸奖赵云深道："你真牛，第一次就弄到手了。"

赵云深掂量了一下剩余的游戏币，说："小意思，你还想要哪一个？"

许星辰拉着他走向另一侧道："我们换种机器，好不容易来玩一趟。"

游戏厅午夜十二点停业。许星辰和赵云深玩到了十一点半，又在街边尝了一碗白凉粉和龙抄手，吃完夜宵，时间是零点过五分，学校宿舍已经封闭了。

天幕暗沉如一方泼墨，路上的人影逐渐稀少。许星辰从口袋里掏出一张卡片，介绍道："山云酒店在做活动，今天和明天入住可以打三折。三折呢，能省好多钱。"

她牵着赵云深的袖口问："你去不去？"

赵云深没用语言回答，但走向了山云酒店。这家酒店距离学校很近，大概三百米的距离，价格偏高，不过生意兴隆。他踏过地毯时，稍微犹豫了一会儿，许星辰就松开他的手，直接迈进了酒店大厅。

赵云深抢在许星辰之前，付钱订了一间标准双人房。打折后的双人间四百来块钱，许星辰有一点心疼，提出和他 AA 制，他就说："你去问问别人，哪有跟男朋友出来玩还自己掏钱的女孩子？"

许星辰笑着问："我们玩什么好呢？"

赵云深推开房门，思索道："我们来复习功课？"

许星辰说："好啊。"

赵云深一只手伸向前，关掉了室内灯光。好像在不见光的黑暗中，他更能坦然应对那些乱七八糟的念头。

许星辰几乎挨到了他的喉结。她从没这么近距离地观察过他。许星辰说："你现在是一只鸵鸟，被我埋进了沙子里，你不许动。"她双手交握，那模样仿佛要去神庙祭祀。

赵云深不知为何，有些不可言说的期待感。

许星辰指着某个地方，问他："这是什么？"

他说："胸骨体。"

许星辰又往下挪动一寸，他便说："肋间隙。"

许星辰充满求知欲地问："你的心脏在哪里呀？"

赵云深指着自己的胸膛道："明摆着在这里。"

许星辰又问："我的心脏也是吗？"

她的确切意思是：我的心脏是否也在同样的位置？

赵云深想了想道："差不多吧，我们的心可能连在一块儿。"

许星辰哈哈一笑，拍响他的胸膛说："你还蛮幽默的。"这不是赵云深预计的结果。他以为许星辰会害羞躲藏，会赧然脸红，四周将充满少女初恋的梦幻氛围。然而，许星辰的反应像是一位欣赏他的兄弟。

事实上，许星辰的内心忐忑羞涩，但她不好表现出来，便用一种轻松大方的态度，稍微缓和了暧昧的气氛。她向前趴进他的怀里，悄悄贴着他打了个哈欠，迷迷糊糊地说："我平常都是十一点就上床……"

"一点十分。"赵云深拽起手表，"好了不闹了，你睡吧。"

许星辰点头。

赵云深扒开她的胳膊说："放手啊，放我回去睡觉。"

许星辰在他耳边"嗯"了一下，如同一只绵羊撒娇，一声调转成二声调。赵云深便无奈地跟她讲道理："你要这么玩，肯定会出事。"

许星辰困得语无伦次，甚至不记得她躺在何处，口齿不清地说："没关系，你跟别的男同学不一样。你特别有礼貌。"

赵云深摆手打断她道："我平常装得挺像样，其实吧，脑子里都在想……"

许星辰问他："想什么呀？"

他竟然回答："为了我在你心中的形象，我不会告诉你。"

许星辰临睡前的最后一句话是："你都这么说了，我猜也能猜到啊。"

次日早晨，许星辰八点起床。她懒洋洋地拽紧被子，宛如春天化茧的毛毛虫，并不急着破蛹成蝶。她从被子中伸出一条腿，扭头往旁边一看——赵云深不在他的床上。

他去浴室洗澡了，水声流畅，不绝于耳。

许星辰叫唤道："赵云深？"

赵云深回答："等我十分钟。"

许星辰依然散漫地说："你从浴室出来，走到我面前绕一圈，我就有动力起床了。"她这句话只是一个玩笑，她以为赵云深听完就过去了。哪里知道，十分钟之后，赵云深真的"大驾光临"。他的头发还有些潮湿，但不影响他的外貌。美男出浴之景，让许星辰失神默念道：入我相思门，云深不知处。

心中默念完毕后，许星辰从床上站起来，原地一蹦，飞扑向赵云深。他就用浴巾裹住她，手法绝妙，她一时没解开，听他笑声不断，她嬉闹着攀附他，触到的皮肤滑滑凉凉的，再次让她心尖一颤。

她和赵云深收拾好了，各自返回学校的寝室。

赵云深的情况还算不错。他自称在图书馆熬夜自习，忘记了时间，趴在桌上睡到了天亮，几位室友都很相信他。但是许星辰使用同样的理由，她的室友们便挨个儿露出了狐疑的神色。王蕾更是直言不讳："哎哟，扯什么学习，你是不是跟赵云深那个去了？"

许星辰万万没想到自己会被人一眼识破。她只能努力地反驳道："没有啦，我在看电视剧。"

王蕾捧起一本专业书，不再追究，而是说："许星辰，你要抓紧哦，马上就要期末考了。"

许星辰连声应好。但是当她真正翻开往年的"高等数学期末考试卷"时，意识到情况不妙——试卷题目比作业难多了！天哪，怎么会这样？

当夜，许星辰在操场上陪赵云深跑步。

操场跑道长达四百米，赵云深每天至少跑十圈。许星辰远远达不到赵云深的体能标准，只能在他跑第一圈、第二圈和第十圈的时候，尽量跟在他旁边。

她说："我今天开始复习高等数学。"

赵云深问她："复习得爽吗？"

许星辰百感交集地道："我非常相信高数老师。他布置的作业我都做了，可是我今天看到往年的期末试卷，难度系数完全不一样，他真的不怕同学们挂科吗？"

她岔气了，放慢脚步，调整着呼吸。

赵云深停下来，站在跑道旁边道："我的数学也不是很好。能不能教你，我不确定。"他还问，"你高考数学多少分？"

许星辰如实说："126。"

赵云深拧开一瓶矿泉水说："我是123。"

许星辰不以为然道："医生不用研究数学吧？"

赵云深喝了一口水，反问道："会计要学好数学吗？"

许星辰勉强笑道："理论上讲，那还是要的。"

赵云深拎起两人的书包，鼓励道："你好好复习，考到A以上，我寒假跟你出门玩。"

许星辰先是问他："你今天只跑了九圈，不跑了吗？"又问，"赵云深，我要是考不到A怎么办啊？"

赵云深省略了第一个问题，直接回答一句："你考不到A，整个寒假只能跟着我。我说去哪儿，咱们就去哪儿。我让你别动，我来研究你的生理结构，你最好就乖乖听我的话……"他原本是在调笑，可是许星辰已经脑补了相关画面。

她脸颊爆红，支支吾吾地应道："你太过分了。"

赵云深趁着周围没人注意，单手揽着她的腰，低头亲了她一口。许星辰心里顿时又甜甜蜜蜜，她主动牵紧赵云深的手，随他一起去食堂吃晚饭了。

从这天开始，许星辰早起晚睡，疯狂复习期末考试。她在班级

QQ 群里，经常发表一些重要指示，解答了大家对往年的试卷的疑惑。因此，有些同学也来找她，戏称她为"扎根群众的学霸"。

许星辰接受了他们的赞扬和小零食。

期末考试持续五天，许星辰答得还可以。回家之前，她查到了总成绩——均分 85.6，专业排名第十四。许星辰非常开心。正巧那日，许星辰下楼倒垃圾，偶遇了杨广绥，便问他："你们专业的排名出来了吗？"

杨广绥竟用复杂的目光打量她。

许星辰警觉地道："怎么了？发生了什么不得了的大事吗？"

杨广绥摇摇头，沉稳地说："你老公是全年级第二，实验课成绩第一。"

许星辰激动片刻，又问："你自己呢？"

"我啊。"杨广绥抬头望天，眼角隐有泪光，"我在考虑转行。"

许星辰关切地道："要不你开一个美容会所之类的。"

杨广绥表示他会考虑许星辰的意见。他还透露道，他们寝室的邵文轩带头炒股，赵云深也开了个账户，投进去一些小钱，也挣了一些小钱，他挺羡慕的。

许星辰对证券交易一窍不通，这件事听完就忘了。她更在意的是：自己的均分没有达到 A 等级，难道真的要整个寒假都跟着赵云深？

她和姑姑通电话的时候，偷偷地探了个底，问："姑姑，你同事家的女孩子有没有谈恋爱的？"

姑姑直觉敏锐地问："你的男朋友哪个地方的人？寒假领回家让我们瞧瞧。你舅舅今年也在老家过冬，你的表哥经常跟我们说，他要抽空来看你。"

许星辰瞒不过家长，干脆全招了。

姑姑一听是本市的同学，十分欣慰地说："不管你们去了哪座城市发展，回来都是一条路，多好啊。"又说，"医生也好，铁饭碗，胆大心细，工作时间越长，就越吃香。"

许星辰将姑姑的评价反馈给赵云深。她问："寒假我带你去见家长，可以吗？"

她说这话时，正和赵云深坐在同一趟火车上。火车的玻璃窗外，是一片乡村风光。田野广阔，绵延至地平线处，野草在风中起伏飘荡。赵云深抬起相机，拍了一张风景照，又不露痕迹地转过方向，偷拍了一张许星辰的侧影。然后，他才答应道："行吧，你挑个日子，我每天都有空。"

第四章
在遇见她之前

许星辰的老师们没有布置作业。对她而言，这是一个无忧无虑的假期。

放假的第三天，许星辰把赵云深领回了家。

赵云深知道不能空手进门。他在楼下的超市转了一圈，买了各种水果和两箱牛奶，拎着沉甸甸的几大袋东西，才瞧见许星辰发给他的短信："我家住七楼，没电梯。"

赵云深缓缓往前走着，左手负重，右手努力打字："你的家长都在家吗？"

过了几分钟，许星辰回复很长一段话："嗯哪，爸爸、姑姑、舅舅都到齐了，我表哥今天也在家里做客，他想认识你。表哥从我姑姑那儿听说你要见家长，着急忙慌地抽空跑过来，对你是多么感兴趣啊。"

许星辰的表哥名为潘移舟，也才刚满二十五岁。潘移舟本科毕业后，被保送为本校博士，目前正在北京念书，主攻方向是微生物工程。潘移舟顶着"好学生"的名头，长得又白净俊秀，便混到了一个绰号"小潘安"。他前些年谈过一个女朋友，到了大四就分手了，单身至今。或许是空窗期太长，他厌倦了恋爱，对感情生活提不起劲。

见到赵云深的那一刻，潘移舟站起身，主动与他握手道："我是许星辰她表哥，我叫潘移舟。"

潘移舟聊起了兄妹二人的姓名渊源："我和我妹妹的名字都是外公起的。我外公在世的时候就没解释过我俩的名字的来历，后来我自己翻书啊，特别有意思，我发现外公他喜欢的唐代诗人许棠，写过这么一句诗——星辰方满岳，风雨忽移舟。因知修养处，不必在嵩丘。"潘移舟端着一杯茶，细细品味道，"是不是写得很美？"

赵云深压根没听清那首诗的内容。茶水热气飘散，赵云深佯装一副领悟的模样："还真有点意思，我听出了人生哲理。"

潘移舟满意地点头，兴致盎然道："许星辰说你是学霸，没事就看书，你平常都看些什么书？"

赵云深的日常生活很乏味。他除了本专业的教科书以外，偶尔看些小闲书。上大学以前，他还会拣两本史书和名著读，拓展眼界，陶冶情操。但是上大学之后，他自甘堕落，阅读小闲书的频率增加了。

有那么几次，他肖想许星辰，就弄脏了床单。

许星辰像是什么都懂，又像是什么都不懂。她的感性思维，激发了他的探求心理。

赵云深走神之际，许星辰的姑姑插话道："云深是医学生，很忙的，哪有闲工夫去翻别的书？"

"刚上大一，没那么忙。"赵云深随口接话道，"周一到周五赶上实验课，事就多一些。周末一般都有空，能和许星辰出去玩。"

许星辰立马举手道："是的！我们去了很多地方，青城山、武侯祠、望江楼都参观过了。对啦，我从昭觉寺给你们求了平安符。"她打开背包，掏出一个小袋子。袋子里装着四个平安符，许星辰将它们分发给父亲、姑姑、舅舅和表哥。她的姑姑又询问道："你们自己呢？我们做长辈的，最挂心的是孩子的平安。"

许星辰的父亲对女儿说："我上个月找朋友雕了一块玉佛，保平安的，正准备拿给你。"

许星辰答应道："好啊，我会把那块玉挂在脖子上。"

潘移舟这时没说什么。但是过了一会儿，赵云深还在与长辈们聊天，许星辰回到她自己的卧室时，潘移舟也晃荡过来，问她："你什么时候也开始相信那些虚头巴脑的玄学了？"

许星辰将一只粉红色的小熊摆在床前："那不是虚头巴脑，是有一定科学依据的。欧美国家有教堂，亚洲国家有寺庙，这都是传统。"

潘移舟落座在一把椅子上，跷起二郎腿道："你从前就不信那些神啊佛啊运不运气的东西，这一趟回来竟然还特意给哥哥带了平安符。许星辰，你是长大了呢，还是开窍了呢？"

许星辰打断他的话道："我就是长大了。"

潘移舟的眼神具有洞察力。许星辰和他对视几秒，她便说："你还把我看作一个不懂事的小孩吗？"

潘移舟手指一弯，轻敲她的额头："我比你整整大七岁，你永远是个小女孩。"

许星辰傲然道："我现在都有男朋友了。"

潘移舟十指交握，搭放在腿间，说："这么快就把男朋友领回家，我反正是没料到。你姑姑跟我提起赵云深的那天，我吓了一大跳。你们年轻人的潮流和我们不一样了，我这一届的同学，没谈个两三年的真不敢往家里带。"

门半掩，许星辰没注意，光顾着说话："每个人都是不同的呀，每个人的爱情不一样，遇到的状况也不一样。"

交织的灯光中，潘移舟无声一笑，道："你行啊你，才十八岁，就要教我爱情的真谛？"

潘移舟外号"小潘安"，许星辰有所耳闻。众所周知，潘安少年风流，而潘移舟从初中起就花名在外，到了大学，才勉强稳定下来。当年潘移舟和他的女朋友分手一事，也闹得沸沸扬扬，本来两人都已经谈婚论嫁，忽然不知出了什么岔子——双方都闭口不谈，斩断关系，断了一切联系方式，禁止亲友们提及对方的名字。

所以，许星辰尽量避免与潘移舟谈到"感情问题"。她很直白地问道："赵云深是不是非常帅？他好聪明勤奋，这学期的分数考得很高。他在五中上学的时候，学霸的名声还没那么响亮。上了大学，他一下子就热血沸腾，成了年级前几名。"

她刚说完，外面有人敲门。

许星辰扭头一看——竟然是端着一盘水果的赵云深。

赵云深说："姑姑切了一盘水果，让我拿来给你。"他随着许星辰叫姑姑，一时口快，倒也顺溜，完全没觉得哪里不对。

许星辰欢快地接了过来，说："这是你拎上来的水果，桃子看起来好甜啊！"

潘移舟是个识趣的人。他坐了几秒钟，默默离开许星辰的卧室，还帮他们关上了房门。他来到客厅，紧挨着自己的父亲坐好。长辈们也在聊天，态度放松，许星辰的姑姑提议道："好久没打麻将了，咱们吃完饭，去隔壁搓几局。"

潘移舟却说："赵云深还在妹妹的房间里。你们打麻将，我要守在原地看着他。"

许星辰的姑姑圆场道："赵云深性格不错，本分端正。他和星辰在一块儿，我没那么不放心，他们俩都是挺好的孩子。"许星辰的父亲喝完半杯凉白开，也接了一句："姑娘家的，管得太严，她就不愿意和家里人说心里话……"

他们的谈话声隐隐切切传进了许星辰的耳朵里。许星辰趴在门口，偷听了几段评价，扯着赵云深的衣袖不放，说："我姑姑和爸爸都对你印象蛮好的。"

赵云深很是满意地说："我表现得还可以吧。"他刚才精神高度集中，这会儿有些累了，就坐上了许星辰的床，半靠着床头，拨开了那只粉红色的小熊玩偶。

许星辰扑过去道："小熊是我们的定情信物。"

赵云深否认道："不是。"

许星辰仰头看他，有些蒙地道："啊？"

他使用自创的理论，解释道："定情是什么意思？是我和你在一起才能实现……"话音刚落，许星辰恍然大悟，主动亲吻他的唇，将他推倒在了她的床上。

许星辰的墙纸是浅粉色，被子和床单都是米白色，她的房间充满了少女气息，可是她的动作如同生长在山野中的男人一般急躁野蛮。她解开他的外衣拉链，突然想起什么，走到门边反锁了一下，然后才跳回床上，叮嘱他："赵云深，我们悄悄的，你不要出声……"

赵云深将她作乱的手拽出来，劝她冷静："你爸、你姑姑都在家，你可别跟我玩这个。"

许星辰眼神纯真地说："只许你研究我，不许我了解你的构造吗？"

赵云深捂住她的嘴道："你家墙壁的隔音效果怎样？"

许星辰扒开他的胳膊，兴奋地回答："特别好。我姑姑在客厅打麻将，我在房间里听不见。"她埋首在他颈间，央求道，"哎呀，你就把你自己借我玩一会儿，不行吗？"

赵云深轻咳了一声，心中暗忖：她这话听起来怎么那样奇怪？他不借，就显得他抠门了。他只好说："十分钟吧，我借你玩十分钟。"

许星辰讨价还价道："不能再长一点吗？"

赵云深告诫道："你哥哥还在外面，小心他来敲门。"

美色当前，许星辰天不怕地不怕地说："他不会的！他很尊重我的私人空间。"

许星辰和赵云深在她的卧室里玩闹时，潘移舟正在联系从前的高中同学。潘移舟毕业于本市的五中，严格意义上讲，他是赵云深的直系学长。

潘移舟高中时期的好哥们儿本科毕业后，返回母校任教了，成为一名光荣的数学老师。据他所言，赵云深是个动手能力强、创新意识高的好学生。

潘移舟调侃道："官方评价？"

哥们儿反问："你想听啥？"

潘移舟说："学生们传播的花边新闻。"

那位哥们儿表示不清楚，但他把潘移舟拉进了几个QQ群。而潘移舟作为一名博士生，别的可能不太精通，最擅长的就是信息搜索。他利用了许星辰家里的笔记本电脑，结识了赵云深可能认识的好友，并从其中一人的QQ空间里发现一丝端倪。

此人写道：翟晴和云深没被发现，大家做好掩护！

这条日志的发表时间是2008年3月17日。到现在，已经过去一年半了。

翟晴是谁？潘移舟再一次开始查找。

二十分钟后，潘移舟合上笔记本电脑。他只觉得，赵云深比起年轻时候的自己，那浑蛋程度可能也差不了多少。于是潘移舟走到许星辰的卧室门前，徘徊几步。他保存了证据，打好了腹稿，只等着揭穿赵云深的真面目——他发誓不会眼睁睁地看着妹妹羊入虎口。

他并不知道，他的表妹心情正好。

赵云深给了许星辰十分钟的嬉闹时间。十分钟一晃而过，许星辰开始要赖，拖着赵云深的衣服不让他起床。她的坚持有些盲目，还和他比谁的力气大，谁的力气小。赵云深嗤笑一声，用被子将她蒙起来，恰在这时，潘移舟敲门了。

潘移舟问道："我能进屋吗？"

许星辰连忙说："不可以！"

潘移舟寒着声音道："你在干什么呢？"

许星辰立马胡扯道："我把一袋瓜子撒在了地上，正在收拾。"

她很仓促地整理着床铺。

许星辰那一番蹩脚的谎话，更让潘移舟怒火中烧。好他个赵云深啊，潘移舟心想，这小子来姑娘家里做客都敢毛手毛脚的，平常不知道有多放肆！他心里越气，敲门声就越急，仿佛某种催命魔咒，终于把许星辰唤了出来。

许星辰露出半张脸，看着他问道："哥哥，你做什么啊？"

潘移舟冷笑，一把推开房门冲进去，只见赵云深侧坐在床上，衣着整齐，手里还捧着一本书，并不像是干过什么坏事的样子。

赵云深对他也是一副温和亲切的态度："表哥，您有什么急事？"

潘移舟故作不经意地道："我过来和你聊聊天。"

赵云深合上书本，与潘移舟说了几句话。两人不痛不痒地寒暄着，气氛明显与刚才不同。

当天下午，赵云深走后，潘移舟将许星辰拉回房间，挺严肃地告诫她道："你这个小男友不可靠。你姑姑让你把赵云深带回来的建议是对的，没有我给你把关，你被人卖了还要帮他数钱。"

许星辰蹙眉道："什么嘛，你说清楚一点。"

潘移舟开始交代：赵云深在五中念书的时候，学习成绩只是一般。不过五中是全市最好的高中，师资力量雄厚，班上中游的学生放在全省也不算差，所以，赵云深的成绩也还过得去。

刚听到这里，许星辰就不同意了，说："五中才不是我们市里最好的高中呢。最好的高中是七中！去年的市状元都是七中的学生。"

潘移舟毕业于五中，自然偏向自己的母校。他正准备描述五中的光辉历史，又记起他的重点并不是比较两所高中孰优孰劣，而是要让许星辰明白，所谓"爱情"究竟是个什么东西。想到这里，潘移舟连忙说："赵云深高一谈了个女朋友，那个女孩子叫……陈什么来着。后来到了高二，他甩掉初恋，又和翟晴交往了，高三两人就分手了。他跟你讲过前女友的故事吗？"

许星辰只是重复道："翟晴？"她喃喃自语，"晴天的晴？"

潘移舟感慨道："挺清秀的小姑娘。"

许星辰没接话。她坐在书桌前，啃着甜软的桃子，腮帮微鼓，像是一只储备了粮食过冬的小松鼠。桃子只剩一半的时候，许星辰说："两个前女友很常见啊。"

"那几年他就是个念高中的浑小子。"潘移舟搭住许星辰的肩膀说，"光是我扒出来的就有两个女孩子，都是他甩了人家。我没扒出来的，又有几个？我打个比方，当你在家里发现一只蟑螂，就说明你家里的蟑螂数量上万。"

许星辰敏锐地捕捉到了他的逻辑漏洞："不对呀，前女友不是蟑螂。"

潘移舟却提议道："你去问一问赵云深。"

许星辰脑筋转不过弯，问道："我找他干什么？"

潘移舟简明扼要地劝告她，有些男人仗着自己有资本，嬉戏花丛，毫无真心，专骗一些懵懂单纯的女孩子。潘移舟为什么如此了解那种男人的心理呢？因为他自己曾经也混账过。潘移舟还犹豫了一会儿，没让许星辰看到翟晴的 QQ 空间。那姑娘非常不容易，坚持两年，手写很长很长的日记，记录她与赵云深的点点滴滴，再拍照发到 QQ

空间。虽然是公开发布，点赞的人却很少，还有同学留言：分了就分了吧。

翟晴回复："忘不了。"

潘移舟认为：翟晴年纪太小，眼界窄、阅历少，所以，她迟迟无法释怀。

许星辰完全不知道那些爱恨纠葛，说出了自己的看法："可是，哥哥，我相信我的直觉。赵云深和你不一样的，他不懂怎么讨女孩子欢心，我刚和他在一起的那个月，他总是很腼腆害羞。"

潘移舟解释道："你知道这是为什么吗？"

许星辰摇头。

潘移舟坐正身体道："因为他不需要追求女生，总有女生会主动喜欢他。比如你，比如翟晴，比如那个姓陈的女生。我承认这小子长得很不错，但是你不要被他的表象迷惑。他跟一般的男孩子不一样，长相一般的男孩子一辈子都不会知道漂亮女生可以有多热情、多疯狂。正如长相普通的女孩子几乎不可能碰见向她们献殷勤的帅哥。"

许星辰盯着他，过了一会儿才说："你对赵云深有偏见。"

潘移舟并未辩解，甩下了一句："许星辰，我只能帮你到这里……"话没说完，他就起身，甩下一个潇洒的背影。

那一天的晚餐，许星辰吃得很不是滋味。

她的父亲工作忙，常年在外出差，家里都是姑姑照顾。姑姑看她在学校瘦了四斤，这几天都做了好肉好菜。许星辰没怎么动筷子，姑姑便问："在减肥吗？"

许星辰否认道："没有啦。"

姑姑捏一捏她的手腕，说："骨头瘦成了一把，饭要好好吃。你隔壁邻居家的姐姐，三餐都经常漏掉，今年查出了胃病，前几个月开始就在医院挂水呢。"

许星辰托着腮帮做沉思状。

她其实没听清姑姑的话，一直惦记着赵云深的前女友。可能因为赵云深是她的初恋，她才会斤斤计较又胡思乱想。

当她真正面对赵云深时，又把翟晴之类的女孩子抛到了脑后，不愿给自己找不痛快。

寒假期间，许星辰跟着赵云深走街串巷，吃遍了附近的美食一条街，还去郊外钓过几次鱼。冬天的湖泊浮着薄冰，暖色调的阳光洒下来，常有鱼群聚集。风中摇晃的树影下，赵云深支着钓竿与许星辰搭话。他问她："你喜欢吃哪种鱼？"

她盘腿坐在草地中，悄悄地说："鲫鱼呀。"

赵云深拉住她的手说："鲫鱼能炖汤……鲫鱼萝卜丝汤，我爸会做这道菜，能把鱼的骨头炖软，不用挑刺。哪天有空，我就去学。"

许星辰欢喜地答应道："好的好的。你炖完汤，我拿勺子喂你，你一口我一口。"

赵云深低笑，笑得人心痒难耐："吃完一口亲一口。"

许星辰捂脸道："我们只能在房间里偷偷摸摸地吃。"

赵云深评价道："那不是跟做贼一样？现在周围没人吧，你坐过来，离我近些……"

许星辰飞快地打断他的话："你敢不敢正大光明地亲我一口？"

赵云深握紧了鱼竿，说："你快来，到我旁边来，我这就让你知道我敢不敢。"

许星辰轻笑，双手蒙住了脸。她喜欢和赵云深闹着玩，但是两人还没近距离接触，对面就来了一伙年轻人，男女都有，叽叽喳喳带起一片吵嚷声，惊吓到了湖中的鱼群，快咬钩的一条肥鱼也如梦初醒，扭着尾巴跑远了。

赵云深戴着一副偏光墨镜，看清了那条逃跑的肥鱼是鲫鱼，便觉得一阵烦闷。他再抬头望向对岸，浪花拍打着坚硬的岩石，那边的男生挥舞着一双手臂，热情地朝他打招呼："嘿！赵云深！我是唐小伟！"

赵云深介绍道："唐小伟是高中坐我前排的一位哥们儿。"说着，他也站起来向唐小伟招手。

他这随便一招手，竟然把人家一整个队伍勾过来了。

许星辰暗叹：五中校草赵云深的吸引力，真是强啊。

随着那一队陌生人逐渐靠近，许星辰也没了郊游的心思。她拍一拍裤子上沾到的草屑，很自觉地开口道："你们好呀，我是许星辰……"

她没说完，就被赵云深打断道："许星辰是我女朋友，我和她今天过来钓鱼。你们呢，也是吗？"

话是这么说，他却只看着唐小伟。

唐小伟称赞道："哇，你找了个这么漂亮的女朋友，她是你上大学的时候认识的吗？"

"不是。"赵云深如实回答，"她在七中念过书。"

唐小伟刨根究底地问："你们高中就认识了？"

赵云深笑道："你小子有意见？"他轻拍唐小伟的肩膀。唐小伟没再多说一句话，只顾着和许星辰套近乎。他们三个人围成了小圈子，聊天聊得其乐融融。

许星辰还以为赵云深和其他人都不熟。可是很快，有一个穿着针织长裙的女孩子朝她走来："许星辰啊，你是许星辰？我叫翟晴。"

"翟晴"二字，让许星辰绷紧了后背。她记起了表哥的叮嘱，一开口就变得结结巴巴起来："你、你好。"她说话时，手向前伸，其实是一种无意义的举动。这一刹那间，她的脑子里闪现了一大堆电视剧片段，全是主角的前任们如何寻衅滋事——许星辰太紧张了，手也不知道该往哪里放。

翟晴误解了她的意思，竟然和她握手了。

两人交握的掌心，皆是一片冰凉。

许星辰不由自主地打量翟晴。不得不承认，翟晴的气质很特殊，很淡雅清新，就像冬日冰封的湖泊。她穿着浅蓝色的套装，格外应景，应该不是那种死气沉沉只会读书的无趣少女，因为她看向赵云深的眼神里，包含着千回百转、欲语还休的脉脉柔情。可是仅有几秒钟，翟晴就转过了脸。那一切发生得迅速、直接而不可思议。

此后的半个小时，翟晴再也没看一次赵云深。

湖边有一家土菜馆，开了十几年，那位老板是大家的旧相识。

唐小伟提议道："我们下馆子聚一聚，点些好菜，中午都不用赶回家吃饭。"

翟晴往前跑了几步，回头一笑，整个人便如同花朵绽放般娇俏明艳。她跟随众人走进饭店，手挽着另一个女孩子的胳膊，谁在她面前提起"赵云深"三个字，她都会轻声制止道："不说了。"她安静地坐在靠墙的位置，拿起一次性筷子，使劲掰开了，再用开水烫一遍。

昔日同学们围坐在一张方桌的四周。老板拿来几份菜单，很有耐心地站在一旁等他们点菜。唐小伟随手指道："番茄鸡肉片、土豆炖牛肉、酸汤羊肚、爆炒蛏子肉……"

另有一人与他争执道："你不能光点男生爱吃的菜，你问问女生想吃什么？"

"翟晴？"唐小伟喊她的名字，"我点的东西，你都爱吃不？"

唐小伟刚问完，竟然捏着一张菜单不知要拿起来还是放下去。那张单薄的纸片被他当作一把简易的扇子，来回扇动五六次，造成一种十分尴尬的气氛。

回顾高中那三年，唐小伟和翟晴联系紧密，大家经常凑在一起玩。

于是，唐小伟想当然地问起了翟晴，从而忽略了在座的其他几位女生。

翟晴解围道："我爱吃，你点的菜我都爱吃。"她顿了顿，视线淡淡地扫过许星辰，"你点的是我最爱吃的四道菜。两年过去了，你还记着呢。"

许星辰接茬道："两年？"

翟晴重复了一句："两年。"她咬着唇，唇色泛白。几乎是抱着最后一线希望，翟晴眼角的余光像是根枝蔓延的灌木丛，冲破压抑的土壤，攀附上赵云深。

可惜他只顾着与许星辰低声说话。他问许星辰冷不冷，想回家吗？喝不喝鲫鱼汤？晚上去哪儿看电影？他短短三四句的交谈，就透露了他们琐碎又丰富的日常点滴。

翟晴只盼着赵云深能主动开口问一问自己的近况。她等啊等，等到杯中茶水都凉了，也只能听见赵云深和许星辰的窃窃私语。而她内心的焦灼、茫然、怅惘、自虐般的惊涛骇浪，他永远也不会知道。

她勾唇，垂下头想笑。她身旁的同学却说："晴晴，你哭了。"

那位同学被唐小伟拉扯了衣袖。唐小伟走到翟晴的身边，安慰道："要不你回去休息？怪我怪我，你前两天说感冒了身体不舒服，我就不该强拉着你出来踏青。冬天温度低，景色不好。"

翟晴垂首，目光盯着桌面。在众人面前掉眼泪一向是她最不齿的行径，她不愿被朋友们当作一个可怜人。但是泪水就像感情一样，不是她想控制就控制得了的。她说："抱歉啊大家，你们别管我，我哭一会儿就好了。"

赵云深仍没接话。他对翟晴过于冷淡生疏，就好像他的热情快乐都给了许星辰。

当前的局面，在许星辰看来实在太复杂了。她和男朋友的前女友在同一张桌子上吃饭，人家姑娘还哭得稀里哗啦的，要多惨有多惨，眼妆晕染得一塌糊涂，睫毛膏也黏成了一圈黑灰色。许星辰的同情心都被激发，她却不懂怎样才能解开困境。她坐着没动，所有人都在看她，似乎将她当成了罪魁祸首。

唐小伟既想照顾翟晴的面子，又顾忌赵云深的这位女朋友，夹在中间，两边不是人。他只能与赵云深搭话："云深，你寒假在家待几天？"

赵云深很不耐烦地回答道："我有些事急着要办，迟一会儿都不行，我先回家了。下次有空，我们挑个地方好好聚一次。"他路过唐小伟身边，拍了拍唐小伟的肩膀，"你别忘了给我打电话。"

想当年，唐小伟与赵云深算是拜把子的交情。唐小伟上课时，偷看一本《三国演义》，书中讲到桃园三结义，唐小伟就深受触动，拉住了赵云深以及赵云深的同桌，效仿刘备、张飞、关羽，在操场上立下誓言："我们这三位哥们儿，不求同年同月同日生，也不求同年同月同日死，从此有福我享，有难他们当。"

这一度被引为笑谈。

唐小伟今日和赵云深重逢，原本高兴又爽快。但是翟晴的眼泪落在他心里，他忍不住说："赵云深，你就这么走了？"

赵云深牵着许星辰，已经到了正门之外。他侧过头，只瞟了唐小伟一眼，说："快上菜了，你不要跟我闹，坐那儿吃完这顿饭吧。"

他的这句话，像是说给翟晴听的。翟晴猛地一抬头，双目清澈，蓄着一汪水，洞穿他的所作所为。下一瞬间，她站了起来，左腿磕碰到塑料椅，椅子滑倒在地上。附近的女同学触及她的手腕，被她一挥手，决然地拂开了。

恰好老板端着水煮鱼和番茄鸡肉片出现了。老板把两盘菜稳稳地摆在桌上，亲手给每一位同学盛着饭，还说："你们好久没来了，都念大学了，有出息，好事啊好事。"

盛完米饭，老板回到厨房。餐桌上，没有一个人动筷子。

翟晴一边往外走，一边说："你和我讲过的，上了大学，你在外面租房，我们考同一所大学，继续做校友。你讲过的话怎么能忘？"

赵云深终于直面她道："你做过的事，你忘了吗？"他的嗓音压得很低。他玩笑般带着调侃的疑问，只有许星辰和翟晴听见了。

翟晴便也顾不得许星辰在场，只哀求他道："我们重新开始做朋友。我们现在上大学，一切都翻篇了……"

赵云深拒绝道："你这样就很没意思了。该讲的不该讲的，我都说过了。"他紧紧攥着许星辰的手腕。虽然他知道许星辰不应当出现在这里。但是牵着许星辰的手，让他感觉到了些许慰藉。

赵云深和翟晴的对话内容，确实影响了他和许星辰的关系。

虽然许星辰总是一副开开心心、豁达大度的样子，事实上，当翟晴提起"你在外面租房，我们考同一所大学"，许星辰的脑袋就渐渐空白了。她的神志飘荡在天空中，寄托于雪白的云朵上，冷风一吹，消散得无影无踪。

这天回家途中，许星辰没吱声。

她和赵云深坐着同一班公交车。风声猎猎，从窗户灌进来，她打了个喷嚏，裹紧了单薄的外套。

赵云深告诉她："我和翟晴真没发生过什么。那会儿我上高二，浑得很，不爱用功，每天上课都在偷懒，闲下来就爱打盹儿和打游戏……"

许星辰接话道："你是不是想说，你和翟晴就是随便玩玩，你没对她动过心？"她自言自语道，"那我觉得，你对我也许……也没有动过心。"

他此时笑了一声道："我没说是随便玩玩。"

许星辰罕见地垂头丧气道："哦，她是你唯一的真爱……"

赵云深打断她道："我和她没牵扯，也有两年多没联系了。"

他扣紧车窗，隔绝了室外的冷空气，空空荡荡的车厢内，他伸手抱紧她道："你怎么尽给我扣帽子？过去的事都过去了。"他揽住她的后背，使了力气，给予十分温暖的怀抱。

她含混地附和着。

赵云深约她晚上看电影，许星辰借口要陪姑姑，说抽不出空。其实她姑姑这两天出差，家里根本没人，冰箱里冷藏着剩饭剩菜，聊以充饥，哪怕灯火通明，偌大的客厅和卧室都显得冷冷清清的。

许星辰独自在家时，经常收听《都市怪谈》一类的广播节目。她喜欢女主持人的声音——温柔，甜美，隐隐透着一股神秘感。当她一个人待在房间里时，女主持的嗓音娓娓动听，许星辰就像在探索新世界，心情轻松又畅快。

今晚的广播故事，名为"家住七楼的朋友"。女主持使用第一人称自述道："我是二十岁的单身女孩，独居在郊区。小区最近新建成，我的房间在七楼，左邻右舍都是空房。那天晚上十点半……"

许星辰抬头望了一眼挂钟，刚好是十点半。哟，还挺会掐时间呢，她心想。

女主持仍在描绘一个故事："外面有人敲门。咚，咚，咚……敲门声不停。谁会在深夜找我？我透过猫眼仔细一瞧，什么都没有啊。我走回卧室，敲门声还在继续。'不要再吵了！'我愤怒地朝门外吼了一声，隐约听见一种让人头皮发麻的指甲挠门的刺啦声……我害怕了。我站在门后，拿着一把菜刀，最后一次望向猫眼，忽然！背后有谁拍了我一下。'嘿嘿，我进门了。'那个东西咧开一张血红的嘴，露出一口烂牙，笑着告诉我。"

许星辰听惯了广播电台的鬼故事，原本无动于衷。然而几分钟后，她家的房门也被人敲响了。她披着衣服下床，跑到了门口，透过猫眼一望，外面什么都没有。

许星辰以为谁家的小孩在恶作剧。可她跑去厨房洗苹果的工夫，房门又被敲响，伴随着陌生的、带有地域口音的男子呼唤道："嘿嘿，你在吗？我知道你一个人在家。"

苹果滚进了水槽。

许星辰掏出手机，拨打物业的电话。再过三天就是春节，物业中心消极怠工，晚上没人值班了。许星辰开始犹豫要不要报警。她潜意识里很不喜欢惹麻烦。她在沙发上坐了十秒钟，门外的壮年男子还没走，她便从猫眼里观望，正巧，外面的男人也在看她。

隔着一层玻璃，两人的瞳孔对视。

许星辰的心脏收紧，狂跳如一阵急雨，耳边如乍现电闪雷鸣，她差一点昏厥窒息。

外面的陌生人大概三十五岁，方脸、斜眼、塌鼻梁，胡子藏污纳垢，穿着一身带泥巴的工服，衣袖卷起，展露着健壮粗硕的手臂。

许星辰选择了报警。

等待警察期间，她坐立不安。

这时，赵云深的电话打了过来。许星辰仿佛抓住了救命稻草，不假思索地立刻接通，开口第一句话就是："我吓死了，我报警了。"

赵云深一愣，才问："怎么了？"

许星辰反锁着卧室，裹着被子缩在床头，说："我家外面有个神经病，大半夜的狂敲门，还说他知道我一个人在家……"

"没事的，警察过几分钟就能到。"赵云深那边传来一阵收拾东西的窸窣声，"我也马上赶过去了。"

门外的男子尚未离开，敲门声断断续续，卧室成了唯一的避风港。许星辰越想越害怕，声音渐渐低了下去："赵云深，你不要挂断电话。"

赵云深安抚她道："我不挂，我们聊会儿天。"他没去公交站，直接在街边拦下了一辆出租车，还告诉许星辰，"我上车了，十分钟就到你家，你那边的情况怎样？"

许星辰只说："那个人还没走。"她不停地和赵云深讲话，时间一点一滴地流逝，转眼八分钟过去了。许星辰壮着胆子走出卧室。楼道里传来一阵脚步声，她呢喃道："谁在上楼？"

许星辰家住七楼，也是这栋房子的顶层。她隔壁还有一户邻居，不过那一家人搬到了别的地方，这边的房子是空的。他们每个月回来一次打扫屋子。

所以，从严格意义上讲，现在的七楼只有许星辰和那位陌生男人。

她这么想着，忽然听见了门外的交谈声。

"警察来了！"许星辰对着手机说，"有一个警察正在和那个男的说话。"

她走向玄关道："我去开门。"

"别开。"赵云深制止她道，"你待在卧室不要动。"他顿了顿，讲出心里话，"你不能确定站在门外的那帮人到底是不是警察。万一他们和那个闹事的家伙是一伙儿的呢？"

许星辰未曾预料到这种情况。她也不知道怎么办才好，外面响起了新一轮的敲门声，轻缓又礼貌，某位年轻男人自我介绍道："你好，我们是民警，接到了你的报警。"

隔着一扇防盗门，许星辰连忙回答："从晚上十点半开始，那个人一直在扰民。"她谨记着赵云深的嘱咐，无论外面的人如何解释，都缺乏开门的胆量。

又过了几分钟，赵云深急匆匆地现身。他倚靠着楼梯栏杆，与警察打了声招呼，这时他才确认，两位民警确实是来解决问题的。

扰民的中年男子身上带着一股酒气，似乎醉得不轻。他接受着盘问，自称他是附近一块工地上的建筑工人，他的亲戚住在这栋楼里。

他可能是记错了房间号，绝对不存在违法犯罪的企图。

赵云深便问："那你怎么说，你知道她是一个人？"

中年男子笑呵呵地问："你是谁啊？"

赵云深走到近前。他比那个中年男子高了十几厘米，更为年轻，身形强健，蕴含着力量。他说："我是这位户主的家人。你真当我们这边没人呢？"他表现得像个刺儿头。

民警见双方隐隐有起冲突的迹象，立刻说了几句平息纠纷的话。这时，门开了半条缝，许星辰头顶着军绿色的羊绒帽子，戴着一副墨镜，裹着不合身的大码羽绒服，长发乱蓬蓬地遮挡着半张脸。她以这样一种古怪的装扮，出现在众人眼前。

民警问那个中年男子："这是你的亲戚吗？"

男子否认道："不是啊，我喝多了嘛，喝掉两瓶二锅头……记错了门牌号。"

许星辰知道，她家楼下的单元门已经坏了，谁都可以上来。临近春节，物业联系不到修理工，单元门只能等到节后再维修。

民警对醉汉进行了批评教育。那人认错态度良好，还掏出手机让民警检查自己的短信，证明他确实有一位亲戚住在这里。

短信上的房号是107，而许星辰家住701。

当晚的闹剧，不了了之。

已经夜里十一点多了，赵云深没走。他给父亲打了个电话，说是今晚留宿在女朋友家中打几局电脑游戏，明天早上再回去。父亲便叮嘱他：不能沉迷游戏，玩物丧志。还有，你是成年男人，对女孩子要尊重。

赵云深答应了。

他得知许星辰还没吃晚饭，也不多说话，踏进她家的厨房，洗菜切菜，起锅热油。许星辰就蹲在一旁剥开一只橘子。她含着一瓣橘子肉，口齿不清地说："那个人到底是来干吗的？"

赵云深站在灶前，油星飞溅，落在他的手背上，他漫不经心地炸着鱼，回过神来应了一句："谁知道呢。"

许星辰仰望着他道："还好你来了，不然我都吓死了。"

赵云深忽然问道："下午你跟我说，今晚要陪你姑姑，姑姑人在哪儿？"

有些女孩子天生不擅长撒谎，例如许星辰。她记不住自己说过的谎话，很容易被当场戳穿。她羞愧地涨红了脸，勉强辩解道："她出差了，后天回来。"

赵云深若有所思道："这样吧，明天、后天，我陪你住。"

许星辰惊讶极了："啊？"

赵云深以为她没听清，再次重申了一遍："你姑姑回来之前，我就住你家。你刚才是不是差点给人开门？我真怕你被人拐了。这几天的报纸你看了没，女大学生失踪案，一起接着一起，全国各地都有发生。"

许星辰委屈地道："我在努力提高我的警觉性啊。我勇敢地报警了。"

赵云深搅拌着一碗鸡蛋，看了她一眼道："报警是值得表扬。"他不知为何而烦躁。回想他讲过的话，他又觉得自己说重了。经过几个月的交往，他对许星辰生出了一种前所未有的保护欲，不怪他多事，只怪许星辰的脾气太温顺，人又太傻。她几乎从没发过火，也不会为了自身利益去和别人争抢什么。

她有很多朋友，朋友们都非常喜欢她。

她表面上外向活泼、毫无城府，实则拥有丰富的内心世界。这种境界很难得，可以帮助一个人快速调节情绪，不被外部环境的刺激勾出一丝暴怒或戾气。正因如此，赵云深与许星辰相处时，经常感到快乐和平静。不过现在他既不快乐也不平静，草率地做完一顿饭，摆在了餐桌上。

许星辰像是觅食的小动物，凑近他身边坐下。她拿了两副餐具，握着筷子说："赵云深，你教我做饭，我也想学做饭。"

赵云深夹了一块鱼肉放进她的碗里："学做饭没用，不急着学。不是有我在做吗？"

许星辰咬着鱼块，感慨道："你的手，将来要握手术刀啊。"

赵云深说，手术刀和锅铲一点也不矛盾。他们围绕着"以后在家谁做饭"的问题探讨了半个多小时，许星辰完全脱离了之前的恐慌，嚷嚷着要给赵云深铺床。

客房的暖气片不太好使，室内温度偏低。冬日天冷，寒风萧瑟而凛冽，许星辰抱来一床新被子，郑重地搁在床上。她闲闲地坐着，和赵云深有一句没一句地聊着天，到了午夜十二点，赵云深催她道："还不回房睡觉？"

许星辰倒头撞进他怀中："你再借我摸一下。"

赵云深听得一愣，揉了揉她的长发道："你这样可不行，脑子里一天到晚都在想什么呢？"

许星辰含蓄地道："想一些你可能也想过的事。"

赵云深"呵呵"地笑道："许星辰……"他侧身躺下，使她为之一振，与他共挤一张单人床。他附在她的耳边说："你家现在只有我们两个人，你怎么还是天不怕地不怕……"他的嗓音略带沙哑，唤起了许星辰的羞耻心。她背对着他，面朝另一侧，好像如此一来，就能显示她的本分与矜持。

这么睡一晚，也不是不行，赵云深心想。他脱掉了外衣，身穿一件单薄的衬衫，往后退了一寸距离，迟疑片刻，才挪动到更靠近她的位置。她的发丝很长，乌黑浓密，天生自然卷，散落在枕头上。赵云深饱含耐心地整理着它们。他将许星辰的头发拨弄到另一侧，呼吸洒在她的颈间，她坚持的时间不到两秒，就猛然坐了起来。

赵云深以为许星辰会像逃难一般疯狂跑回她的卧室，普通女孩子都会这么做吧？哪知许星辰竟然转过了身，和他面对面躺着，朦胧光影中，两人相互对视。

她轻轻喊他："赵云深？"

他问："你又要干什么？"

她扯紧被子道："我叫你的名字啊，没干什么。"

赵云深平躺，双手枕在头后说："你还想跟我聊天吗？"

许星辰困乏疲惫，婉拒道："不了，我要睡觉了。"她摸索到他的脸，偷偷亲了一下，利索地爬起来，返回她的卧室。

接下来的两天，他们相安无事，和平共处。许星辰的姑姑回家之前，赵云深便收拾东西先走一步了。他告诉许星辰，要是有什么不对劲的地方，再打电话联系他。

许星辰点头应好。等她见到了姑姑，也把那晚的情况描述了一遍。姑姑是个急性子，二话不说就找到 107 号房子的户主，那位户主承认他有亲戚在包工头的手下做工，但不承认那位亲戚曾经骚扰过许星辰。他还说：左邻右舍的，哪个不是邻居？多一事不如少一事，不要搅乱了安生日子。

姑姑气得不轻。许星辰只能安慰她道："小误会，家里没发生什么麻烦。"

姑姑却说："先前换房子，我买到了这边，是想换个大点的地方住着。等你大学毕业嫁了人，我再把这套房子卖了，攒钱给你买套新房。我们离火车南站只有两千米，房子出售、出租都容易，就是治安不好。"

许星辰摇头道："不用啦。我毕业以后，自己挣钱买房子。"

姑姑走进厨房，嘴上还笑着说："你这傻孩子。刚毕业的大学生能挣多少钱啊？一个月五六千就很可以了，房价多贵？我同事都是先给女儿们备好房子，怕她们今后在外面吃亏，离开丈夫的家，连个去处都没有。"

许星辰坐在餐厅里，扭过头望着姑姑。她一手搭住了椅背，晃了晃腿道："为什么要离开丈夫的家？夫妻同心啊，结了婚，有问题就沟通嘛。"

姑姑放下今天新买的菜，拣出一条鱼，熟练地抠鳃，用刀切开鱼肉："家长里短的事，姑姑没同你讲过。结婚没你们小一辈想的那么简单，公说公有理，婆说婆有理，人哪，到头来都是为自己考虑。"

水流冲刷掉了鱼肉的血腥味。

忙活半天，姑姑做好了一道红烧鱼，还问许星辰："你平常喜欢看电视剧。电视剧里的那些恩爱夫妻，你见过几对？"

许星辰一手托腮道："不一样嘛。我知道电视剧里的人物和情节都是假的，是按照剧本走的。"

姑姑却告诉她："我们这个岁数的人见过的事……有些啊，电视剧都编不出来。"

电视剧喜欢什么样的桥段？

作为英剧和美剧的资深粉丝，许星辰喜欢用一句"不稳定的关系"作为总结。男女主的爱情可能不稳定，兄弟之间的友谊也不稳定，观众因为猜不到剧情发展而亢奋。

这才是人生，她有时会这样认为。

大年初三那天，下了一场大雪。

路面被白色的积雪覆盖，停车和取车都有些困难。过了两天，雪化了，亲戚们开始四处走动，许星辰也拎着东西，跟随着长辈们串门——她舅姥爷所住的小区距离赵云深家特别近。她就在楼底下徘徊，生起了一些活络的心思。

她给赵云深发短信："你在哪里呀？"

赵云深秒回："家里。你呢？"

她说："碧翠园。"

赵云深问她："你在我家对面的小区？"

许星辰坦荡地承认："是啊。我舅姥爷住在这边，他们家没水果了，我爸让我下来买东西。你要是能抽出空呢，我就过去见你。"

赵云深握着手机，斜躺在软沙发上看书。客厅里一片吵嚷声，亲戚们都在客厅聚集。他的叔叔、婶婶前些年生下一对双胞胎儿子，如今孩子七八岁了，正是调皮又讨嫌的年纪，将大人们折磨得够呛。

客厅的鱼缸被打翻，金鱼摔到了地板上。赵云深的两位堂弟捡起鱼，塞进一位堂妹的衣领里，小丫头尖叫着放声大哭，那堂弟就被他爸抓起来，按在墙边狠狠揍了一顿。小孩子的哭声混在一起，心疼孙辈的老人们又劝道："消消气，他们还是一群不懂事的小朋友……"

场面最混乱的时候，赵云深穿上外套，拉开房门，走出去打了个招呼："我下去一趟，买瓶饮料。你们要我带东西吗？"

赵云深借口写作业，一直闷在卧室里。他这一露脸，亲戚们都夸他越长越好。赵云深的父亲略感骄傲，嘴上谦虚地道："唉，没用的，男人不靠脸吃饭。"

另有一人接话道："云深成绩也不错吧，在哪儿上学呢？"

赵云深的父亲微抬起头，如实回答："他在 H 大，学临床医学。"

凡是听说过 H 大的人，都觉得那里很好。当然也有不懂行的婶婶叹了口气道："是个学院啊，那是一本吗？我听人讲，五中的学生闭着眼都能考上一本，每个班都有清华、北大的苗子，云深是不是发挥失常？难怪都没人提起他去年高考的成绩。"

赵云深没听见父母如何解释，已经潇洒地出门了。

他的口袋里还装了一本小册子，记录医学的英文名词。他没事的时候，经常拿出来翻一翻。英文的学术单词讲究一个词根，医学方向的英文术语总是很复杂，好在赵云深渐渐发现了微妙的联系，可以将一长串的专用名词归纳分类。

小区里有一家咖啡厅，今天刚刚恢复营业。许星辰坐在靠窗的地方，一边喝咖啡，一边安静地等待赵云深。她旋转着翻盖手机，玩起了"贪吃玛丽"的游戏，还没结束，就有人轻敲了一下桌沿。

她抬头，眼中放光地道："你来啦。"

赵云深落座，说："我寒假要提前返校。辅导员说实验室缺人，会从这一届的学生中挑几个栽培。我能报上最好，报不上也算努力过。"

许星辰手执调羹，慢慢地搅拌着咖啡，然后才说："好啊，你几号走？我跟你一起回去。"

赵云深对许星辰说，两天后，大年初七，他就要赶回学校。辅导员的通知很突然，他刚买完火车票，准备得十分匆忙。他还听说学校现在人少，食堂的饭菜不太好吃，招收学生的实验室在另一个校区，距离他们的校区有三千米。许星辰陪他返校，两人能相处的时间也不长。

许星辰捧着咖啡杯，用杯子焐手，掌心越发温热。她停顿了好久，才说出一句："赵云深，你是我认识的最勤奋刻苦的男同学。"

赵云深定定地看着她，只是笑道："这有什么大不了的。计算机学院参加集训的那些人，寒假只放两天，还有本校读博的学长们，周六、周日都泡在实验室里。有人硕博六年，从没出去玩过一天。"

许星辰问他："你也要这样吗？"

赵云深皱着眉头，做思考状，然后说："我还是不行吧。我再奔着前程去，也必须考虑……"

许星辰帮他接话道:"考虑你寂寞空虚的女朋友。"

赵云深捉过她的一只手道:"我还没走,你怎么就寂寞空虚了?"他又忽然正式地叫她,"许星辰同学。"他搭住她的手背捏了捏,动作暗含轻佻,可他的神情是很庄重的。许星辰直觉他将要说出一段重要的话。果然,他嗓音沉沉地开了个头:"那一夜,我们两个人第一次度过的那一夜……"

邻座的两位男生不自觉地侧过脸,微微靠向赵云深这一侧,似乎想偷听一段风流香艳的爱情故事,哪知赵云深的下一句话是:"你在医学院的聚会上拼命玩游戏,也是为了给我挣一箱辅导材料吧。我已经飞快地看完《格氏解剖学》,要申请加入肿瘤实验室。下学期我就发论文!我要在《SCI》、《自然》、《科学》和《细胞》上发表论文。我要改良外科手术方法,做医学实践的带头人,三十年后,我的名字要被写在教科书上。"

许星辰反握住他的双手道:"好一个有干劲的年轻人,向着未来努力吧!"她模仿自家的长辈,脸上也换了一副和蔼神情,"世界很伟大,天空很广阔,每个人都有梦想。我支持你去追寻梦想。"

赵云深绕回他们的话题:"你还要跟着我提前返校吗?"

许星辰频繁点头道:"要的要的。每一个成功医生的背后,会有一个守得住寂寞空虚的女朋友。"

近旁那两位年轻男人再一次投来艳羡的目光,赵云深笑着打断她道:"行了行了,你的意思我明白。"他没有继续追问许星辰的计划,当天就给她买了同一趟火车的卧铺票。

后天返校,两人还能玩一天。

许星辰和赵云深约好,明天早上九点在市中心花园见面。他们可以一起散步,然后去吃午饭,逛街,去二手市场淘旧书,傍晚看一场电影……许星辰挑选了最拐角的座位。越偏僻的地方,越适合年轻情侣们做一些小动作。

她将行程安排得满满当当，夜里躺在床上，心情美妙，期待着第二天的来临。

今夜无风也无雪，许星辰的梦境是甜蜜的。

早晨七点，熹微的阳光将她唤醒。

她一股脑跳下床，洗澡打扮换衣服，赶在八点半时到达了中心花园。她没顾上早饭，就在附近的摊位买了两个包子、一杯豆浆。她坐在公园的一张长椅上，慢条斯理地吃着包子，再喝一口豆浆，整个人既幸福满足又暖洋洋的。

九点十分，赵云深还没出现。

许星辰已经吃完了早点。她抬腕看了一眼手表，暗叹赵云深之前从不迟到，今天为什么打破了纪录？她心中只是奇怪而已，没有丝毫的躁动或者不耐烦。

许星辰安静地坐着，遛狗的老太太经过她面前，小狗冲她摇尾巴，她赞了一句："好可爱呀。"

老太太是个慈祥的人，便也回了一个笑容，还让许星辰摸摸那只小狗的脑袋。许星辰碰到毛茸茸的东西更是开心，几乎要忘掉迟迟不来的赵云深。

可她还是等到了十点。

赵云深不回短信，不接电话。

清晨的白雾逐渐退散，太阳的光芒冲破屏障，显露湛蓝色的天空。多好的天气啊，许星辰心想，要是她出门时拿上一本书就好了，还能一边看书，一边等人。

上午十一点，许星辰仍未离开，表情带了点茫然。

赵云深去哪里了？难道他遇到了棘手的麻烦？她构想了千百万个理由为他开脱，内心甚至腾起了一种"报警寻人"的冲动。她在冬日寒风吹拂的公园门口静坐了两个半小时，双腿冻得僵硬，不得不站起来四处走动，内心还抱着一种期待：她将会立刻撞见赵云深。

十一点半，赵云深的出现遥遥无期。

许星辰掏出手机，不停地给他打电话。

无人接听。

许星辰的慌乱只是一瞬间的事。她掏出公交卡，跑到公园外，决定去一趟赵云深的家。然而她刚刚靠近马路，就望见了赵云深。

他不仅迟到了，还带着另一个人。

他和翟晴站在红灯的尽头。

灯光变绿，翟晴谨慎地拉住赵云深。但他轻轻地扯开了她的手，随即将双手揣进了口袋，他在前，她在后，朝着许星辰的方向走过来。

许星辰往后退了几步。她没有放弃交流的机会，问："你今天迟到了，是因为你和翟晴有事要做吗？"

许星辰的问法十分微妙。

翟晴意识到不妥，温温吞吞地说："我今早在他家楼下等着他。"

她没有描述完整的状况。今天早晨，翟晴路过赵云深家门口，心血来潮，便守在他们家的单元门旁边等他出门。他刚现身，她就冲向他，夺走他攥在掌中的手机，要和他谈判。女孩子最在乎的分寸感，都被她咬牙丢弃了。

从那之后，赵云深就冷着一张脸。翟晴几次想把手机还给他，他都拒不接受。她那时又忽然想，他还是个少年人的脾气，不过经历了短短半年的大学生活，装什么成熟男人呢？她怀念他吊儿郎当、玩世不恭的随性样子。

可是他说："你碰过的东西，我不想收回来。非要我把话讲得这么明白？"

翟晴笑他年轻，但她自己也年轻。她仗着多读了几本书，多背了几首诗，就认为自己拥有了书中角色的阅历，看透了人生的兜兜转转，期待着否极泰来的死灰复燃。

许星辰的等待有效，而翟晴的等待只是徒劳。大清早的小区里，赵云深对翟晴说，他们当年都是小孩子，没长大，把谈恋爱当成了过家家。他从头到尾都做错了，如有冒犯，还请她见谅，从今往后，他们最好别再见面，别给对方造成困扰。

他最后问她："听懂了没？我说得还不够清楚？"

翟晴张大了嘴，想笑又笑不出来。

赵云深走远了。

翟晴跟在他身后，穷追不舍地问："许星辰有哪点好？她看起来就是个傻丫头。她比我聪明吗？她比我更了解你吗？"这一连串的问题蹦出口，她自觉像个粗俗的疯婆子。

赵云深抛开了许星辰的话题，笑着问翟晴："翟晴，你也是，总跟我说我当年怎么怎么样，为什么不谈谈你本人呢？下课给我传字条偷偷摸摸像做贼，怕老师和家长发现，我以为你对待感情很慎重。你和复读班的学长在角落里打得火热，要不是别人告诉我，我还真发现不了。好马不吃回头草，你啃完我，不考虑再去啃啃那个学长？"

翟晴突然顿住脚步。

她想解释，可是无从解释。

赵云深忽然又有了善心，停下来，接着嘱咐道："我没对别人讲过，给你留点面子。话说到这里，你别老跟着我，做无谓的纠缠。"

翟晴眼中含泪道："我、我对他不是真的喜欢，对你才是啊。"

赵云深不耐烦地道："带着绿光的喜欢。"他说完就甩下了她。

翟晴魂不守舍，跟了他一段路，慢慢跟到了现在。

翟晴发现，赵云深立刻向许星辰道歉了。按他以前的性格，他是打死都不肯低头道歉的。他还拽着许星辰的手腕，消失在纷杂涌动的人潮里。

许星辰沉浸在今早的回忆中。赵云深叫了她两声，她反应过来，试探地道："赵云深，我想问你几个问题。"

他说："什么？"

许星辰紧紧攥着他的食指和中指，问道："你和翟晴真的已经结束了吗？"

他不假思索地说："早就结束了。"又略带斟酌道，"当年我们岁数小，懂得少，对彼此都不重视，从没规划过未来。"

许星辰接着问："你刚和我谈恋爱的时候，是真心特别喜欢我吗？"

其实女孩子多半直觉敏锐。她们往往能探查到一个人——无论异性还是同性，究竟喜不喜欢自己，又是出于哪种模糊的原因和自己聊天、交谈和相处。

所以，许星辰强调道："你不可以说谎，我能发现。"

街上的车辆川流不息，在混杂的喇叭声中，他轻不可闻地叹气道："一开始，我是没太认真。"

许星辰点头道："我知道的。我有一些好朋友，我和她们的关系也不是一上来就很好，我会有意识地渐渐培养感情。"

赵云深琢磨着如何表达他的想法：他喜欢许星辰。当他和许星辰相处时，感觉非常放松，状态也好，哪怕他们什么都不做，她静静地待在一旁看书，偶尔和他讲句话，他也能得到宽慰。

正巧，他们路过一家旅馆。赵云深提议道："不逛街了。"他和许星辰有一个"每月'出游'一次"的约定，本月的份额还没用过，赵云深惦记着，今天就把它用掉。

进入房间后，赵云深难得摆出一副做小伏低的态度道："还在和我生气呢？"

　　许星辰蔫蔫地道："我没生气。"她有些冷，坐在沙发上双手抱膝，过了片刻，又想起什么，从包里掏出一部手机——属于赵云深的手机。

　　赵云深和翟晴向她走来时，许星辰就注意到了赵云深的手机在翟晴那儿。赵云深用的是诺基亚，挂着一个幼稚显眼的情侣手机吊坠，那是许星辰亲手送给他的。

　　于是离开之前，许星辰向后伸手，让翟晴把手机还回来。而翟晴呢，也算冰雪聪明，上缴了赃物，并未私吞。

　　这会儿，手机物归原主。

　　许星辰劝诫道："你放我鸽子不要紧。通讯录里，你保存了那么多教授和博士生的电话号码，手机要是丢了，你能把号码找回来吗？你还想去实验室打工，就算是凭实力，也应当和他们混个脸熟。"

　　赵云深把手机揣回兜里，张开双臂抱紧许星辰，听她闷声说："我不管你和翟晴发生了什么，我欣赏你对她的干净利落。可是以后，你千万不能像对待翟晴一样对我，那样我会哭死的。"

　　他制止她道："你想到哪儿去了？别胡思乱想。"

　　她在他怀里点头。

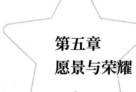

第五章
愿景与荣耀

寒假还没过完，赵云深和许星辰已经踏上返校的火车。

许星辰不幸受寒，得了重感冒。父亲和姑姑都不理解她为什么急着去学校，她借口学校有事，跟着赵云深走了。火车上，她时不时地咳嗽，白天还好，到了夜晚，她担心会扰人清梦，只能不断地口服"川贝枇杷膏"。

她昏睡到凌晨五点，模糊的光影落入眼帘，她禁不住嗓子的刺激，泪水在双眼中打转。这时，赵云深喊她起床，他们到站了。

许星辰懵懵懂懂地爬起来，被赵云深牵住了一只手。出站时，他已经没办法再拉着她，许星辰的行李很重，全部被赵云深承包。冷空气飘荡在车站外，赵云深拦下了一辆出租车，途中，他偶尔抚摸着许星辰的额头，她没发烧，只是很想睡觉。

赵云深将她的行李箱扛进了女生宿舍。

宿舍里自然没有一个人，窗帘和书桌都积了灰。

许星辰抓着栏杆，企图上床躺一会儿。赵云深却拽住她，要帮她换一套床上用品。她用怀疑的目光凝视他，他立刻打开行李箱，利落地做好后勤工作。他甚至端来一盆清水，拿着抹布擦拭了一遍许星辰的书桌。

许星辰趴在床上，居高临下地望着他道："你今天特别贤惠呢。"

"你好好休息，明天没起色我们就去医院吧。"他说。

许星辰伸了个懒腰道："你平常会因为小小的感冒跑去医院吗？"

涉及专业知识，赵云深普及道："有些症状，你以为是因为感冒，其实不是。"他开始罗列一些病理和病因，许星辰听得好头疼，打断他道："不说了，不好玩。"

她往墙边挤了挤道："你上来陪我躺一会儿。"话音刚落，她又道，"不行不行，我会把感冒传染给你，你还是别上来了。"

可是赵云深决定做的事，很少有人拦得住。他脱了外套，躺在她旁边，如往常一样设定了十分钟的期限。

十分钟，又是十分钟……许星辰略感惋惜，又暗道：有这时间总比没有好啊。她抑制不住内心的冲动，严谨地侧躺着，抓起被子蒙住脸，防止感冒病毒传播——这是许星辰自认为有效的方法。然后她挨近赵云深，倚靠着他的手臂睡着了，也不知道他什么时候离开的。

他拿走了许星辰的寝室钥匙，还给许星辰买了一份食堂的饭。

许星辰醒来时，昼夜颠倒，窗外漆黑一片。

她的桌子上摆着一个保温饭桶，里面装满了她最爱的虾仁馄饨。她抱着饭桶，内心非常满足，几乎吃得精光。跑去刷碗时，她给赵云深发短信："馄饨超好吃的！"

赵云深没回。

午夜十二点，他终于答复道："明天我再给你带。"

许星辰问他："你去哪里了呀？"

他说："今天下午去面试了。"

许星辰又问："顺利吗？"

他言简意赅地说了句："还行。"许星辰干脆给他打了个电话，他的形容词就多了起来，透露道：面试官之一是那个李言蹊。上学期末，李言蹊作为第一作者发表了一篇"SCI"论文，李言蹊的临床经验也在增长，已经参与过几台大手术。

许星辰后知后觉地问："你把李言蹊当作榜样吗？"

赵云深否认道："我会比他更强。"

许星辰不知道赵云深为什么把李言蹊当作竞争对手。赵云深宣称，自己会比李言蹊更强，也不喜欢许星辰在他面前夸奖别的男生。他吃醋了吗？许星辰揣测着他的心思，再也不敢提起"李言蹊"三个字。

距离开学还有十天，赵云深杀出重围，成功进入了实验室。他每天清晨出门，踏月而归。晚上要是有空，他会给许星辰打电话，讲述他在实验室的见闻。

许星辰好奇地问："你们养了很多小白鼠吗？"

赵云深嗓音低沉又懒洋洋地回答道："不仅有小白鼠，还有小兔子。"他摆出一副随意的态度，许星辰搞不清他是在说真话呢，还是在逗她玩。

赵云深和她聊到了深夜，还说明天下午导师要去学校本部开会，他有两三个小时的空闲，到时候他再给她打电话。

许星辰兴冲冲地道："哇，三个小时吗！那我去找你！"

赵云深起初没同意，说："你感冒刚好。外面冷，雪还没化，你就待在屋里，别跑出来吹风，你又被冻得着凉了怎么办？"

许星辰撒娇道："寒假还没放完，我提前十天来学校，连一面都见不到你，我为什么要跟你来学校嘛。"

许星辰活泼开朗，很爱凑热闹。自从跟了赵云深，她的交际圈就变狭窄了，还能蹲在宿舍几天不出门。她忍不住倾诉了自己闲得发慌的状况，在她的软磨硬泡之下，赵云深终于答应了明天见面。

许星辰自然很高兴。

第二天下午，许星辰提前半小时跑到了赵云深所在的校区。天空降落一场雨，雨水淅淅沥沥，沾湿了鞋跟，许星辰举着一把伞，穿梭于陌生的教学楼和实验楼之间。她还没找到赵云深，就撞见了李言蹊。

李言蹊穿一身白大褂，左手抱书，自带一种温和安定的气质。他见到许星辰，还对她笑道："你也来了？"

许星辰心虚地道："我在找一栋实验楼……"

其他专业的同学可以进入医学院的大楼吗？许星辰觉得，应该是不可以的。况且她也没有正大光明的理由。她只是来找男朋友的呀。

李言蹊有意调侃她道："会计系的实验楼，可不在这个校区。"

许星辰后退一步说："你知道我是会计系的？"

李言蹊坦白道："你跟着赵云深上过几堂专业课，我恰巧是其中一门课的助教，有一次就坐在你们后头。你看起来一副聪明劲，专业课学得一塌糊涂呢……"

"那不是我的专业课，我不是医学生，我是会计专业的。"许星辰双手抓紧书包带子，像一个面对老师自述状况的学生。

雨丝连续不断地飘洒，李言蹊往外面看了一眼。他没带伞，将书本顶在头上，冒雨跨出了台阶道："你是来找赵云深的吗？他在另一栋楼，你跟我来，我给你指路。"

许星辰递出一把伞道："我今天带了两把伞。"

李言蹊回头瞧她，说："能不能明天还你？我马上要去本部开会，跑回男生宿舍拿伞肯定来不及了。"

"可以啊！"许星辰爽快地答应，"一把伞嘛，又不是贵重物品，你什么时候方便还我都行。"

李言蹊撑着伞走在前方，步调不紧不慢。奇怪，他不是说要去本部开会，很赶时间吗？许星辰跟在他的背后，内心一片狐疑。

斜风冷雨掩映着教学楼，暗淡的白昼一如黄昏，乌云成团地挪近，又逐渐飘远。赵云深手扶着栏杆，俯视着楼底下的李言蹊和许星辰——他们没有并排而行，或许是为了避嫌，刻意拉开一段距离。但是李言蹊充满了绅士风度，偶尔会停下来等一等许星辰，再接着往前走。

虽然赵云深的导师今天开会，但是布置的任务一点没少。为了匀出下午的时间，赵云深没吃午饭。从早晨六点开始，赵云深一直泡在实验室里。前辈们喊他吃饭，他推托自己太忙，紧赶慢赶，终于在下午四点前结束了工作。

当他走出房间，正好望见李言蹊与许星辰。

对李言蹊此人，赵云深的感觉很复杂。面试当天，李言蹊不知有意还是无意，提了三个颇具挑战性的问题，专门刁难赵云深。

大一年级的同学们基本都听蒙了，哪怕是赵云深也只回答了两个。剩下的那个最晦涩的问题，赵云深硬着头皮一顿胡扯，引来了导师的批评："你哪里不明白，开口问我们就是，不能不懂装懂啊。"

赵云深以为自己没戏了。不过他仍然是最出色的学生之一，导师便给了他一个机会，言辞之中也有重点培养他的意思。但他到底比不过李言蹊。那位李学长年纪轻轻，刚发完"SCI"，身兼两篇核心期刊论文的第一作者，不仅是外科医生的好苗子，也是导师培养的得意门生。

最让赵云深注意的是，李言蹊对许星辰不一般。

李言蹊把许星辰送到了实验楼，朝她挥手告别，身影消失在走廊转角处。

许星辰顺着楼梯往上跑，刚好撞到了赵云深。她的脸颊白里透红，双眼含着一汪水，抬头垂眸时，更显出别样的风情。

她说："你们的校区好大，医学院就是气派！"

赵云深问她："过来时迷路了？"

"我遇到李……李学长。"许星辰非常诚实地说，"他把我带到这里的。"

她拉住他的手道："你有空吗？我们可以出去玩吗？"

赵云深系上衣扣，说："我刚在实验室换完衣服。走吧，导师放了半天假。"

他从许星辰手里接过一把伞，在雨中撑开，领着她走出校门。他故意绕到阴暗的偏僻处，周围立着三堵高墙，视野封闭，通向一条死胡同。

许星辰拽他的袖子，说："你走错了地方。"

雨水顺着伞沿向下流淌，赵云深低声笑道："我没走错，我故意的。"他将许星辰的围巾扯开一角，摩挲她温热的脖颈，她瑟缩了一瞬，躲也没躲。他让她抬起脑袋，她只能仰视着他。很快，他低头吻了下去，含吮她的嘴唇。她身上有一种特别甜的香味，准确地说，是奶香与果香的混合气息，赵云深从没在别的地方闻到过。

他一边吻她，一边说："你是不是经常把糖当饭吃？"

许星辰茫然不解地说："我不吃糖，怕长蛀牙……"

"撒谎。"他轻易地下了定论，"你肯定很爱吃糖吧。"

雨势越发绵密，赵云深左手举着伞，倾斜着朝向墙侧。两人间隔着一段距离，他挑着她的一颗衣领扣子，颇具一种"养肥可宰"的暗示意味。

许星辰却说："我的胸不大。"

赵云深点了下头道："是的，因为你太瘦了。"

许星辰垂首打量自己的身材，说："还好吧，我是 C 啊。"

"C 最好。"赵云深附在她耳边道，"最适合我。"

水流敲打在伞面上，也敲打在她的心头，激起鼓点一般密集的节拍。这场雨下得真好呀，她心想。

天幕更加昏沉，太阳彻底藏匿。

许星辰牵着赵云深的手，随他去了校外的饭店。他点了不少菜，许星辰才意识到他可能错过了午饭。赵云深虽然勤奋刻苦，却不是会为了学习而废寝忘食的人，他一定是想把工作做完抽出空来陪她。许星辰猜到了这一点，默默感动到说不出话。

她自言自语道："你对我还是很好的。"

赵云深往她碗里夹了一块鸡腿，说："不对你好对谁好？女朋友只有一个。"

鸡腿的滋味都比平常好。许星辰心里甜蜜，手握成拳，轻敲他的手臂，像在完成某种约定："我也对你好。你跟着我，我不会亏待你，保管让你吃香的喝辣的！"

赵云深扒完两口饭，却笑道："你告白的话，就像山里的土匪讨媳妇。"

许星辰毫不在意，愉快地说："对呀对呀，你是我讨来的宝贝，也是我许大寨主的压寨夫人。"

赵云深随口问："你看上我什么了？"

许星辰握着筷子又放了下来。她沉思了几分钟，忘记吃饭，最后郑重其事地回答他："也许因为你救过我一命，我看到你就觉得好！你这双眼睛，还有说话的声音……我都经常梦见的。"

赵云深觉得好笑，又有些触动。许星辰满足于他的反应，自认为她这一番表情达意，做得是滴水不漏、完美无缺。数日后，许星辰的室友们陆续返校，女生寝室里充满了轻松欢快的氛围。大家听说许星辰提前十几天跑来学校，只是为了陪伴男朋友，纷纷夸奖她为爱牺牲的精神。

室友王蕾更是问道："许星辰，每天和男朋友腻在一起，你还记得我们这些姐妹吗？"

许星辰淡定地摆手道："哎呀，没有啦，我和他一周才见一次面。"

王蕾与其他两位室友惊呼："不会吧！"

许星辰坚称："他很忙，我不会打扰他。"

另一位室友问道："他一有空，你就跑去另一个校区找他？"

许星辰点头如捣蒜。

室友又问："赵云深主动来找过你没？"

许星辰迟疑着没回答。

王蕾恨铁不成钢地喊她："许星辰！"

许星辰原地一蹦，问："怎么了呀？"

王蕾指点她道："你要晾他几天。"

王蕾与男朋友的关系十分稳定。她的男友在隔壁大学念物理，两人感情很好。王蕾也常在宿舍夸男友贴心——今天他送了一捧花，明天他又寄来一箱零食，附赠一张写了字的贺卡：我的蕾，一日不见，如隔三秋。

每当王蕾朗读男友寄来的卡片时，另外两位室友都要和她嬉闹，只有许星辰是发自心底地羡慕。她早就想请教王蕾，怎样才能让男朋友更爱自己。却没料到，王蕾居然催促她和男朋友冷战。

许星辰斜坐在椅子上，双手扒着椅背："晾他？为什么？好奇怪。他最近对我很好的。我无缘无故地不理他，那不是有毛病吗？"

王蕾伸出一根手指，推了一下许星辰的额头："小傻瓜，赵云深都没主动找过你，你一天天地往他那边跑，他哪里会重视你呀。"

许星辰有些心虚地说："他还是……蛮喜欢我的。"每当她说出一个字，脑袋就往下低一点，到最后，她已经完全埋着头，目光落在水泥地板上。

许星辰的另一位室友开口道："王蕾！你不要教坏了许星辰。"

这位室友名叫柳彤，明眸皓齿，清秀细瘦，来自江浙一带的城市，说话时带一点吴侬软语的意蕴。许星辰和柳彤关系很好，偶尔也会向她咨询一些感情问题。

柳彤是理论上的巨人，行动上的矮子。她知道王蕾的出发点很好，但怀疑王蕾的方法并不适用于许星辰。

柳彤拉起许星辰的手，将她拽到外面道："走，我们出去说。"

王蕾在后面呼唤道："说什么？我不能听吗？"

柳彤回眸一笑道："你男朋友和赵云深不是一种人，许星辰需要对症下药。"

走廊尽头的窗户敞开一半，冷风顺着窗台爬进来，今晚的月亮就像一轮银盘，高高地挂在天边。月光下，柳彤关切地问："许星辰，你和赵云深吵架了吗？"

"没有。"许星辰摆弄着一根生了铁锈的插销，"没事啦。只是他的学习任务太重了，我不经常见到他，就很想他。"

柳彤两根手指搭在窗沿上，悄悄向前挪动了几厘米，问："赵云深的那位室友，白白净净的那个男生，他、他也去实验室了吗？"

许星辰寻思道："你说的是杨广绥吗？"

"是他。"柳彤抬眉，小心翼翼地询问，"他忙吗？"

其实许星辰一个寒假都没联系过杨广绥。她依稀记得，前几天刷新 QQ 空间时，碰巧看到了杨广绥的动态。他随父母去东南亚旅游了，在泰国海边拍下无数风景照，隔着屏幕都能让人闻见海浪、沙滩、椰子树的味道。

许星辰如实说："杨广绥不忙啊。他寒假去了很多地方。"

柳彤抿嘴，脸颊微红，抬起手攥紧栏杆道："我猜到了他喜欢旅游。"

许星辰打起兴致问："真的吗？"

柳彤颔首道："虽然我没跟他见过几次面。"

许星辰与柳彤经常一起上课。放学后，许星辰如果没事，就会去找赵云深。柳彤为了和许星辰聊天，总要陪着她多走一段路，于是撞见了赵云深和杨广绥。赵云深和许星辰讲话时，杨广绥便与柳彤搭讪。他纯粹是怕她无聊，努力地活跃气氛。

那段时间，柳彤喜欢写诗。她爱读明清时代的古典小说，熟记各类唐诗宋词，如果不是父母强制要求她学会计，她本来应该上中文系。她不好意思告诉同学，自己沉迷于那些东西，觉得实话实说，会显得她有点儿"装"。

某天柳彤心血来潮，忽然憋不住了，偷偷和杨广绥分享了她的新作。她以为他会一笑了之，可是杨广绥细品很久，认真地评价道："文笔清丽，我能看出少女的小心思。"

他送过她一瓶玫瑰精油。

柳彤没舍得用，偷偷将其锁进抽屉了。她还在抽屉里夹了一张字条："青青子衿，悠悠我心。纵我不往，子宁不嗣音？"

柳彤之所以那么喜欢许星辰，也是因为她羡慕许星辰的勇气。即使赵云深不主动，许星辰也能保持十二万分的热情。换作柳彤，那是绝对做不到的。

正式开学以后，赵云深的学习负担更重。

如果他不把目标定得那么高，他的日常生活也能轻松些。可他偏偏盯住了李言蹊，势要在三年内超越他。

男性的自尊心是很奇怪的东西。赵云深上高中时，没有竞争对象，日子过得优哉游哉。而现在他突然开了窍，琢磨起未来的生活。每天和许星辰见面时，赵云深也会想，许星辰大四就毕业了，而他呢，还要再读四年博士才能拿到学位证。规培期间的医生挣不到多少钱，他至少要等到二十八岁之后才能养家糊口……不过既然选择了这条路，他就绝对不会后悔。他的父亲常说：男人做事，不要瞻前顾后，畏畏缩缩。

赵云深的室友邵文轩同样怀有危机感。

新学期开始不久，邵文轩在寝室说："我们高考分数都不低，选了这个专业，将来能发大财吗？"

对面的杨广绥笑道："可以啊。"

夜深了，灯光熄灭。邵文轩侧躺在床上，搓揉着一方枕巾："我家里的人盼天盼地，就盼着我有出息。我爸说，医生和老师最受人尊敬。医生行善积德，还能挣大钱……"

"你爸那是上一代的观念。"杨广绥打断他道，"不过整形外科真的好挣钱。你做个鼻子、开个眼角，两三万到手。"

邵文轩取笑了一句："杨广绥，你咋那么爱臭美？每天惦记自己的那张脸，还惦记着别人的脸。"

杨广绥拍响床面："哎哎哎，老邵，你怎么说话的？我这不是为你的职业生涯做规划吗？"

邵文轩语气端肃，显得十分清高地道："我只做心脏外科医生。"

杨广绥从被子里伸出手，指向了赵云深的床位道："瞧瞧人家赵云深，他才是心脏外科医生的苗子。他是副院长的爱徒，重点实验室的接班人，全专业平均分第一，李言蹊学长都夸过他。"

电子钟显示了当前时间：夜晚十一点四十。赵云深戴着耳机，听了半小时的英语，勉强有了些困意。他摘下耳机，向他的几位室友宣称："我早晚会超过李言蹊，把他远远甩在我后面。到了那天，我请大家吃饭。"

习惯会彻底改造一个人。大学几年的时间，足够赵云深从量变到质变。他相信只要他保持节奏，就能不断进步，弥补知识盲点，最终迈入全国一流医院的心脏外科。

室友们不知道如何评价赵云深的雄心壮志。在他们看来，李言蹊的实力之强，简直没有后辈能超越他。尴尬的沉默延续了几分钟，杨广绥想起一件事道："赵云深，你的生日快到了。"

他刚说完，就从床上坐了起来。

赵云深看向他的床位，说："还有几天吧，不用庆祝了。我买个蛋糕放寝室里，我们几人切完吃掉就算了。"

视野里一片漆黑，杨广绥的神情融入了暗夜："啊？你们家许星辰怎么办呢？"

赵云深理所当然地回答道："我喊她一块儿来吃。"他安静地平躺着，双手盖在被子上。半梦半醒时，他想到许星辰说她不碰甜食，也想到了许星辰扑进他怀里说：你给我的糖果真好吃。

赵云深过生日那天，他的寝室就像过节。

杨广绥自掏腰包，买了七份肯德基的"外带全家桶"，还有必胜客的"至尊比萨"。另一位室友王溙准备了水果和薯片，又将一张公用的桌子改成了游戏桌，说是让大家放松一下。

傍晚五点，赵云深左手拎着蛋糕，右手牵着许星辰，踏进混乱的寝室时，以为自己走错了地方。

杨广绥打开一瓶可乐，笑着说道："哟！寿星和寿星的老婆来了！鼓掌欢迎！"

隔壁寝室来了三位男生。众人在室内吵吵嚷嚷，许星辰躲到赵云深背后，偷偷和柳彤说话："你喜欢吃蓝莓对不对？待会儿他们切蛋糕，我把有蓝莓的那一块蛋糕端给你。"

柳彤的脸皮薄如一张纸。她跟着许星辰跑来男生寝室，起先是很放不开的。好在赵云深的室友们都很随和，杨广绥捧起一桶鸡腿，让她挑一个最大的。她抓起一只鸡腿啃了两口，迅速地抬头对他笑了。

许星辰远比柳彤放得开。她坐在游戏桌的旁边，拍响桌面道："一缺三，谁来陪我玩几局？"

寝室里炸鸡、薯片、比萨的混合气味飘散，许星辰抓着半杯可乐，等来了落座的赵云深，还有杨广绥和隔壁寝室的一位男生。

赵云深丝毫不惧地说："直接开始摸牌吗？要不我们定下几个规矩，玩起来更带劲。"

杨广绥嘿嘿一笑，跃跃欲试道："深哥，你输了就对许星辰表白，我们都给你做个见证。"

学生时代的纯真爱情，往往最引人羡慕，周围的男生都在起哄。就连许星辰都红着脸，双手托起腮帮道："不用啦，他不是这个意思……"

赵云深也笑道："你们别光顾着打我跟许星辰的主意。公平点，我们玩真心话和大冒险不好吗？"

许星辰第一个附和道："好的！"

杨广绥有一套"真心话与大冒险"的卡片。他当着大家的面找出卡片，摆在桌上，扬扬得意地道："我先跟你们说一声，不管是谁抽到了什么牌，你们都要按照规则来，不能因为害羞、胆小，就不做了。玩游戏就要有玩游戏的态度，今晚嗨起来！"

许星辰应道："没问题！"她与杨广绥击掌。

第一轮牌局结束，许星辰自食恶果，沦为倒数第一。她说话算数，随手挑了一张游戏卡片，诚实地朗读道："你最喜欢在座的哪一位异性？"

许星辰非常开心，抽了一道如此简单的题目。

她挺直后背，坦率回答道："我最喜欢赵云深！"

赵云深低头摸着牌，甚至没看她："你不说我也知道。"

男生寝室里只开了一盏灯。昏暗的光线下，他那张好看的脸依然轮廓清晰，他侧过头和另一位室友调笑两句，不知是谁打开了收音机，外放着一首《当我想你的时候》。许星辰被歌声分散了注意力，笑着圆场道："你知道就好了。"她咬了一口炸鸡，食不甘味。碎屑掉到了裙子上，她拿起一张餐巾纸擦拭，旁边还有男生插话道："我们几个人都在旁边站着，傻傻地看你们玩牌，忒无聊了啊。干脆我们轮流抽那个卡片，一起玩真心话大冒险，怎么样？"

柳彤正有此意，立刻加入了他们。

整个寝室都沉浸于热烈欢快的氛围中。所有人都对未知的题目充满了兴趣，一边等着别人闹洋相，一边又害怕自己栽进坑里，紧张与期待的双重聚焦之下，杨广绥首先抽中了一个大冒险游戏：亲一口左数第二位异性。

杨广绥吓得扔掉了纸片。

因为左数第二位异性，正是许星辰。

某位凑热闹不嫌事大的男生捡起卡片，立刻推搡道："杨广绥？你玩游戏的态度呢？快去亲一下许星辰！"

赵云深站起来，一把抢走卡片道："这种题目真没意思。杨广绥，你重新抽一张。"

杨广绥觉得自己没有开好头，待会儿大家可能都玩不起来了。于是他面对着许星辰，隔空抛了个飞吻。除此以外，双方没有任何实质性接触。

众人一阵欢呼雀跃，还有男生揽住赵云深的肩膀，为他搭了个台阶道："深哥，我们就是意思一下，闹着玩的。"

许星辰反应过来发生了什么，偷偷对赵云深说："杨广绥只是做了个样子……"

赵云深轻笑。他看起来一点都没生气，但在她耳边悄声问："你还真想让他亲到你？"

许星辰连忙摇头道："不是的，我刚才走神了。"

赵云深握着一瓶啤酒喝了一口，偏过半张脸继续和她耳语："你一晚上心不在焉，想什么呢？"

许星辰实话实说："想你为什么对我不冷不热的。"

赵云深揉了揉她的头发道："你整天就会胡思乱想。我告诉你怎么回事，你太闲了，应当找些事来做，每天跟我去图书馆，别总看那些没营养的电视剧……电视剧和生活能一样吗？"

许星辰语气坚决地说："电视剧还有下限，生活不一定有下限。"

他们凑在一块儿说话，其他同学还在玩游戏。随着一阵起哄声，邵文轩抽中了一张劲爆的牌：你能接受自己和伴侣在结婚前做一些夫妻之间才能做的事吗？

邵文轩是个爽快人，痛饮半杯啤酒，喊道："我接受！"另一个男生"哈哈"嬉笑道："是个男人都会接受！"

无人提出异议。

柳彤结结巴巴地开口问道："为什么你们都能接受？"

许星辰扭头望着她。

就连许星辰都没讲话，这一下，柳彤感觉自己被彻底孤立。柳彤反思她是不是太保守了，现在已经是 2010 年了，新时代观念开放，年轻男女谈个恋爱不算什么，只有她还停留在"结发为夫妻，恩爱两不疑"的文青幻想世界中。柳彤反思了几秒，忍不住问道："假如你们结婚前谈了女朋友，特别喜欢人家。结婚时，又换成另外一个女人，婚后再想到前女友，你们会有什么感觉啊？"

某位男同学在一旁窃笑道："我们哪儿知道啊，我们一没结婚，二没女朋友。"

有人推了一把赵云深，说："深哥，你来回答，你有女朋友！"

邵文轩助兴道："是啊，深哥，我们给你做一次假设，你就当是在玩一局真心话。"

"能有什么感觉？"赵云深不甚在意地说，"老婆是老婆，前女友是前女友，我分得很清楚。做男人就应该往前看，规划未来，别一天到晚念旧，叽叽歪歪的，那是害人害己。"

男同学们为他鼓掌道："深哥是好男人，拿得起，放得下！"

酒色迷离，众人笑作一团。

只有许星辰在安静地发呆。她不知道赵云深说那些话时，想起了他从前的女朋友，还是想起了他未来的老婆。

聚会散场之后，赵云深把许星辰送回了女生宿舍。

月亮铺开一道银白色光圈，灯影与夜幕缠绵。许星辰拉开书包拉链，从中拿出一个盒子，亲手交给了赵云深："我送你的礼物，十九岁生日快乐！"

赵云深拆开蝴蝶结，翻到一本日记。盒子里堆满了透明塑料管折成的小星星，共计 520 颗，谐音是"我爱你"。许星辰猜想，赵云深一定不会去数星星有多少颗。她直接告诉他道："我折了 520 颗呢！"

赵云深打开日记本，随口回应道："你有这时间干什么不好。"

许星辰捶他的胸膛："你要不要嘛？"

赵云深抱紧盒子道："你送我的东西，别想收回。"他又问她，"你高二就开始写日记了？被我救了还特意写一篇感谢日记，这下你落在我手上……"他的手指搭住了许星辰的字迹，忽然俯身吻她。塑料星星从盒子里撒出来几颗，许星辰想弯腰去捡，可是他不让她动。唇齿交缠，他含吮着她的唇瓣，还说："你真软。"

她忘记了星星，踮起脚，双手勾着他的脖子。

那一晚月光漫天。

女生宿舍快关门了。许星辰赶在最后几分钟，一溜烟跑进楼梯间，赵云深也捧着她的礼物，原路返回男生寝室。明明已经熄灯了，他还要掏出手电筒，躲在被子里偷看许星辰送给他的那本高中日记。他时不时低笑，像是着了魔怔。

杨广绥很担心地问："深哥，你还好吗？"

邵文轩也问："你在干什么？"

手电筒的光线穿透了被子。明暗交界处，赵云深合上日记本，将其放在枕边，含糊其词道："我随便看看。"他缓慢地躺下来，注视着黑暗中的天花板。

邵文轩又问他："深哥，你的股票最近还好吗？"

"挣了两千来块钱。去年开学，那个经济系学生让我买的股票，我只买了一小点。"赵云深坦诚道，"研究上市公司太麻烦，我们不是炒股的那块料。"

邵文轩叹气道："我后悔没听他的建议。我自己看着散户必读书，看着网上的教学视频，投了几只股票，亏了八百多块钱。"

炒股不是长久之计，邵文轩语气恳切地道："深哥，你给我介绍几位学长吧。"

赵云深问他："哪个类型的学长？"

"有人脉，有资源的。"邵文轩困乏地合眼，慢吞吞地回答，"我经常焦虑。每天早晨起床，胸腔闷得慌……"

杨广绥插话道："你是器质性的问题，还是功能性的问题？"

邵文轩却道："广绥，你别打岔。"

杨广绥的邻床已经睡着了。那位兄弟的厉害之处在于，无论寝室里有谁在聊天，他都能快速入眠，并发出微微的鼾声。不可忽略的鼾声接连不断，邵文轩忘记了想说的话。他闭紧双眼，随室友们一起沉入睡眠之中。交织错落的梦境开始纠缠他，在那场梦里，他拼命想要证明自己与别人不一样，到头来却发现，他只是个普通人。

第二天早晨，邵文轩起床，玩笑般告诉室友，他昨晚梦到了什么。

日子一天天地过着，他们的生活按部就班。

期中考试之后，天气回暖，春意盎然。校园里的花草树木焕然一新，浅红浓绿，尽显郁郁葱葱。

赵云深却没有赏景的心情。他在实验室的工作遇到了障碍。他的导师出差美国，几位学长都很忙，无人指点他，于是他暂时停止探究，每天混在实验室里给人打杂。

偏偏李言蹊又发表了一篇顶会论文。

那天傍晚，李言蹊邀请大家吃饭。他开来家里的一辆车，停在路边，提都没提一句，非常低调。赵云深经过车子边时，并未多看一眼，但是他的一位学长感叹道："李言蹊啊，有钱，有前途。他怎么不去北京协和？"

另一人回答："说不定他将来真会去协和医院。"

资历最高的学长摇了摇头道："光靠论文，进不了协和。"

赵云深含笑道："现在发几篇'SCI'不算难吧。"赵云深的话音刚落，李言蹊就从远处走了过来。李言蹊大概听见了闲言碎语，抬手拍了拍赵云深的肩膀道："发表一篇'SCI'不难，难的是你提出了有价值的观点。你不能单纯把发论文当作目标啊，小赵同学。"

"你在学校的小圈子里，算是不错。"赵云深侧目看他，"放到全国，全世界，你还能不能数一数二？"

李言蹊认真回答道："我们学医的人，想要的不是排名，也不是输赢。"

赵云深没再作声，走进了饭店大门。李言蹊和另一位同学站在外面，等候一位迟到的教授，那同学忽然开口说："你不要嫌赵云深语气不好。他最近研究出了问题，年纪轻轻的容易急躁冒进。"

"他急着发论文吗？"李言蹊一只手揣进衣服口袋，评价道，"他才念大一，还没上完专业课。"

同学回答："赵云深很聪明，动手能力又强，这种优秀学生，对自己会有特别高的期待吧，心中怀揣着那种……最崇高的医生理想，渴望获得荣耀。"

李言蹊暗叹：赵云深的前途不可限量。

饭桌上，李言蹊主动向赵云深敬酒。两人的玻璃杯碰了一下，目光短暂地停留在对方的脸上。

李言蹊问他："你今天没带许星辰来吗？"

赵云深靠着椅背，不觉一笑道："我带她干什么？"

李言蹊随意地道："我见你们感情好，经常待在一起。"

赵云深往他那一侧俯身，说："她今晚和室友出去玩了。我蹭完这顿饭，回学校找她。"

李言蹊端起一杯酒，喝下一半，赵云深反而劝诫道："你有酒瘾吗？戒了吧。将来在医院工作，随时有可能被拽去做一台急诊手术，醉醺醺地上场怎么行？"

李言蹊像是很惊讶他会这样提醒自己，回答道："我在医院一向是滴酒不沾。你见过哪台手术的医生有酒气？"

赵云深顺着他的意思，又问："你做过几台手术？"

李言蹊握着酒瓶，失笑道："我这个级别的，离主刀还远着。"

赵云深附和道："哦？你只是个二助。"参与外科手术的医生一般包括主刀、一助和二助。不过李言蹊透露道："我一般是做一助。"

他拍了拍赵云深的肩膀道："两三年的时间，眨眼就能过去，等到你进了医院上手术台实习，一助、二助的工作都要认真干。"

赵云深意味不明地反问："像你一样认真？"

　　赵云深的态度很不客气，甚至可以说是有些粗鲁了。李言蹊正想解释两句，旁边的女人就扯住了李言蹊的袖子。那位姑娘名叫黄莉蓉，毕业于另一所大学，也是他们实验室里新招的技术员。她给赵云深倒了一杯酒，笑问："你想好了要做外科医生？上次你在实验室里做组织全切，切得很干净漂亮呢。"

　　"那是基本功。"赵云深草率地评价自己。

　　黄丽蓉笑得婉约地道："和你同龄的学生里，能有这种基本功的人可不多。"

　　赵云深不知想到什么，随着她说了句场面话："实验室的学长学姐教得好，谢谢你们对我的照顾。"他讲完，端起玻璃杯与黄丽蓉碰了一下。

　　他对待黄丽蓉的态度，明显比对待李言蹊好上一个等级。李言蹊开始思考他哪里得罪了赵云深，很快，李言蹊琢磨出一丝微妙的滋味。

　　恰好这时，黄丽蓉也问："对了，赵云深，那个许星辰是谁？你的女朋友吗？"

　　赵云深说："嗯。"

　　黄莉蓉迟疑地道："你才十九岁……"

　　她透露了言下之意：你才十九岁，谈恋爱太早。

　　"十九岁不算早。"赵云深略微挑眉道，"搁我老家那儿，十九岁当爸爸的人都有。"

　　黄莉蓉顺着话题道："你的老家是哪里的？"

　　赵云深言辞简略地说："北方城市。"

　　黄丽蓉笑着做出猜想："你说话就没有一点口音，特别好听，能是哪里的人？"

　　赵云深没回答。他使筷子夹起炸鱼，细品了片刻。这家饭店的"野生小鲫鱼"是一绝，滑嫩香脆，声名在外，吸引了无数食客。赵云深想起许星辰一向喜欢吃鱼，便决定哪天抽空领她过来吃顿饭。

李言蹊和黄莉蓉换了个位置。当前这一刻，黄莉蓉坐在赵云深的左边，她望着他吃饭的样子，不由自主地摆出相应的阵势，秀气斯文地开始进餐。可惜赵云深完全没注意到她。她自讨无趣，干脆与李言蹊说起话来。

"赵云深酒量好吗？"黄莉蓉问道。

怎么说呢，赵云深的酒量好不好，李言蹊既不知道，也不感兴趣。他和赵云深的日常交际很少，少到几乎没有。他们虽然是 QQ 列表上的好友，但是几乎从不说话，沟通为零。

"你问他啊。"李言蹊指出方向。

黄莉蓉脸颊微红，柔声细语道："小赵，你不能像李言蹊那么喝酒。他肝脏解毒强，我们平常出门聚会，他喝一瓶白酒都没关系，你别跟他学。"黄莉蓉暗含一派好心，友善地提醒赵云深。平日里她常在微博上浏览美人们的照片，然而当她在现实生活中与帅哥们近距离接触时，甚至不敢扭过头仔细观察他们的五官。仿佛他们身上散发着某种刺眼的暗物质，对视的时间一久，她的心脏就会被刺激得颤抖。

偏偏赵云深目不转睛地看着她，沉稳地坐在那里一动不动地问："李言蹊的肝脏解毒功能强？你怎么看得出来？"

"李言蹊做过基因测试。"黄莉蓉笑道，"他天生能喝酒。"

赵云深听闻"基因测试"四个字，将信将疑地抓过一个酒瓶。为什么人人都在夸奖李言蹊？连他喝酒的能力都要重点表扬？在赵云深看来，李言蹊的长相平平无奇，又总是问起许星辰，实在很招人烦。于是，赵云深忍不住喝了几杯白酒，接着又与前辈们挨个寒暄。很奇怪，在李言蹊面前，赵云深争强好胜的性格发挥到了极致，哪怕是在"拼酒量"上，他也要胜过李言蹊。每当李言蹊喝完一杯酒，赵云深一定要喝两杯。他自以为不露痕迹地挑衅着李言蹊，直到他自己满身酒气。那时，聚餐已经结束了，李言蹊伸手扶了他一把，他马上把李言蹊推开，一再坚称："我没醉。二两白酒一瓶啤酒，你当我喝不起？"

李言蹊耸了耸肩道："好吧。你回学校路上小心点，注意看路。"

赵云深没接话，穿上外套，跟随学长学姐们走出饭店。他看到李言蹊走在最前面。街边的路灯洒下橙黄色的光芒，落在李言蹊的背影上。

赵云深确认自己没喝醉。冷风吹过他的头发，吹得他越发清醒地站在原地，揣在口袋里的双手捏出"嘎吱"的声音。不知道是不是他的错觉，他的心脏都有些不舒服，充满了难以言说的压抑感。他长长地呼吸了一口气，径直朝学校的方向走去。

第六章
多情总被无情恼

　　晚上十点多，赵云深步行回了学校。他站在女生宿舍的楼下，熟练地发送着短信："你在寝室吗？"仅仅过了一秒钟，许星辰回复他："我看到你在楼下，我马上下去。"

　　她刚洗完澡，头发半干半湿。室内应该很暖和，因为她穿着一条裙子，雪白的双腿露在外头，在料峭春寒中微微打战。

　　她像是迷途的羊羔，赵云深则是一位尽职的放牧者。他脱下外套，裹在许星辰的身上，抱紧她清瘦的身体。那一瞬间，外界的杂音被摒弃，她埋首在他温暖的怀抱里。

　　不过片刻，许星辰说："有酒味。"

　　赵云深摸着她的头发道："今晚我喝酒了。"

　　许星辰无可奈何地道："你遇到那种给客人灌酒的饭局了吗？"赵云深还没来得及回答，许星辰摸到他的左右两只手，搭放在她脸颊的两侧。她的肤质白皙，光滑水嫩，宛如一块羊脂玉。赵云深逐渐明白，为什么夸奖美人时，人们常说一句：肤如凝脂。

　　他的思维飘离，飘到几十米之外的地方。那时他仅仅是想和她多待一会儿，便说："我们出去吧。"

"我上去拿件外套。"许星辰松开他的手道，"五分钟，我五分钟就下来。"她脚底抹油般跑远了。

赵云深寻了一块地方，安静地坐着。夜晚十点半的女生寝室门口，多的是一对又一对的交颈鸳鸯，女孩子返回寝室都成了一场短暂的离别。年轻的男生揽着女生的腰，低头说话，迎着月色，两人如胶似漆。

赵云深转过头，不再看向女生寝室。他从地上捡了一块石子，摸出石头的形状，短距离投掷，弯腰拾回来，再扔远，如此反复玩了几遍，百无聊赖地消磨着时间。

很快，某个女生和他搭讪，想将他从寂寞乏味中解救出来。

他笑说："我在等女朋友。"

话音未落，许星辰冲到他面前。她背着单肩包，拉住他的手，比他更急切地走向了校门。

这一晚，许星辰和赵云深轻车熟路地抵达酒店，依旧是标准两人间。灯光明亮，气氛和谐，许星辰进屋不久，便拧开一瓶矿泉水，倒进她自己带来的杯子里。她还拿出一罐蜂蜜，舀出一勺泡入水中，搅拌了几分钟，悄悄递给赵云深。

"蜂蜜水？"他明知故问。

许星辰点头道："可以解酒。"

赵云深喝了几口，皱眉道："太甜了。"他坐在床边，左手端着杯子。许星辰凑近杯沿，也品尝了一点蜂蜜水。她扶着他的肩膀，馨香与柔软若远若近——这种状态只持续了一瞬，她又往后挪出一段距离："我去拿矿泉水，稀释一下，蜂蜜就不会太甜。"

赵云深把杯子放在床头。他没让许星辰离开，低头吻上了她的嘴唇，这会儿他汲取到的甜度适中，很喜欢，忘记了一切烦恼，心情也快活起来。

许星辰调亮了床头灯。她不像往常那样指着手掌或脸部的某一处地方，问他医学名词。她今日兴致缺缺，还说："你们医学系的学生，到了大三要搬去另一个校区吧。"

赵云深不以为然道："我会经常过来找你。"

许星辰的阴郁一扫而光："真的吗？"

赵云深认真地分析道："两个校区离得不远，坐一趟公交车，花不了多长时间。"

许星辰建议他道："每周五和周六，你有空要来找我。"刚说完，她又摇头，"其实我找你也行。"

赵云深拍了拍她的肩膀道："好了，这个问题解决了，你还有什么烦心事？"

许星辰想了想，应道："没了。"

赵云深衣衫凌乱，似乎笑了一声。

许星辰低着头，全身的血液都往脑袋里冲，一时间眼冒金星。原来极度兴奋与紧张是这般滋味，赵云深和她也有同样的体会吗？她抬眸凝视着他，火花在四目相对的那一刻迸溅。他被隐形的愿望指引着，抛却了一切顾念和担忧，今夜第二次和她接吻。他们在不知不觉中探索到了最后关头，愉悦消散，疼痛紧随其后。

赵云深扔开枕头，压抑着嗓音道："你看着我。"

许星辰不知要如何回答。他单手托扶她的后颈，显得很沉迷，虽然进展并不顺利。许星辰断断续续地道："我、我好疼，好不舒服。"

光亮如白昼的灯光下，她没说假话。赵云深便关了灯。黑暗中，她怀疑自己的血液也被摇晃出纵荡的波纹，又消逝在他前所未有的热度里。

人的本性是趋利避害，畏死乐生。既然恋爱并不等同于快乐，为什么还会被人津津乐道？许星辰作为亲历者，有感而发：因为她第一次陷入恋爱，所以，所有喜怒哀乐都是值得纪念的。她这样想着，安然不动地躺着，脑子清醒，意识疲乏。赵云深半撑着床面，附在她唇边若即若离地亲吻着她。她的长发挡在额前，他帮她把头发拨到了耳后，又将她按进了怀里。

"明天给你补补。"他说。

许星辰推托道："不用补，没什么，我不累。"

赵云深贴近她的耳朵，低声问："还能继续吗？"

许星辰摇头，想说：好疼啊。

赵云深没再开口。他靠墙坐在床沿，只觉得意犹未尽，还出了一身汗。他用枕巾擦了一下头发，起身去洗澡。洗完回来，睡在另一张床上。枕头柔软而舒适，却无法抚平他迫切的躁动。他回忆着刚才的经历，很快又有了反应，但他也不可能跑过去唤醒许星辰。他只能侧身静卧，混混沌沌地睡着了。

窗外的世界从深夜演变到黎明。

天亮了，许星辰做了一夜乱七八糟的梦。她的梦中情人也是赵云深，梦境停止之前，他正在和她热烈地耳鬓厮磨。但是当她睁开双眼时，见到现实中的赵云深，却发现他躺在对面，背对着她。

他在睡觉，还没醒。

要不要弄醒他？许星辰犹豫两秒，放弃了这个打算。她静悄悄地下床，随手掀开被子。床单上留有暗淡的血迹，拇指般大小的一道印，像在提醒她终于看破了最隐晦的秘事。她感觉脸颊有如火烧，扯下床单，拖到了浴室，拿起香皂，对着水龙头一阵凶猛地搓洗。

洗干净床单之后，她又用吹风机烘干，这才铺回了床上。

"你说，第二天早晨，你就在浴室里洗床单？"王蕾惊讶地问。

许星辰点头承认。

最近这段时间，赵云深经常约她出去。许星辰夜不归宿的次数多了起来，每周一两回。室友王蕾最先察觉异状——毕竟王蕾也有男朋友。她大概猜到了二十岁的男生比较热衷于哪一项活动，于是首先向许星辰坦白：去年冬天，她和男朋友发展到了最后一步。她又问许星辰的状况如何？许星辰便说出了实情。

许星辰躲在王蕾的被子里，埋头和王蕾窃窃私语。

那是四月末的一个傍晚，寝室里开着灯，另外两位室友都在看书，王蕾只敢用气音说话："你做好安全措施了吗？"

单人床十分拥挤，许星辰撩开被子一角，继续和她耳语道："有的。"说着，她的心跳得极快。

王蕾将她当成自己人，嘱咐道："我认识的外校一个学姐，和高年级的研究生谈恋爱，没注意，怀孕了。小姑娘头一回怀孕，月经停了都不重视，肚子五个多月，跑进医院去打胎……"

许星辰毛骨悚然地道："我不会的。"

王蕾安抚地拍了拍她的肩膀道："莫慌，跟你提个醒。"又好奇地八卦道，"哎，你和他在一起的时候，感觉怎么样啊？"

许星辰攥着被子，蒙住她和王蕾的脑袋，才说："你先讲完我就讲。"

王蕾竖起枕头，挡住了床围栏杆。心房被一腔热血填满，酥痒痒的只想笑，踌躇许久，她自己先败下阵来，声音细微到几乎没人能听清。

许星辰一时兴起，和王蕾讲了几个笑话，逗得她缩在墙角哈哈大笑，床板"嘎吱嘎吱"一阵摇晃，底下的柳彤还问："你们俩躺在上铺聊什么呢？讲出来让我们跟着高兴。"

许星辰从被子里露出脸道："不行，你不能听。"

柳彤啃着一根黄瓜，怫然不悦地问："为什么不能听？"

许星辰退回被窝道："你不让我在你面前开黄腔。"

"我偏要听！"柳彤站在床铺下，不甘被忽视，"你讲，你快讲。"

许星辰忍着没吱声。倒是王蕾翻身爬过来，复述了一遍许星辰刚刚讲过的东西。果不其然，柳彤羞得满脸通红，碎碎念道："难怪你们要躲进被子里说话……"

王蕾从旁边的书架上拿了两个橘子，一个递给许星辰，另一个留给自己。她一边剥皮，一边调侃道："你以为我们俩在说什么？说那个临床医学系的杨广绥同学？"

柳彤爬上床，用书本盖住了脸，说："杨广绥是谁？不认识。"纸页形成的黑暗面中，她的思绪被放飞得很远。

碰巧第二天，柳彤和许星辰都在校园内撞见了杨广绥。

杨广绥站在宿舍大楼的宣传栏前，观望一封被学校行政处张贴出来的通知书：学校的管道坏了，必须抢修两天。仅此两天，全校停止供水。明天的早晨六点、下午一点、傍晚五点，几辆供水车会停在路边，请有需要的同学们带好器皿，遵守规定，按照秩序排队领水。

杨广绥自言自语道："麻烦。"他一转身，刚好面对上许星辰。

他露齿一笑道："哦，你老公刚走。"

许星辰兴冲冲地问："赵云深去哪里了？"

杨广绥指着个方向说："赵云深往行政楼去了，找辅导员有事。他拿到了今年的国家奖学金，学院还选他做校级三好学生。各项奖金加在一起，得有一万多块钱。"他抬起手臂，碰到许星辰的书包，"你老公答应请我们吃饭，到时候你一起来？"

许星辰立刻推托，坚称她要给赵云深留一点私人空间。他和室友们的聚餐，她还是不打扰为好。杨广绥就夸奖许星辰的细致体贴，又多问了柳彤一句："你们今天下午有课吗？"

柳彤连忙说："没有啊。"

其实柳彤有一堂"艺术史鉴赏"的选修课。她以为杨广绥会发出邀约。但他只是说："我也没课，我们回宿舍做面膜和深层清洁吧，明天宿舍就没水了。"

柳彤受挫，滚去上课了。她没怎么听老师讲话，一会儿惦记着杨广绥，一会儿又想起校区停水的事。

停水的第一天还好，大家都有准备，平常用的木盆、开水瓶、塑料桶都被装满。可是到了第二天，存货见底，同学们不得不仰仗于停靠在宿舍区的几辆供水车。

早晨六点零五分，柳彤想起床接水，可惜意念不受控制，她根本离不开被窝，只能呼唤道："星辰！"

许星辰"哎"了一声，发出欢快的二声调。

柳彤拜托她道："你帮我接一瓶水，我拿来刷牙洗脸。我困，起不来床……"

许星辰拎着她的水壶，爽快地答应道："没问题。你要热水还是冷水？"

柳彤想了想道："最好是温水。"

许星辰又问她："要我帮你带早饭吗？"

柳彤敲响了床栏："我想吃豆腐脑和卷饼……"

许星辰表示记住了，让柳彤躺下再睡一会儿，她最快半个小时后回来。

事实证明，许星辰的预计过于乐观。那几辆供水车的外围排着一串长队，有些同学早晨五点就过来蹲守，也不知何年何月才能轮到许星辰。许星辰实在没办法，就和王蕾等人乖乖去了队伍的最后面。

途经本专业的男同学身边时，几个男生同时喊住许星辰，热情洋溢地道："许星辰，你来我们这里……"

许星辰的高中同桌宋源也混迹在这些男生中。宋源与许星辰原本就是高中同学，现在也同校同专业，双方的交往却不紧密。眼看着许星辰越走越远，宋源情急之下，直接拉住了她的衣服："你把你的水壶给我，你先回去吧。"

许星辰拒绝了他的好意："不用啦。你也拎着三个水瓶。"

周围又有一个男生催促道："我手里的东西不多，许星辰，水壶尽管留给我们。"

许星辰隐约知道，这是漂亮女生的特权。但是男同学们都没提及她的室友，她很不好意思，追在室友身后，终归跑远了。

冲突就在这一刻发生。

最前方的两位男生起了争执，其中一人染着棕色头发，肤色雪白，身形高高瘦瘦，正是医学院的杨广绥，另一方则是戴着黑框眼镜、背着双肩包的……来自软件工程专业的范元武。

两人起口角的原因很简单。范元武排队时，正在思考程序代码，脑子发呆，也就站到了一旁。别的同学没敢打扰他，也没问他是不是还在队伍中。漫长的队伍往前移动着，等到范元武反应过来时，他已经一个人站了好一会儿。

于是他冲到最前方，推开一位正在接水的人。

好巧不巧，那人正是杨广绥。

杨广绥自问也不是软柿子，把范元武当成了只想插队的没素质的人。杨广绥开口就是一顿痛骂，范元武又认出杨广绥的室友赵云深……此前，他曾在图书馆因为"占座位"一事而与赵云深交恶。

新仇旧账加在一块儿，范元武暴怒，和杨广绥针锋相对，快要吵翻天了。几位志愿者努力地维持秩序，后面排队的同学们等得不耐烦，范元武心里头急躁，骂了一句："娘炮。"

杨广绥指着他的鼻子道："你说谁？你再讲一句？"

范元武仰高下巴道："讲的就是你，娘炮。娘里娘气，是男是女？"

按道理讲，赵云深应该为杨广绥说话，毕竟杨广绥是他的室友，平常对他很不错，也把他当朋友。他正要回敬两句，却见杨广绥不对头。他伸手拉住杨广绥，而杨广绥一动不动地僵立原地，戴着红袖章的大婶也赶了过来。大婶没问原因，当场各打一棒："你们都是高校学生啊，别做一些对不起学校、对不起父母栽培的事。我们的供水车在几个学校跑过都是没问题的，怎么到了你们学校，就有人因为排队的事情吵起来……"

杨广绥马上告状："他骂我是娘炮。"

大婶像是没听见，整理了一下她的红袖章，风中的袖章轻微摆动，十分有型。她说："你们快让开，没看见后面的同学都在排队呢？"

大婶话音刚落，许星辰跑了过来。

早晨的八卦传得很快，已经传到了最后一排。许星辰听同学说，医学院的人正在和软件学院的人吵架，顿时心里一"咯噔"，害怕赵云深惹了事。

赵云深脱离队伍，走向她站立的位置道："你回寝室，待会儿我去你楼下送水。"

范元武听不到他们的交谈声。他面朝着杨广绥，调笑道："瞧瞧，大家都知道你是娘炮。你一个男生涂脂抹粉的……还画了眉毛？搞成娘们儿样，图什么？犯花痴呢？"

杨广绥拎起水壶往前走，范元武还去拉他。杨广绥便不再忍耐，拔开木塞，直接将一瓶开水泼了过去。近旁响起一片惊吓过度的尖叫声。

开水溅到了范元武的脸上。他下意识地向后退，喉咙里挤压出痛苦的低喊声。他眼球胀痛，面颊火辣辣地发麻，如同被人撕裂刺穿。范元武双膝跪地，强撑了几秒钟，匍匐着往前栽倒，终于有人想起来拨打120，邵文轩还凑过去说："我们应该给他做院前急救……烫伤急救。"

邵文轩扶住了范元武，赵云深拎来一壶凉水给他洗伤。

双眼完全睁不开，范元武暂时丧失了视力。他看不见谁站在身后，惊慌失措地吼道："你们要杀人吗？杀人了！学校里杀人！"

邵文轩安抚他道："我是医学院的人，求求你不要动。"

戴红袖章的大婶与供水车司机说了两句话，找到一个急救箱。她把急救箱抱过来，却不知道如何操作。赵云深转头告诉大婶："给我，我来。"他拿起一把剪刀，剪开了范元武的衣领，没弄破一个水疱。他的手速很快，动作熟稔，不过始终冷着一张脸。

直到救护车到达，赵云深才退到一旁。他拽着杨广绥静立了几秒钟，严肃地道："那人伤得不轻，皮肤局部有水疱和渗出液。老子一开始不想管，看在你的面子上搭把手。"

杨广绥这才回神，喃喃自语般问道："一度烧伤？浅二度烧伤？"

话音未落，范元武已经被抬上救护车。

杨广绥手脚发麻，失魂落魄。

早晨八点，杨广绥应该去上专业课，但是辅导员把他叫到了办公室，说是要和他聊天，谈一下目前的情况。辅导员告诉他，学校通知了范元武的父母。如果把事情闹大，那对学校和学生的名声都不好，所以他希望杨广绥能和范元武私下解决纠纷。

杨广绥开口问："我给他付医药费、送营养品，能解决纠纷吗？"

辅导员谨慎地回答道："这个……据我了解，范元武同学是轻微伤。你没有刑事责任，但是有民事赔偿责任。杨广绥，我要联系你的家长了，学校会给你一个合理的处置。"

辅导员甚至没问一句事情经过，或者，谁都不会关心争执如何产生的，大部分人只看到了结果，料定杨广绥是一个冲动的罪魁祸首。

杨广绥低下头说："辅导员，能不能别找家长？我爸工作忙，心脏不好。"

"你这时候想起父母了?"辅导员只是叹气道,"杨广绥,联不联系你的家长,不是我说了算。范元武的父母都很生气,要求学校给他们一个交代。"

"范元武先插队。"杨广绥心绪难安,眼眶泛红地道,"他骂我,还扯我的衣服……"

辅导员摊平一只手,示意杨广绥噤声:"就算他有错在先,你怎么能用开水泼人?你怎么能故意伤人?我把话讲重了不好。今天早上接到领导的通知,我对你很失望。"

杨广绥太阳穴直跳。他按揉片刻,反而更难受,胸腔里似压着一块石头。

辅导员仍在和他说话:"我平常会跟你们开玩笑,跟你们去操场打篮球……没把你们看作不懂事的学生,你们在我眼里就是一群朋友,我们大家都是平等的。你将来要做医生,要救死扶伤,怎么能对同学动手?你是一个十九岁的小伙子,十九岁!不是小孩,你不懂冲动是魔鬼?"

杨广绥坐在椅子上,双腿冻僵般挪不开一寸距离。他闭了闭眼,思维抽离身体,恍惚中感觉灵魂像是不属于自己了。

辅导员当着杨广绥的面,拨通电话打给了他的母亲。辅导员开了免提,杨广绥听见了妈妈的声音:"哎?老师您好,我是杨广绥的妈妈,您有事找我吗?"

辅导员把手机递给杨广绥道:"你自己说。"

杨广绥嘴唇干涩,起了一层干燥的皮。他握着手机,脑袋稍稍侧过去,轻声说:"妈妈。"

妈妈笑问:"怎么了呀这是?在学校闯祸了?"

杨广绥咬紧牙关,嘴里蹦出一句:"我拎着一壶开水,泼到一个不认识的同学，要赔医药费，学校会给我处分……"

辅导员将手机接过去，和杨广绥的母亲详细描述了一遍事发状况，提到那位同学先骂了"死娘炮"。杨广绥的母亲语气很歉疚地说："对不起啊老师，我们家开了十几所美容店，都有十几年了。广绥小的时候，我跟他爸爸没空管他，就把他扔在店里盯着他写作业。"

这一番话看似毫无逻辑，其实她是在解答：为什么我儿子是个娘炮？

杨广绥理了下头发，目光放空，恨不得被开水泼到的人是他自己。

今早的那一番争执之后，杨广绥在男生寝室也出名了。他回去收拾东西时，在走廊上撞见一位法学专业的同学，人家还问他："警察没来抓你吧？范元武是轻伤还是轻微伤？他要没要求报警立案？"

杨广绥脸色惨白，望着同学问："警察把我抓走，你就高兴了？"

同学赶忙摆手道："我不是那意思。杨广绥，哎……我是关心你。"

杨广绥掏出餐巾纸，擤了一下鼻涕。他没工夫跟人闲聊，飞奔着跑回男生寝室，找到几张银行卡揣进兜里，准备出门。

杨广绥的一连串动作闹出很大动静。赵云深合上书本问他："你要去哪里？"

杨广绥直截了当地说："医院。"

按照范元武的家属的要求，杨广绥被勒令去医院探望范元武，鞠躬道歉，赔偿医药费。不过杨广绥状态不佳，拉上了赵云深和邵文轩。三个学医的年轻小伙子站在病房外，捧花的捧花，拎水果的拎水果，还没进门，就做出了一副认错态度。

范元武躺在床上，脸和脖子包了纱布，看不出伤势如何。他抬起左手指向门外，引起了母亲的注意。范元武的母亲是一位面色泛黄的中年妇女，身形略胖，扎个低马尾辫，穿着运动外套和一条宽松牛仔裤。她冲着门外喊了一声："谁是杨广绥？"

无形之中，像是有一个喇叭扩大她的音量，冲击着杨广绥的耳膜。

他被邵文轩从背后推了一下，抱着一捧花，往病房迈近一步："阿姨，我是杨广绥。"

范母埋头削着苹果道："你管谁叫阿姨？"

杨广绥连连致歉："对不起，对不起。"

范母放好苹果，提了下衣领子道："你爸妈来了吗？我今天请假没上班，坐一上午大巴来医院看元元，你整得人脸和脖子都烂了，你晓得吗？普通家庭培养一个大学生多不容易，我要报警，是你们学院领导在前面拦着，就你这种学生还学临床医学……"

她喋喋不休地念叨着，杨广绥干站在一旁，沉默着听完她的话。

病床上的范元武趁势说："杨广绥，你站我床前来面朝我，鞠躬道歉。"

杨广绥鞠躬九十度道："对不起，我认罚，我该罚。"

范元武又说："医药费……"

杨广绥立刻表态道："我掏。"

范元武的母亲说："除了医药费，还有元元的营养费、我的误工费和交通费。"

她一只手扶着病床，神情憔悴。她没听见杨广绥反对的声音，当场裁决道："你给我转八万块钱，多退少补。"

八万块钱？

对杨广绥而言，八万块钱不算多。他不由得轻松了一些，预想中的"狮子大开口"并未出现。

可是杨广绥的室友邵文轩气不过，邵文轩质问道："八万？谁家能随便掏出八万块钱？范元武是轻微伤，算上医药费和住院费最多八千块！你们住的还是我们学校的医院，我们的学长学姐都在给你们看病，院领导也来了，肯定有减免！你们把医药费的收款凭证拿出来给我们看。"

邵文轩就像一簇烟火，点燃了埋藏在病房里的炸药。

范元武的母亲"嗖"地一下站起身道："你是谁？这里有你说话的地方吗？你们把同学烫伤，扔进医院，大半天了没来一个人照顾，晚上终于有空了就来和我讲医药费？好样的啊，还不到二十岁，就学会了势利眼！"

邻床的患者及患者家属都在看他们。

烧伤科的护士站在门外，规劝道："请不要在病房吵闹，好吗？"

赵云深对护士露出一个笑道："不好意思，我们谈话声音大了些，真的没想吵架，要吵也不会在医院吵。"

护士姐姐态度更温柔地说："注意点啊，病人要休息呢。"

赵云深比出一个"OK"的手势。

病房内，范元武的母亲瞪着一双眼，正在和邵文轩对峙。杨广绥搂住邵文轩的肩膀，悄声说："谢谢哥们儿。"然后，他掏出一张银行卡，"阿姨，我赔钱，咱们就一笔勾销。"

范母不言不语地盯着杨广绥。

她的注视，使他汗毛倒竖。

躺在床上的范元武侧了个身，发出痛苦的呻吟，白色的床单被罩不断散发着压抑的气息。

杨广绥吞咽下一口唾沫，主动让步道："我给十万，一笔勾销？"

范母接受了他的赔偿金。

杨广绥心间悬着的石头总算落了地。鲜花和水果篮子被他摆在桌上，他签下了保证书，再一次鞠躬，跟着赵云深和邵文轩走出病房。

夕阳收尽余光，夜幕悄无声息地降临。医院门口亮起一片路灯，点缀着漫漫长街。赵云深步履稳健，神情如常。邵文轩略显呆滞，时不时地走神，赵云深问他怎么了，邵文轩竟然回答："被烫一下能挣十万，广绥，你回去再拿开水烫一烫我呗？"

杨广绥笑骂他："你有病啊。"

邵文轩也笑道："友情价，打个对折，你我五万就行。"

杨广绥仍是说："有病，病得不轻。"

邵文轩不再争执。过了一会儿，他又问："广绥，你家里是做什么的？"

"开美容院和皮肤管理的店铺，在我小时候是全省连锁。"杨广绥实话实说，"我爸妈想做大品牌，在北京、上海成立分店。上个月有两家新店在上海开张了。"杨广绥伸了个懒腰，接着问，"你们的父母都干什么工作？"

赵云深率先回答："我爸是电气工程师，我妈在统计局做项目审批。"他说完，便和杨广绥一起看向了邵文轩。平常在男生寝室，他们没有问过相关问题。这种隐私性的调查，似乎仅限于好友之间的讨论。

讨论中断了一分钟，因为邵文轩一直没作声。

邵文轩双手插在衣服口袋里，凝视着电线杆上的小广告，其上写着：美貌少妇，重金求子。有意者，请电话联系。

邵文轩指着电线杆说："发家致富一条路。"

他笑得腼腆，杨广绥与他推搡道："我的天，那不是卖身吗？"

赵云深说："真假，专骗傻子和光棍。"

杨广绥好像大病一场又忽然痊愈的人，和平常一样生龙活虎地道："还不是因为你有女朋友啊，赵云深，你饱汉不知饿汉饥。"

赵云深不喜欢在朋友面前提起许星辰。有些男人偏爱炫耀自己的女朋友，赵云深就不一样，把许星辰的优点当作秘密，尽量避免泄露给别人。于是他转移话题道："杨广绥，你有喜欢的女生吗？"

杨广绥沉思良久，摇头叹息道："没希望。"杨广绥害怕赵云深继续追问，忽然拔腿走得很快，赵云深跟在他的后面，还拉了邵文轩一把。

路灯照耀着他们三人，影子交叠重合。邵文轩半垂着头，呢喃道："这就完了？这就完了。"他吐词不清，面庞被阴影覆盖。赵云深侧过头看了他一眼，那眼神似乎意味深长。

回到男生宿舍，邵文轩告诉隔壁的同学，杨广绥没事了！大家都不用担心他。

有人问："怎么解决的？"

邵文轩快快不乐地说："赔了十万块钱，整整十万。"

同学们立刻震惊地道："好严重啊！"

邵文轩透露道："范元武的妈妈喊出来的一口价，杨广绥不赔不行。闹到学校领导那边，大家都下不来台面。"

此事很快传到了范元武的朋友圈里。几天后，范元武重回学校，非但没收获同学们的关心与爱护，还被人笑称为"范十万"。他立刻质问道："你说谁呢？谁是范十万？"

同学盯着他道："你的医药费究竟多少钱？"

范元武抄起一根拖把，站在宿舍门口撵人道："我妈大老远跑来照顾我，光是工资就被扣了几千，我妈住在医院旁边的宾馆里，每天都要好几百。要不是杨广绥下手狠，我能那么倒霉？我落了几天课，作业没写，谁来赔偿我的损失？"

他的同学无奈又无语。

范元武扔开拖把，"砰"的一声关上了寝室门。此前他在寝室就像一条侏罗纪的霸王龙，室友们都是食草类小动物，专受他荼毒和欺辱。但是自从范元武住院归来，脾气收敛不少，他不再与同学针锋相对，终于明白一个道理：兔子急了也会咬人。

范元武每天换药，使用疤痕修复膏，几个月后，他的伤疤减轻许多，基本瞧不见了。杨广绥的赔偿金还剩下一半多。范元武的母亲拿着那笔钱凑够老家一套房子的首付，房产证上写着范元武的姓名，他沾沾自喜，在校园内遇见杨广绥时，难掩心中畅快，竟然还和杨广绥打了声招呼。

那是大一年级第二学期的考试季。作为一名医学生，杨广绥忙得要死，又被范元武吓了一跳。

范元武走后，杨广绥抬头轻啐道："我看到他，就想装不认识。什么人啊，还跟我打招呼？我和他很熟吗？"

他们宿舍的四位同学围坐在一张桌子边。食堂内人山人海，喧闹不止。赵云深端起一个不锈钢的饭碗，若无其事道："就当没他这号人。"又说，"不提他了，扫兴。"

杨广绥颔首道："讲一件开心的事。我爸答应了，让我暑假跟着你们出去旅游，咱们要去哪儿来着？"

赵云深说："山海县。"

杨广绥兴致高昂地问："好玩吗？"

赵云深喝了一口汤，才回答："听别人说，那是个有灵气的地方。"

山海县的"灵气"具体表现在山清水秀，冬暖夏凉。景区内开设几家装修古朴的旅馆，门前都挂着鲜明的旗帜，迎风招展。

许星辰一直想来这里玩，现在实现长久以来的愿望，心情不可谓不激动。住进房间的那一天，许星辰一点都不疲惫。她拉着赵云深出门，要和他去附近转转。随行的小伙伴有王蕾和她的男朋友，还有杨广绥和柳彤。

这几个人里，除了赵云深之外，谁都没有坚持锻炼的习惯。山路狭长而崎岖，刚走了半个小时，所有人都开始喊累。赵云深指着一块石头让他们休息，还说："行吧，你们谁的东西重，换我来拎。"

杨广绥向他竖起大拇指道："深哥体力强。"

王蕾也问："赵云深，你喜欢健身吗？"

王蕾的男朋友微笑着道："赵云深底子好啊。"

柳彤默默看向另一个地方。横亘的树叶被拂开，显现一条打扫干净的小路，废弃的土地庙隐藏在密林之中，砖瓦古老，屋檐仅有半人高。这样一座简陋而残破的土地庙，映在柳彤的眼中，竟然也有几分奥妙意境。她忘记一切疲倦劳累，跑到那座土地庙前，默念着幼稚的愿望：请让杨广绥注意到我。

许星辰跟随着她的脚步，还问："你在做什么？"

柳彤笑说："我在许愿。"

王蕾也跟过来道："你们多大了，信这个？"

柳彤扭腰撞了她一下，说："你出来玩还跟我较真。"

王蕾再看向那座土地庙，虽然破败不堪，倒也称得上整洁，周围没有尘土和垃圾。想到这里，王蕾一拍脑门，泥沙之类的东西，会被树叶挡住吧？嘿，她怎么能搞封建迷信。

安静片刻之后，王蕾随口念出声道："学业顺利，爱情顺利，就这两个啦。"

许星辰也说："我毕业之后，想和赵云深结婚。"她这句话，刚好被赵云深听见。他手上拎着别人的行囊，心脏一阵狂跳。他以为许星辰从不考虑将来，没想到她的内心也暗藏着对他的憧憬。她欣然扭头时，刚好与赵云深对视，还冲他笑了一下。

他也笑，唤她："来吧，我们继续爬山。"

许星辰应道："好的，我来啦。"

她途经小路，注意到一块被忽视的石碑，其上刻字：××到此一游。也有：×××，你知道吗？我中意你。好端端的一处僻静幽暗之地，弄得像个学校的告白墙。

许星辰停下脚步，观察着石碑，发现一行隐秘的字：仗义每多屠狗辈，负心皆是读书人。

不远处，赵云深又喊她的名字："许星辰？"

许星辰欢快地跑向他。她冲进他的怀里，挽着他的手臂，追随他向前攀登山峰。森林里空气清新，凉风畅快，很适合避暑纳凉，还能听见潺潺水声。

王蕾的男朋友多走了几步路，发现一处清潭。四面树林茂密，潭水明净见底，鱼虾清晰可见，他不由得发出感叹，呼朋引伴，将大家叫了过来。

"鹅卵石？"许星辰坐在岸边道，"水底有鹅卵石。"

赵云深挽起裤腿道："我给你捡几块。"

他刚要下水，便被王蕾的男朋友一把拉住。那位男生脸色苍白，紧紧拖住赵云深，仿佛赵云深不是要去捡石头，而是要当场溺水。

王蕾瞪他一眼道："干吗呢？一惊一乍的。"

王蕾的男朋友推了推眼镜，理智地分析道："我来自物理专业。各位同学，你们听我讲，我估计潭水很深，你们坐着别动，我给你们推导一遍公式……"说着，他又扶了一下眼镜。

杨广绥连连摆手道："我出来玩是为了放松，你跟我讲物理，我头都要炸。"

许星辰也说："不听啦，我相信你。我们快走吧。"

只有赵云深虚心请教道："呵，怎么推算呢？"他没问完，就被许星辰抓着衣袖，带到了一条正路上。大家又开始爬山，玩到傍晚才回到旅馆里。旅馆的主人是一对三十来岁的夫妻，他们是丁克家庭，没有孩子，很爱交朋友。赵云深跟他们聊了两句，老板娘就提出一桶自家制作的酒酿，热情地邀请赵云深品尝。

虽然老板娘推托不要钱，赵云深还是给了她二十块钱。然后赵云深找到一个瓷碗，装着酒酿，拿回去给许星辰尝了。

许星辰发誓，她从没吃过那么美味的酒酿。她跑下楼，亲自问老板娘："您是怎么做的呢？"

老板娘姿容秀美，身段窈窕，笑起来就像一朵清露芙蓉。她很坦诚地告诉许星辰："水质好，酿酒的米也好，你去别的地方，吃不到这东西。"

许星辰坚持认定道："我回家用矿泉水和最好的米，也能酿出类似的味道。"

老板娘半低着头，发丝拂过眼前，她笑意盎然，但是没再说话。许星辰告别老板娘，"噔噔"地跑回房间，赵云深端着碗问她："还吃吗？"

许星辰点头，盘腿坐在他面前，眨巴着双眼望着他。赵云深犹豫片刻，执着勺子，一口一口地喂她。米粒沾到了嘴角，赵云深抬手给她揩拭，两人目光对视时，又是一阵笑。

许星辰坐得端正，说："你快亲我。"

赵云深俯身，亲了她的脸。

许星辰仰起脑袋道："还有呢还有呢？你漏了什么？"

赵云深又吻她的嘴唇。

许星辰略微前倾，揽紧他的身体问道："赵云深赵云深，你跟我在一起，心情好吗？"

赵云深描述着他的感受："轻松愉快无忧无虑。"他放下瓷碗，握着许星辰的手腕，"尤其是和你出来旅游，就算那帮朋友跟在后面，也像是完全隔绝了外面世界的烦恼。你懂我的意思吗？"

许星辰摩挲着他的手背道："你讲得很清楚，我当然懂了。"话没说完，她又亲吻他。情动之时，他们挪回床上，雪白的被子蒙在周身，共同探索情侣间的亲密与刺激。

赵云深在实验室身兼数职。他的导师给了他两周假，他没回家，全部耗在了许星辰身上。离开山海县以后，赵云深和许星辰返校，他又陪着许星辰逛街玩游戏。然而，两周期限一到，他便马不停蹄地回归了实验室。

导师对他万般器重。

再过三个月，导师将去美国开会，进行一次非常重要的合作。他有意带上赵云深和李言蹊等优秀学生，几次暗示他们跟紧课题。赵云深领会了教授的意思，整个暑假披星戴月，早出晚归，将一腔热血奉献给了研究和实验。

赵云深的努力很快有了回报。大二年级第一学期期末，导师组织带队，领着他们一行人去美国进行学术交流与访问。

临行前，赵云深和许星辰告别，送了她一副手套和围巾，让她注意防寒保暖。天气又冷了起来，前几日刚刚下过一场小雪，天空灰蒙而阴森，衬托着许星辰的心情。

她问："你要一个月才能回国吗？"

赵云深严谨地纠正道："一个月零八天。"

许星辰摊开围巾，系在自己的脖子上，说："我们每周通一次电话？"

"看情况。"赵云深帮她整理围巾的边角，然后说，"要是我整天泡在那边的实验室里，没空给你打电话，你也别觉得我失踪了或者怎么。洛杉矶和国内有十五个小时的时差，白天夜晚正好反过来……"

许星辰噘起了嘴。她很少做这样的表情。赵云深非但没有安慰她，甚至还捏住她的嘴唇道："我老家那边的人说噘嘴的女孩子会长出一口歪牙。"

许星辰推开他，莞尔一笑道："我的牙齿非常洁白整齐。"

赵云深搂住她的腰，另一只手握着相机拍下一张照片。许星辰看见照片中的自己，十分欣慰地道："好的，你带着照片去美国，要记得想我。"

"你过完寒假，我就回来了。"赵云深转换角度劝解道，"学校里的大部分情侣，寒暑假都见不了面。"

许星辰点头，认真地道："我会耐心等你回来。"

当天夜里，赵云深跟随导师坐上前往美国的飞机。那其实是他第一次出国。崭新的红色护照被他揣在兜里，他静坐于狭窄的经济舱座位上，手上还捧着一篇论文的打印稿。他左手握着论文，右手正在衣兜里抚摸护照，一再确定自己将要出国的事实。

空姐是个美国黑人，瘦高细长，讲一口标准的美式英语。她推着车，来到赵云深旁边，问他需要什么饮料。赵云深点了一杯咖啡，稍加品尝，暗叹：美国的咖啡也不见得有多好喝。

李言蹊的座位紧邻着赵云深。他很有格调地端来了一杯红酒，放在小桌板上，笑着问："你紧张吗？"

赵云深也笑道："你哪只眼看见我紧张？"

李言蹊低头，俯视着地面道："是谁一直在抖腿？"

赵云深纹丝未动。李言蹊坐在赵云深的左边，于是赵云深望向右侧的学长，直接告诉他："李言蹊叫你不要抖腿。"

那位学长名叫孙沛，中等身材，高度近视。孙沛面露尴尬地摘下眼镜道："我不习惯坐长途飞机。"

赵云深友善地问："为什么？"

说实话，赵云深自己也不习惯。座位的前后距离太窄，他的两条腿太长，无论怎样调整姿势都觉得浑身不对劲。

孙沛叹了口气道："起飞降落的时候，我会耳鸣头晕、手指麻痹，间接导致肠易激综合征，想上厕所拉稀。"

医学生的一个特点是，当他们描述自己的症状时，总是特别具体。

李言蹊掏出一本论文，笑着安慰道："这几排坐满了医学硕士和博士。你要是出了状况，我们当场给你做急诊也来得及……"话语一顿，他又问，"你跟着导师出来好几次，遇没遇到过特别严重的问题？"

"没。"孙沛回答，"我眼困，先睡了。如果空姐发餐盒，你们叫一下我。"

机舱内的光线已经被调暗。李言蹊和孙沛都打开了毛毯盖在身上，蜷缩在座位中。中途温度似乎骤然降低，变得特别冷，不少乘客被冻醒。

孙沛往旁边抓了一把，抓到了赵云深的毛毯。他挺不好意思地问："你用毛毯吗？"

赵云深看他那样，仗义地道："不用，你拿去吧。"

孙沛连连道谢，裹紧两条毛毯。

李言蹊按响了服务铃，用英语和空姐交流，多要来一床毯子。赵云深以为他是拿来自己用，结果李言蹊二话不说将毯子往赵云深手里塞。

赵云深忍不住问："你搞什么？李言蹊。"

李言蹊语气冠冕堂皇地道："我们是一个团队的，我不会让任何人掉队。"

赵云深照例挑刺道："你是导师吗，责任心这么强？"

李言蹊"嘶"了一声，说："小赵同学，你总跟我过不去，是不是因为许星辰？"

赵云深侧着头，意味不明地道："别往你自己脸上贴金。"

"对了，我蛮喜欢许星辰。"李言蹊忽然笑道，"要不是因为她是你的女朋友，我一定会追求她。但她和你在一起了，我也没打扰过她，没越过界。你有时间跟我争风吃醋，还不如多抽空和你的女朋友谈恋爱。"

李言蹊的声音有些低沉，赵云深却听得清清楚楚，孙沛也捕捉到了只言片语。孙沛一瞬间非常清醒，挺直腰杆，眼角余光瞟向赵云深和李言蹊。

远处脚步声渐近，空姐正在推车，沿着座位发放餐盒。

为了避免更多人听见自己的隐私，赵云深勉强沉住气，简略地道："我们的事轮不到你操心，李学长。"他的尾音咬得很重。

赵云深还记起李言蹊讨厌别人抖腿，于是自然而然地开始抖腿，不知是不是心理作用，当他不停地抖腿时，被禁锢于褊狭座位中的局促感立刻消失了。

他神色淡定地合上了手头的论文。

晚餐只有两个选择：煎牛排或者鸡肉通心粉。当空姐走到赵云深这一排人的面前时，似乎担心中国人听不懂英语，便将晚餐简化为："Beef or chicken?"

赵云深没听清，直接应了一句："Pardon?"这个单词的意思是"重复一遍你的话"。赵云深小学时就知道这个单词，今天是第一次亲口对外国人用到。事实上，今天也是他第一次对外国人说话，很注意自己的发音。

于是，当空姐拿出两份晚餐，再次问他："Beef or chicken?"他飞快地回答："I want chicken."刚一说完，他就听见李言蹊在轻轻叹气。

李言蹊要来两份牛排，一份给了孙沛，另一份给了他自己。还没开始吃饭，李言蹊就提点道："赵云深，你点餐的时候说 I want something，是一种很不礼貌、很粗鲁的讲法。I want something 翻译成中文的意思是，老子想要这个东西。你向空姐点餐，最好用疑问句表达你的需求。比如，你可以说，Can I have……"

李言蹊还没讲完，赵云深就打断他的话问道："你去过美国吗？"

李言蹊不愿与赵云深起冲突，简略地回答道："去过几次。"

赵云深笑道："我没去过，也不是美国人。我为什么要按他们的规矩讲话？"

赵云深表面上装出一副不在意的样子，其实他的拇指摁着小桌板，为刚才的措辞而感到一丝尴尬。这种尴尬全是李言蹊给的。李言蹊甚至能当着孙沛和赵云深的面，坦诚自己对许星辰抱有好感，他就一点都不知道要脸吗？

赵云深不再与李言蹊讲话。他打开餐盒，尝了一口鸡肉通心粉，只觉得奶油的味道太腻，并不符合他一贯的偏好。国际交流尚未开始，他已经盼着回国。

许星辰也在眼巴巴地等着赵云深。

放到往常，寒暑假一天一天过得很快，可是今年的寒假格外漫长。许星辰闲在家里无事可做，索性找了一份兼职——卖奶茶。

那家奶茶店是许星辰的舅舅投资的，开设在几所学校附近。寒假期间，高二、高三的学生都在补课，生意也还过得去，许星辰就到店里做帮手，也负责算账。

她刚来两三天，附近的男生就议论道："新来的奶茶妹笑起来好甜，比奶茶甜。"

许星辰收到了几张写有电话号码的小纸片。她从没细看过，基本都扔了。每天晚上奶茶店打烊之前，她会给自己沏一杯红豆珍珠奶茶，坐在靠窗的座位，一边喝茶，一边观赏夜景。

她给赵云深发送 QQ 消息；他经常隔五六个小时才能回复。

某一次，她问："你真有那么忙吗？"

他破天荒地秒回："很多论文都要重新看。"

她又追问："美国好玩吗？"

他附赠了一张图："学校餐厅很难吃，同学们经常去中国超市，那边能买到冬笋、火锅底料和潮汕辣椒酱。"

许星辰试探道："你想不想留在美国？"

赵云深坚决而郑重地道："不想。"光是"不想"两个字，无法显现他的决心，他补充道，"我口语差，没机会跟人交流。这里的东西也卖得贵，一本专业书能值几百美元。"

许星辰吸了一口气："这么贵？"

赵云深没再回复。他看完了论文，即将向导师做汇报。他像是篮球队的替补选手，安静地坐在长椅上，旁听李言蹊与另一位美国教授谈笑风生。李言蹊的英文十分流利，他讲一口很自然的英腔英语，像是西伦敦口音，没有丝毫的做作发音，各种短语、词汇和表达都信手拈来。

坐冷板凳的赵云深一点也不引人注意。

赵云深不愿浪费时间，当场逮住一位博士生，用他磕巴的口语和人聊天。医学博士的时间无比金贵，那位博士确认赵云深没有要紧事，就先打了个招呼，转身离开了。

自动开合的玻璃门纤尘不染，室外的草坪碧绿广阔，天空碧蓝如洗，白云飘荡，天气极好。赵云深的视线转向外部世界，冷不防被人拍了一下肩膀，他抬头，见到了孙沛学长。

孙沛问他："有什么收获？"

赵云深有些烦躁地道："没。"

孙沛颔首道："别急，你才多大啊。"

赵云深将论文卷成一个圆筒，敲到了自己的膝盖上，问道："学长，怎么练好英语口语？"

孙沛抓了下头发到："我想过这个问题。我的结论是，你必须天天和人练习，不断犯错，不断让人纠正。你最好经常和英语母语的人练口语。唉，别问我了，你还是去找李言蹊吧。"

"发论文也要用英语。"赵云深若有所思道，"英语不好，走不通学术的路。没有上档次的医学论文，将来在大医院很难晋升。"

他不自觉地讲出了心里话。

孙沛安慰道："船到桥头自然直。"

赵云深只是笑了笑。

接下来的几天，赵云深进驻美国合作方的实验室。他和美国人说话时，还是一个单词一个单词地往外蹦，李言蹊告诉他：这种口音的一大弊端在于，缺乏连读，情绪生硬，比较像是长辈对晚辈、上级对下级的不礼貌的权威语气。

赵云深不耐烦地道："我能和他们沟通就行。印度人说成那个德行，不是也过得很快乐？"

李言蹊退让一步道："我没批评你，就跟你提个小建议。大后天你做 presentation 之前，把你的稿子发我过一遍，这是导师的要求。"

赵云深表示同意。他准备了整整三天，私下演练好几遍。到了公开进行报告的那一日，赵云深和另外两位学长一起站在台下等候。导师还将他们引荐给相熟的教授，大家围成一圈探讨着课题的交叉度，每个人都很认真，除了赵云深——他的手机在振动。

倘若是别人打过来的电话，那也就算了，偏偏屏幕上显示三个字：许星辰。

赵云深退到一旁，接通电话："喂？"

许星辰的声音带着哭腔。

赵云深问她："你怎么了？"

她仍然在流眼泪，嗓子隐隐作痛，每一次吞咽都像石块切割喉管。她不是故意不讲话，只是空白一片的大脑不允许她组织语言。

这时，赵云深的导师喊他："云深，你来，Brinton 教授想认识你。"

赵云深走了过去，手机仍然捏在掌中。

导师笑说："Brinton 教授专攻心脏医学，是 CELL 那几篇论文的第一作者。你喜欢他的研究方向，难得他今天有空，你们聊两句吧。"

赵云深开口，头一次讲出顺溜的英文。但他告诉 Brinton 教授，他有一个重要电话，能否给他一分钟时间解决。

教授礼貌而友好地答应了。

赵云深举起手机。电话里，许星辰六神无主地说："我、我没事了，你不要担心我。你先忙你的……"

赵云深刨根问底道："你到底怎么了？"

她依旧吞吞吐吐的。赵云深对她的反复无常感到十分恼怒，低声道："许星辰，你能不能成熟点？不要遇到点事就先哭一遍，我来问你你又讲不出一个字。这不是在浪费我们俩的时间？谁的生活都不容易，你遇到一点事就要哭，到底是不是个成年人？你必须学会自己解决问题，不要让周围人觉得你像个废物。"

说完，赵云深挂断电话，走向了他的导师和教授。

第七章
兼程并进

世界顶级名校是什么样子？

赵云深二十岁时，终于体会到了所谓"世界顶级名校"的学术氛围。

他不止一次地在重要医学期刊上看到 Brinton 教授的大名。Brinton 教授任职于世界顶级名校，在学校内部有实验室和研究大组。而 Brinton 教授本人也谈吐优雅，风度翩翩。赵云深和他说了几句话，就察觉他的厉害之处：他能把非常复杂的概念用最简单的语言描述出来。

赵云深很想进一步与对方交流。他找来一张白纸，画出一些示意图。这样一来，他就不用说英语了。Brinton 教授果然理解了他的意思。两人顺利地沟通了十分钟，赵云深已经觉得收获颇丰。

赵云深叠好草稿纸，揣进口袋，与另外几位学长一起站在旁边。他的手机又开始振动，仍是许星辰打过来的电话，但他没时间接听。他脚步沉稳地上台，生平第一次在一群外国人面前做学术汇报。

昨天晚上，赵云深反复背诵稿子，对 1186 个单词烂熟于心。他还准备了一些笑话，吸引观众的注意力，然而中美的文化差异也体现在"幽默"的定义上。赵云深讲完实验室的趣事，全场静默，一张张肃然的脸庞面朝着他，气氛凝重而尴尬。

赵云深咳嗽了一声，继续一场枯燥而乏味的演讲。

几分钟后，他缓慢地退场，来到孙沛身边，问孙沛："孙学长，我的表现……"

孙沛鼓励道："还可以的。"

赵云深明白，每当孙沛说"还可以"，潜台词就是"太差劲了"。

赵云深背靠一堵墙，身形笔直，如山一般屹立不动。他开始反思自己的缺陷，忽然又被孙沛的声音打断。孙沛问他："赵云深，你想来美国念书吗？"

赵云深失笑道："我的能力不行。"

孙沛说："你现在还是大二啊。"他带着赵云深去找导师，跟随团队进入了实验室。

赵云深停在门口，徘徊片刻，抽空给许星辰发了条短信："你有事说事，我接不了电话。"他等待了三十秒，许星辰没回复。他就放下手机，接着忙他的任务。

许星辰与赵云深相隔千里，根本猜不到他正在做什么。她只能想，他一定有很重要的事情，暂时无法分心。那她应该怎么办呢？她毫无头绪。

今天傍晚，许星辰在奶茶店打工时，听到了舅舅和舅妈的对话。

舅舅说："她做完体检，没敢告诉辰辰。"

舅妈惊讶地问："身体有毛病了？"

舅舅叹气道："再过两年，她都快退休了，五十多岁的人。"

凭借这三句话，许星辰知道，舅舅和舅妈在议论她的姑姑。许星辰的姑姑两年后退休，前段时间刚刚在单位做了年度体检。

至于体检的结果，许星辰当真不知道。

　　她没有母亲，父亲工作很忙。从小到大，姑姑扮演了至关重要的角色。她甚至不能想象自己失去姑姑的情形……可是舅舅的感叹就像一块石头压在她心里。

　　许星辰忍无可忍，直接问她姑姑："我能不能看你的体检报告？"

　　她多希望姑姑回答："我跟去年一样，很健康呢。"

　　可惜现实中姑姑言辞闪烁。她真的老了，肤色泛黄，鬓发花白，最明显的是鼻子两边的法令纹。她半垂着头，轻声告诉许星辰，她被查出乳腺肿瘤。可能是良性肿瘤，也可能是恶性肿瘤，具体什么情况，还要再等几天——医院会给她通知。

　　恶性肿瘤，就是癌症。

　　许星辰的脑子"嗡"了一下。她扶着墙壁，走回卧室，打开电脑开始查询"乳腺癌"。屏幕中"乳腺癌"三个字红得刺目，她越看越胆战心惊，眼泪不自觉地涌了出来。

　　不行的，不能这样，她的情绪跌入了谷底。

　　许星辰很想找人倾诉。最好是一个和她亲近又懂得医学常识的人。她几乎是毫不犹豫地打给了赵云深，却被他劈头盖脸一顿训。于是许星辰静坐在床边，用手背抹眼泪，组织好语言，再一次拨通电话——他立刻拒绝接听。

　　手机掉在了地上，许星辰躺倒在床上。

　　时间一分一秒地流逝。凌晨三点，卧室依然灯光通明，许星辰翻身趴了一会儿，毫无睡意。她说不出那是怎样一种感受，整个人宛如一捆火柴，焦虑得像是要烧起来。她双眼红肿，鼻腔堵塞，头重脚轻，症状类似重感冒。她坐在桌前打开电脑，盲目地查询着"乳腺癌"的相关信息，又因为她的 QQ 自动在线，忽然有人敲了她一下："这么晚还没睡吗？"

　　那是李言蹊。

去年寒假，许星辰借给李言蹊一把伞。他还伞的时候，顺便和她加了 QQ 好友。但是他们从未讲过一句话，今天是他们第一次进行线上沟通。

许星辰站起来，又坐回座位。她记得李言蹊是医学院的骄傲，既发表过论文，也进过医院工作。许星辰仍然踌躇很久，或许长达一个小时，才敢说出一句："我的至亲被查出肿瘤。"

写完这句话，她关掉电脑，躺回床上。彼时正是凌晨四点半，她意识模糊，也不清楚刚才有没有按下发送键。

她为什么告诉李言蹊？深夜不眠的人，有几个能保持神志清醒？无论是谁，在那个混乱的时间点关注她，随便问一句："你遇到什么事了？"她或许都会讲出实情。

远在洛杉矶的李言蹊收到了许星辰的回复。他琢磨了一阵，打出几行安慰她的话。为了避免不必要的麻烦，他特意告诉赵云深："你有空多关心一下身边的人。"

赵云深反应很快，问道："许星辰又怎么了？"

李言蹊如实道："她的至亲，我估计不是她爸爸就是她妈妈，被查出肿瘤了。这些年的肿瘤发病率，你心里有数。"

赵云深起初并不相信，问道："许星辰为什么会告诉你，你从哪儿听来的小道消息？"

李言蹊正准备把 QQ 聊天记录拿出来，又不想刺激赵云深的情绪。权衡之下，他建议道："你问我没用，你要多问问她。"说完，他转身离开了实验室。

此后几天，赵云深打过六七次电话，许星辰都没有接听。

赵云深认为许星辰对他失望透顶，已经不愿意联系他了。更何况肿瘤也分良性和恶性，既然李言蹊没提起癌症，那应该不是最差的状况。

国际交流的最后一周，赵云深心不在焉。

好不容易熬到最后一天，赵云深收拾完所有行李，又去了附近的中国城买礼物。他兜里没剩下多少美金，中国城的东西也不便宜。他挑来挑去，买下一对貔貅钥匙扣，店铺老板说着一口广东普通话，笑呵呵告诉他：貔貅是好运，能保平安。

老板还问："先生，你买了送谁？送给太太吗？"

赵云深顺口说："是啊，送我太太。"

老板接着问："你工作了，还是在上学？"

赵云深笑道："查户口呢？"

他没再与老板聊天，把礼物揣在兜里，乘坐大巴到达机场，登上了返程的飞机。学长们兴致高昂，交谈声此起彼伏，赵云深也与他们闲扯，但他经常走神。

指尖摩挲着衣服口袋里的一对貔貅，赵云深暗想，许星辰没有母亲，又是她姑姑一手带大的，那她的至亲就是她的父亲和姑姑，这两人的年纪都不到六十岁，上次见面，气色都还不错……他反复思考，渐渐猜出自己真正的担忧——他挺怕许星辰遭遇很大的麻烦。而他不仅没帮上忙，还在无意中落井下石。

于是，赵云深下飞机之后来不及休息，提着行李赶上火车，当晚就回到了家里。

赵云深整整一年没见过父母。去年暑假，他留校学习，每日穿梭于图书馆和实验室之间；今年寒假，他又奔赴美国交流一个月，这一趟回家受到了热烈款待。

家中气氛欢腾，就像是过年一样。

赵云深的母亲准备了许多菜，三荤五素，外加一锅山药排骨汤。

冬夜的冷风在室外呼啸，凛冽的寒意从四面八方涌来，屋子里仍然温暖又舒适，一碗新鲜出炉的排骨汤焐热了赵云深冻僵的手指。他坐在沙发上端详着父母，也不知道为什么，总觉得父亲好像格外消瘦憔悴。

父亲问他："你看什么呢？"

赵云深喝下一口汤，说："爸，你瘦了。"

父亲扑哧一乐道："哪有儿子跟老爸说这话的。一般不都是老爸见了儿子，感慨一句'哎呀，儿子，你又瘦了'。"

赵云深夹起一块肉质均匀的排骨，放到父亲的碗里，说道："期末考试前，我们班上开会。辅导员说他每年春节才能回家一趟，每年都发现他的父母在变老……"

父亲挡开赵云深的筷子道："你们辅导员三十几岁了吧？你才多大，你爸爸还没老呢。上个月你妈给我买了件棕色皮夹克，我穿着去上班，同事都夸我年轻。"

母亲在一旁接话："老黄瓜刷绿漆，装嫩。"

父亲端着半杯白酒说："那件皮夹克是你买给我的。我显得年轻，你肯定也高兴。"

母亲含笑，但没应声。

桌上的青菜吃完了，母亲站起身，端来一个火锅炉子，架在那一锅排骨汤的下面。炉子里装着小半块固体酒精，燃出跳动的蓝色火焰，烧得很旺。不久之后，排骨汤滚沸，正好用来做底料，烫熟一盘白菜和粉条。

赵云深的父亲问他："美国能吃到这些东西吗？"

赵云深捧着碗，脱口而出道："只要有钱，都能买到。"接下来，他补充道，"我刚开始还以为欧美国家的东西都特别难吃，根本买不到能吃的东西。这一趟去了美国才发现，只要你有钱，无论是北京烤鸭、南京板鸭、山东卷饼、广式早茶，还是什么四川火锅，凡是你能想到的，都能在美国的大城市里买到。"他像是见过了世面，兴致勃勃地讲述着自己的见闻，"学校旁边还有日本超市、韩国超市。我在那里买了一袋韩国泡菜，比我们家这边的还要正宗。"

父亲若有所思道："你、你要是想出国，家里也供得起，我跟你妈给你攒了一些钱。"

"不用，我完全没有出国的打算。"赵云深放下碗筷，提起自己的规划，"我的导师很好。我跟着他读完博士，差不多也二十七八岁了。我想在一线城市的三甲医院工作，从一助做到主刀医师，再有一个，就是跟女朋友结婚。"

"你这么小就想结婚？"母亲打断赵云深的话。

此前赵云深提起女朋友，都是含混地一带而过。而今天他详细地介绍了许星辰："我女朋友跟我同岁，比我小五个月，是我们学校会计系的学生。她的性格很不错。我爸以前就跟我说，处对象能不能长远，就看性格好不好。"说着，他随手拿起一件外套，揣上钥匙和手机，"她最近过得不顺，我想去她家里找她。我带了钥匙，你们要是困就先睡吧，别等我。"

父母还没回应，赵云深已经离开。

母亲望着赵云深的背影，出神地说："孩子大了，就是这样吧。"

赵云深忘记带伞。出门不久，天空降下一场小雪，他顶风冒雪，低头朝前走，坐公交车来到了许星辰的家门口。

单元门的楼下空无一人，左右两侧只有两株细瘦的树苗。赵云深半倚着墙，拨打了许星辰的电话号码，还是没人接。他感到烦躁又困倦。

从昨天到今天，他一直强迫自己打起精神。他在飞机上辗转难眠，火车上又吵得要死，根本睡不了觉。他其实应该回家躺倒，可偏想见到许星辰。她不理睬他，他干脆上楼按响了门铃。

几秒钟后，门开了。

许星辰惊讶地望着他。

"赵云深？"她叫他的名字。

赵云深捏紧手机道："你为什么不接我的电话？"

许星辰往后退了一步。她今天又是一个人在家。赵云深猜到了这一点，径直走入客厅，"砰"的一声反手关紧房门。他被扑面而来的温暖气息包围，不由自主地伸手，想抱她一下。

她却说："我姑姑住院了。"

赵云深立刻问："良性肿瘤还是恶性肿瘤？"

许星辰交握着双手道："良性的。"

赵云深松了一口气，说："做完手术，要听医生的话，多休息。"

赵云深起初还担心许星辰会将他赶出门，事实证明，许星辰的态度毫无改变。哪怕他之前对她说了"你像个废物"这种难听话，她似乎也没往心里去。她给他倒了一杯热水，还找来一双棉绒的男士拖鞋。

许星辰告诉他实情："四天前，我姑姑在市医院做过了手术，这几天就是住院休养。我每天早、中、晚都坐车去医院给她送饭。我和辅导员请了假，推迟半个月去上学……"她半垂着头，发丝遮挡了侧脸，显得格外乖巧懂事，"我待在家里，照顾姑姑。"

赵云深脱下外套——衣服上沾着雪水，他不想弄脏别人家的地板，就把衣服堆在了鞋柜边。他里面只穿了一件单薄毛衣，双手似乎冻得通红。

许星辰一时心疼，又把他领进卫生间，用热水给他洗手。

这时，他说："我帮你分担吧。每天早晨和晚上，我去送饭。"

许星辰动作僵硬地道："不用了。"她拿起橡皮筋，将头发扎成马尾辫，"我在学着成长，变得成熟，不会哭哭啼啼地惹你烦。"

赵云深握住她的手腕。他的指尖带水，水滴滑落，起初是热的，后来就冷了："我不是那个意思。"他语速更快地说，"我真没觉得你烦。"

许星辰递给他一条毛巾。

她迎着光线，眸底有他的影子，也有红色血丝。

她的双眼还是很好看，漆黑而明亮，让人联想到纯良无害的小兔子。她浸在澄澈的灯光中，每眨一下眼，都像是在指导他的心脏瓣膜正常开合。

赵云深抚上她的脸颊道："我今晚不回家了，陪你。"

他轻吻她的嘴唇，双手尚未完全回暖，带来的接触半凉半热。

许星辰兴致不足地回应着他。没过一会儿，她说："厨房还在熬粥，我要去看看。"她往旁边挪了一步，脑袋"砰咚"一下撞上门框。她竟然在自家的洗手间里晕头转向。

赵云深惊奇地道："你学会了熬粥？"

"嗯。"许星辰留给他一个背影，"姑姑住院这几天，我会做好多菜了。"

赵云深跟去厨房，给许星辰打下手。他高中和别的女孩子早恋，并未获得多少恋爱经验，一来是因为当时岁数小，懵懵懂懂不认真；二来是因为他很犯浑，受不了女生的作闹。

他不得不承认，他认识许多女孩子，没有谁的脾气比许星辰更好。

她非常温柔，非常宽容，非常体贴懂事，善解人意。他骂她，她也不生气。在学校里，她总是尽己所能地照顾他，还会跑来他的寝室，帮他清洗他因为太忙而来不及整理的一堆衣服。

此时此刻，许星辰打开木柜，取出一盒绿豆泡在凉水中，自言自语道："明天再熬一锅绿豆粥。"

赵云深问她："你姑姑的主治医师讲了饮食忌口吗？"

"讲啦。"许星辰抱着玻璃盒道,"我都记在本子上了。"

赵云深拿起一袋东北木耳,又问:"你姑姑今年多少岁?"

许星辰如实说:"我出生的时候,我姑姑三十七岁。她比我爸爸大十岁。我今年二十岁,姑姑五十七岁了……她本来五十五岁就该退休,为了我,她向单位申请延长了四年工期。"

赵云深第一次听闻这种做法:"能延长吗?"

许星辰透露道:"他们公司管理很松,老板同意了。"

赵云深叹气道:"感谢她把你养到这么大。咱们以后办婚礼,我多给她敬几杯酒,她就是我的丈母娘。"

自来水冲刷着绿豆,许星辰抿了抿嘴道:"什么办婚礼……"

赵云深不允许她提出质疑:"你毕业了我们就办婚礼吧,还能请同学和导师来参加。男人的法定结婚年龄是二十二岁,我再等个两年,没事的,我们都谈了两年了。"

他太困了,看不清水池在哪里。

他声音渐低,静坐在一张板凳上。

许星辰呢喃道:"嘿,你是在求婚吗?我没听说过有谁像你这样求婚的,也没在电视剧和言情小说里看过。"她切开一块土豆,刀片划伤了手指,血滴出来,溅在了菜板上。

无人回应。

她扭过头,才发现赵云深……大概睡着了。

许星辰洗干净双手,轻轻推了推他,喊道:"赵云深?"

赵云深睁开双眼看着她。

她不确定他是悠悠转醒,还是一直在听她讲话。

他懒散随和的样子,让她想起小时候看过的那本《希腊神话》上的美少年插图。她还将人物剪出来,贴在粉红色的爱心笔记本中,这一切行径都令她感到羞耻,刚刚割破的手指都不觉得痛了。

赵云深问她："你为什么把我跟别人比较？难道你听过别人求婚？谁啊，胆子挺大，敢用求婚调戏你？"

许星辰连忙说："没有，我没有。"

赵云深略微伸直一条长腿，说："那行吧，你总叫我赵云深，听起来很奇怪。别人也这么叫我，你跟他们区别不大……"

许星辰换了称谓："阿云？阿深？深深？"

赵云深皱眉道："不是，我不是这个意思。"

许星辰善于思考，联想起言情小说与一系列连续剧的情节，便唤道："老公？"

赵云深笑了："好的，就这个。"他强调道，"这个不错，我喜欢。"他从口袋里摸出一对貔貅钥匙扣，塞进许星辰手中，还说，"保平安的东西，你一个，我一个。不管我们平常能不能见面，我们的心脏连在一起。"

赵云深不经常说情话，或者更严格地讲，他压根不会说情话。

于是这一番告白，在赵云深眼里基本是郑重而严肃的。许星辰却笑了出来，说："哪里代表了心脏连在一起呀？我看不出来。"

赵云深坚持道："我说是就是。"

许星辰点头，没再反驳。

赵云深又冲她勾手道："你来，我亲完你就继续帮你干活。"

许星辰拿起抹布，对着水龙头刷锅："不用啦，你很困吧。你去睡觉，我一会儿就弄好了。"

赵云深走到许星辰的旁边，看见水槽里只剩下几个空碗。他耐心地等她忙完了，跟着她进入卧室，许星辰才反应过来，问："你要跟我睡一张床啊？"

赵云深扫视了一眼道："你的床好小。"

许星辰铺开被子，说："单人床嘛，能有多大。"

赵云深将她按在床铺里面，他自己睡在外侧。其实许星辰一点困意都没有，但她猜测赵云深累得够呛，也就陪他一起躺下了。

他关了灯，光源立刻消失。

许星辰翻身背对着他，尽量侧卧，给他留出充足空间。她以为赵云深睡着了，可是他的手从她的背后伸过来，不由分说地搂住了她的腰。

于是她的心定了定。她握住他温暖的手掌，像在冬夜的巡航中找到一方栖息的港湾。

压抑几天的情绪逐渐松懈，许星辰感到疲倦，迷迷糊糊地睡着了，又在轻微的响动中惊醒，扭头一看，赵云深正站在床边穿衣服。

许星辰问："几点了？"

"才五点半。"赵云深指了指窗外道，"天都没亮。你睡你的，没事。"

许星辰趴在床边问："你为什么起床？你不困了吗？"

赵云深披着外套，衣衫不整，也像是没睡醒，嗓音有些沙哑地道："你平常几点去医院给你姑姑送饭？"

"六点半。"许星辰如实回答。

她记得昨天晚上赵云深说过，他会帮许星辰分担任务，这句话并不是玩笑。当天早晨，赵云深拎着两个保温桶，搭乘公交车赶往医院。许星辰的姑姑见到他，神情惊讶又疑惑。

赵云深拖来一张塑料椅，坐在上面，温声开口道："许星辰她……她在家里炖鸡汤。许星辰中午再过来。我先给您送一次早饭。"他打开保温桶，"还热着，您现在吃吗？"

姑姑有气无力地问他："你早上刚从我们家那边过来？"

赵云深撒了个谎："我赶巧了，路过你们家门口。"

姑姑信以为真，轻拍他的衣袖道："麻烦你了。你是个好孩子。"

或许是因为赵云深出身专业，动作利落，手法恰当，照顾病人很有一套。

主治医师带着一帮进修医师过来查房时，赵云深问了他们几个问题，大家一听就知道遇到了同行，讲解得十分细致。

赵云深反复确认了姑姑已脱离危险，暂无大碍，再过一段时间就能出院。他表现得非常上心，但前几日都没露过脸，就像一个从天而降的救星。于是某位护士笑着问道："你是病人的哪位家属啊？"

赵云深收拾着碗筷，回道："我的对象是她的侄女。"

隔壁床的老太太接话："哦，那个小丫头，她来得可勤了。"

老太太与姑姑搭讪道："你福气好啊，侄女比亲闺女都亲，侄女婿也是帅小伙，俩孩子都工作了吗？还是在上学？"

那位老太太年过七旬，识字不多，刚被查出恶性肿瘤，前些天办理了住院手续。她被发现时已经是中期，亲属不敢讲实话，只能和医生商量好了，骗她说是一种新型流感，须观察几个月。

所以，老太太心境平和，对人也热情。

赵云深起初还在想，老人家的状态蛮不错，得了什么病要住院？然后他站起来倒垃圾，刚好绕过医师背后，瞥见他们手中拿着的记录本。医生的笔迹龙飞凤舞，赵云深见得多了，轻易辨认出了几行字，便在心底叹息了一声。

癌症，是无踪无际的灾难。

万幸许星辰的姑姑问题不大。

接下来的一周，赵云深和许星辰轮流换班给姑姑送饭。邻床的老太太从一开始的精神矍铄，到后来突然有了并发症，连夜转入 ICU 病房，似乎都只是一瞬间发生的事。

许星辰颇有感触。她和赵云深说："姑姑住院以前，我没想过生和死，也不懂医院的气氛为什么那么压抑。尤其癌症科室，每天都有意外产生……你们做医生的，是不是也觉得，人这一生除了生死，其他都是小事呢？"

赵云深认真地回答道："那肯定不是。如果除了生死都是小事，我干吗还要念书考试，读论文做实验？"他的声音压得很低，特意只说给她听，"每个人都有生有死，历史书里的那帮人再厉害，最后也是两眼一闭，两脚一蹬，灵魂去了哪儿都没人知道。"

许星辰绕不过他的弯，愣了一瞬："啊？"随后，她主动说，"对呀，再厉害的人，最后都会死掉。大家的结果全是不好的，为什么还要努力地活着？"

"唉，你态度不对。"赵云深纠正她道，"结果不好，过程就能抛弃吗？"

许星辰笑道："我刚才那样问你，是想听听你对人生的看法……"

赵云深将手中的论文卷成纸筒，略微抬起头，目视着正前方，说道："我今年二十岁，老实说，能体会到的东西有限。"

他搂住许星辰的肩膀道："不过有一个道理我想传授给你——时间是宝贵的，你要珍惜。"

许星辰点头道："除了时间，也应该珍惜亲人和朋友。"

不久之后，许星辰的姑姑出院，健康状况良好。

姑姑谨遵医嘱，按时吃药，不再像从前那般拼命工作。她结识了小区里的阿姨和老太太，经常和她们去外面跳广场舞。

许星辰评价道："生命在于运动。只要你们没打扰别的邻居，我举双手支持。"

许星辰每天傍晚都和姑姑打电话。这个习惯，她保持了很久。

她关注着家人的身体健康，日常生活风平浪静，直到大二结束，升入大三，班级气氛一下子紧张起来。同学们忽然都有了目标——考研、保研、出国、找工作。

只有许星辰还没计划她的未来。

姑姑劝她："你争取一个保研？"

许星辰却说："我不想继续上学了。"

姑姑顺着她的意思问："要不你开始工作？"

许星辰立刻答应："好呀好呀，我想给家里赚钱。"

她的最后一句话，让姑姑心头一紧。

姑姑连忙制止道："傻孩子！家里哪用得着你来赚钱，你一个刚毕业的大学生，能挣三四千养活自己就行了，咱们家的账，你不要管。你才二十岁出头，还没长大呢。"

说完，姑姑又告诉她，从明天起她要出差去上海，那边的朋友也有重要聚会。她还给许星辰看好了一套房子当嫁妆，总之，她不希望许星辰过早地考虑养家糊口的事。

许星辰没料到姑姑的反应这么大。

她能听出来，姑姑想让她读研究生。

她到底要不要升学呢？

许星辰拿不定主意，就问起了赵云深。自打他们迈过大三的门槛，赵云深忙得像个陀螺。他努力这么些年，终于以第一作者的名义发表了一篇论文，不过那篇论文的档次放到他们实验室里，远远排不上号，甚至可能比不上别人挂名的三作。

他总认为自己还有很长一段路要走。

推己及人，他刚听完许星辰的疑问，立马说："你接着读研究生，就念本校的，我们离得近，平常见面方便。"

彼时他们正在食堂吃饭。许星辰叼着一根鸡翅，发呆了半天，赵云深用筷子将鸡翅夹下来，摆进她的饭碗里，她才说："可是，我念书的时候很没劲。要是我们学校有游戏专业，我愿意读游戏专业的研究生。"

赵云深却道："得了，什么专业都别读了，你随便找个工作吧。你吃饭也吃得不多，养你一个人我还是养得起的。"

许星辰挪到他面前道："我每天吃清汤挂面都可以的。"

"不行。"赵云深侧目看着她道，"我也没穷到那份上。"

许星辰挠了下头发。

许星辰想起了哪一次的寝室卧谈会上，王蕾曾经自述道：她告诉男朋友，哪怕每天吃清汤挂面，她也愿意跟着他，一辈子跟着他。哎呀，那话一出口，就把他给感动得泪眼汪汪的。

许星辰如法炮制，收效甚微。她一手托腮，咬着筷子没吱声。赵云深掏出手机，看了眼日程表。四点到六点，他有两堂专业课，六点半要去实验楼找导师……安排很满，时不待人。

他站起身，顺便端走了许星辰的托盘。

许星辰回过神道："我还没吃完。"

她的抱怨声太小，被淹没在嘈杂的人群中。

饭后，赵云深牵着许星辰去了校外的旅馆。他们差不多一周没见面，于是这一次，他铺垫很少，直奔主题，还非要她抬头看着自己，看久了他又要狂热地吻她。

纠缠持续了两个多小时。许星辰觉得很累，头埋进他怀里，问道："你下次有空是什么时候？"

他忽然反问："我们从寝室搬出来，你说怎么样？医学院人少，空房多，我有同学租到了职工宿舍，外校考研的人也在学校旁边租房，价钱不贵。"

许星辰认真思索后，委婉地拒绝他道："我们快大四了，等毕业了再租房。"

赵云深抚摸着她的头顶，指间穿插着她柔软黑亮的发丝："你毕业了，我还在上学。"

许星辰亲了他一口，说："因为你是本硕博八年连读啊，很厉害的。"

"医学博士一抓一大把。"赵云深却道，"没什么厉害的。"

许星辰佩服医生，也对高学历的人有一种尊敬之情。每当和别人谈起赵云深，她的态度都是积极而明朗的，她甚至偷偷告诉室友："赵云深担心我毕业了他还在上学，这有什么好担心的呢？我去工作，就能挣钱了……"

她笑说，只要有她一口汤喝，就有赵云深一口饭吃。她这辈子绝不会亏待赵云深。

王蕾在她耳边唠叨："你们俩一个念书，一个工作，接触的环境不一样，经历的事情也不一样，难怪赵云深担心你俩的关系。唉，有时候男孩子也需要安全感。"

"不完全是那样。"许星辰解释道，"赵云深大四要实习。他开始工作的时间其实比我还早呢。"

王蕾一下来了兴致，问道："他去哪里实习啊？医院？"

许星辰频频点头道："各个科室，轮流转一遍。"

王蕾做了个劈砍的手势，问："他要上手术台吗？"

"肯定呀。"许星辰分外期待地道，"他的目标是做一位心外科医生。"

王蕾直夸许星辰的眼光好，还说："心外科最能挣钱。全身那么多器官，哪个最重要，哪个最高端？不就是心脏嘛。"

许星辰和王蕾作为外行人，完全不懂医院内部的操作和奖励机制。不过"心外科"这三个字，总能勾起她们的遐想，仿佛赵云深已经披上白大褂，俨然一位救死扶伤的医生了。

为了不给赵云深拖后腿，许星辰调整态度，将"找工作"一事提上了日程。

许星辰的某些同学颇有先见之明，早在大一和大二就考出几张重要的证书。而许星辰的行动比较迟缓，到了大三下学期，她才临时抱佛脚，彻夜啃书，参加各类职称考试。

赵云深一方面欣慰她开窍，一方面又因为两人都忙起来，且不在同一个校区，见面机会更少，使他偶尔有些烦躁。他看手机的频率增加了，哪怕上课时手机振动，他也要翻过屏幕，检阅般瞧一眼。

某天下午，赵云深在解剖楼做实验。他们组被分到一具老年人的尸体。赵云深熟练地剪开肋骨，展露死者的胸前壁，刀法精准地切断肺根，做出的结果与PPT上的演示图片毫无差异。与他同组的另外三个人都惊呆了，纷纷低下头，全神贯注地盯着赵云深的手指。

解剖课的老师四处巡视。走到他们这一组时，老师停下脚步，不断地提问赵云深。

无论老师的问题多么刁钻复杂，赵云深都能整理出顺畅的思路。所有同学都认为，赵云深将被隆重表扬，然而老师什么也没说。

老师双手背后，绕向另一组的解剖台。

杨广绥轻嗤，窃窃私语道："赵云深，你不仅是个帅哥，还是个猛男。你把老师吓得不知道怎么夸你了。"

经过三年的反复练习，杨广绥基本克服了恐惧。如今他可以凝望死者的面部，正视各部分的身体组织，不过实践能力仍有欠缺。他握着手术刀，切割尸体的腋窝时，差一点刺中自己的手指。

赵云深提醒道："慢点来，看准了再下手。"随后又调笑道，"老师哪想夸我？他们教了几十年的书，什么学生没见过？"

杨广绥转头看向同组的另一位男生道："咱们系里，有谁比深哥更强？"

男同学认真思索了一番，回道："学霸不少，全面开花的不多。深哥成绩好，做解剖做得漂亮，还发表过'SCI'论文，咱们这一届……那是独一份了。"

他尚未说完，赵云深的手机振动起来。

赵云深借口去洗手间，跑到走廊上接电话。他的母亲在电话中说："云深，你这学期辛苦吗？"

"我在忙。"赵云深忽然不耐烦地道，"解剖实验做到一半。"

母亲的声音平静而温和："你爸想和你说会儿话。你没空就算了，还是上课要紧。解剖实验是你们的专业课吧？"

赵云深说："是的。"他微微侧过脸，看向实验室的门口。

天花板的灯泡嵌成一排，灯光沿着顺序铺成一条直线，像是首尾相衔的光带。解剖课的那位老师悄然出现在光带的尽头。他年约六十岁，秃顶，脊背佝偻，戴着眼镜，发现赵云深偷跑出来接电话，也没出声，只对赵云深摆了下手。

赵云深匆匆与母亲告别，走回了实验室。

老师忽然说："你基本功还没练到家，戒骄戒躁。"

赵云深与他对视。这位老师推了下眼镜，微微皱起眉毛。他的眼角皱纹横生，皮肤如脱水般皱着，赵云深观察片刻，只觉得他故弄玄虚。

于是，赵云深问了一句："我们系里有谁的基本功到家了？我想向他们请教。"

老师微笑着摇头，仿佛看穿赵云深的心思。正当赵云深以为老师会给出详细指导时，这老头竟然感慨道："学医啊，终生都要学习。不过你放心，我会给你高分。"

赵云深很介意他对自己的评价——"基本功还没练到家"。

赵云深在实验室待了两年多，亲自处理的兔子和小白鼠能装满一大箩筐。虽然他在同学面前从不显露，但他知道，自己其实有几分优越感。每次做解剖时，他会抬头观望四周，心道：所有人都不如他，所有人的未来都不及他辉煌——这种念头并不清晰，像虚无缥缈的白色纱布，模糊地游荡在他的脑海里。

赵云深的同学都是本硕博八年连读。

最开始他们都奔着"医生"的名号而来，心中自有一个"医学博士"的美梦。然而现实与理想差距甚远，学医的路程漫长辛苦又劳累，总有人中途放弃。

比如邵文轩。

大三下学期，邵文轩炒股毫无收益，倒欠两千元外债。他整日愁眉苦脸，咬牙看着 K 线图，可惜被套牢的股票没有一点起色。

股市给邵文轩带来了巨大冲击。他神思恍惚，期末考试连挂三科。

辅导员恨铁不成钢，下达最后通牒："补考过不了，你自己想你要怎么办！"

邵文轩急得上火，嘴巴长出好几个疱。暑假燥热难耐，蝉鸣聒噪，吵得他不得安宁。他没回家也没实习，每天宅在寝室里疯狂背书。

邵文轩理解力强，但是记忆力不好，背书的方式只有一个——那就是抄书。他准备了一沓草稿纸，抄写二十遍复习纲要，累得手指酸麻，满头大汗。

啊！这失败的人生！邵文轩在心中骂道。

过了几分钟，寝室门被打开，赵云深从外面走进来，扔给他一瓶冰镇矿泉水道："老邵，你至于吗？你都拼老命了。"

邵文轩拧开瓶盖，痛饮一大口水，喉咙发出"咕咚"声："不拼命行吗？我都快留级了。"

暑假长达六十多天，寝室里只剩他们两人。其他同学都参加了暑期实践，分别驻扎在不同的城市。而赵云深凭借导师的器重，特许留校，每天就在寝室和实验室之间来回奔波。

邵文轩暗叹：他和赵云深啊，真是一个天上，一个地下。

邵文轩不求自己名列前茅，只盼着能通过补考。好在皇天不负苦心人，他补考的平均成绩高于 80 分，总算避免了留级的惨烈后果。

死里逃生之后，邵文轩仍然提不起学习的劲。闲来无事，他将自己与室友们比较，导致他经常怀疑自己，是不是渐渐偏离了最初的计划与轨道？

首先，他确定他和杨广绥不是同一种人。杨广绥成天乐呵呵的，坚定地要做一名整形美容医生。除此之外，保守估计，杨广绥家里至少有千万资产，甚至上亿。说白了，杨广绥其实是个不折不扣的含着金汤匙出生的富二代。用脚指头想也知道，杨广绥那一堆护肤品和保养品，哪里是贫穷家庭供养得起的？

其次，邵文轩由衷敬佩赵云深。这小子的毅力强得可怕，学业和恋爱两不误，真叫人羡慕。赵云深不仅被导师偏爱，还有学长和学姐们的扶持，女朋友漂亮又体贴，家庭事业都是肉眼可见地蒸蒸日上。

邵文轩稍感颓废。人一旦沮丧起来，就要找途径发泄，很快邵文轩琢磨出一个方法。他注册了微博和微信公众号——那是 2012 年中旬，微信刚刚起步，微博用户较少，邵文轩自娱自乐，每天发表日志文章，以"H 大小邵"之名，讲述着一些道听途说的医院故事以及养生健康的基础常识。

有时，他会让赵云深审稿。

赵云深笑话他道："不务正业。"

邵文轩指着电脑屏幕上的寥寥几个粉丝，辩解道："娱乐一下，没损失。"他自称那是一种娱乐，能转移他关注股市的目光。他还说，以后打死不炒股了，炒股只是富人的游戏，富人们输得起，而他邵文轩一无所有。

为了获取素材，邵文轩常往图书馆跑。他认真做笔记，写文章一定标明出处和来源，每天傍晚才返回寝室。

八月下旬的某一天，邵文轩忘带一本笔记，提前返回男生寝室。他掏出钥匙，却拧不开正门——原来门后边抵着桌子和沉重的行李箱。邵文轩用尽全力推门，只听见桌子腿被挪动两毫米的"嘎吱"声。

邵文轩稍加思索，立刻想明白了，重新锁门，风一般瞬间逃远。

室内，赵云深仍然将许星辰扣在床上。

他们没有空调，只有一盏老式电扇，悬挂于天花板上，"吱吱呀呀"地旋转。赵云深的胸膛随着呼吸剧烈起伏，电扇每转一圈，他压着她亲吻一次，同时在她耳边说："不该在寝室里，下次还是要和你出门才行。"

她浑身绷直，紧张到了极点，说道："我听见有人用钥匙开门。"

蝉鸣和电扇的噪声喧闹，赵云深的床铺左侧和底部靠墙，右侧和床头挂着两层紧密的围帘——因为晚上熄灯之后，他可能还会看书。他不想打扰到室友，就装上了两层帘子。

而现在，那微微颤动的布料，就像一种欲盖弥彰的掩饰。

许星辰觉得自己疯了。她怎么能答应他的这种要求？他说邵文轩晚上六点才会回来，那刚刚试图进门的人是谁？她越想越窘迫羞耻，她趴在枕头上，思绪抽离大脑。

赵云深也不嫌热，紧紧抱住她道："你暑假回家一个多月，都做什么了？"

许星辰闷声回答："我姑姑给我找了个工作，我实习了一个月。"接着，她透露道，"我姨妈在北京一家酒店干了大半辈子，快退休了。那家酒店的财务缺人，待遇从优，包吃包住。姨妈跟我爸商量，想让我去北京工作……"

赵云深打断她的话道："你要去北京？"

许星辰逗他玩，说："在考虑。"

赵云深握住她的手臂道："北京房价高，空气质量差，竞争压力大，你不能去那种地方。"

许星辰服软道："哎呀，你别紧张，我不会去的。开学就是大四了，你要实习，我也要找工作。我找到工作就租房子。"

赵云深再三询问："你确定不读研了？"

"不读了。"许星辰敲了一下床栏，"我工作日上班，周六周日都有空，多些时间陪你啊。"

赵云深心弦一松，搂着她又亲又吻。他的床上铺着竹木凉席，这张凉席是今年新买的，边缘的毛刺有些扎人，赵云深皮糙肉厚感觉不到，而许星辰身娇体软，明显被扎得很难受。偏偏他揽着她又开始胡来瞎闹，她的后背硌得特别疼，却一声没吭。

她觉得，他应该是很爱她的，所以暑假两个月不见，他一上来就这么热情。当她试探般提出北京的工作机会时，他也表现得紧张害怕又舍不得她。

曾经混乱的人生规划逐渐变得清晰。许星辰暗叹，她会找到合适的工作，租一间房，每天上班，再和赵云深结婚，给他生个孩子，一家人幸福快乐，和谐美满。

她那时确实以为，生活只有这么简单。

转眼暑假结束。许星辰四处投简历，每天穿着西装和高跟鞋赶往各家公司，参加一轮又一轮的面试。她长相出众，性格讨喜嘴又甜，再加上学历不错，证书齐全，很快就拿到了录取信。

她特别高兴，打电话给赵云深报喜。

她说："我被录取了，实习生待遇不低，每月两千五，转正后一个月五千，年底双薪。"

赵云深恭喜了她，但没有她想象中的激动。而且他非常忙碌，没讲几句就挂断了电话。他当时正在医院实习，即将参与一台外科手术。

负责指导赵云深的那位主刀医师，正是科室的副主任，与赵云深系出同门——他是赵云深的导师的第一批学生。赵云深来医院之前，导师特意通知曾经的学生，拜托他们多照顾一下赵云深。

于是，赵云深刚待两个月，就成了手术的二助。

他做缝合十分麻利，切除组织也是一绝。他的视力极好，心理素质也过关，某次急诊科送来一位出车祸的年轻小伙子，二十岁出头，肩膀和手臂被撞得稀巴烂，赵云深仍然面不改色，跟在主刀医师身后，有条不紊地执行着命令。

如果他没有失误切到手指，一切都是完美的。

那位患者的脏器受损，血肉模糊，伤口暴露在无影灯中，显得狰狞又血腥。赵云深到底经验不足，走神一瞬，指尖蓦地一痛。当他低头时，发现了滴血的手指。

进行外科手术时，某位医生切到自己，实属常见。

赵云深退了下来，走到一旁做简单的包扎。

手术室内，医生与护士们聚精会神。那个小伙子很年轻，大家都希望他能活下来，赵云深也有同样的期望。毕竟他学医的初衷就是治病救人，实现自我价值。

可是急救手术完成之后，化验科传来急报。

那个小伙子的获得性免疫缺陷综合征检验结果为阳性。

赵云深听闻消息，如坠冰窟。他知道获得性免疫缺陷综合征的发病率逐年攀升，也曾听过老师在课堂上讲解真实案例，但他没料到自己这么快就亲身碰到了一个。他被同事们抓去服用了获得性免疫缺陷综合征阻断药。

主刀医师也被病人溅了一脸血。他担负着最大的风险，仍然冷静地安慰赵云深道："我工作了十几年，获得性免疫缺陷综合征、梅毒、乙肝的患者都接触过。你莫要慌，坚持服用阻断药，能大大降低被感染概率。"

赵云深曾经认为，学医是一件很纯粹的事。他从书本中汲取知识，在实验中不断摸索，再把他的经验施加给病人。

但他很少考虑意外，觉得他是运气不错的普通人，意外永远不会发生。

他和主刀医师促膝长谈："我不怕死。可我读了四年书，因为这件事，后半辈子就栽进去……"

"你啊，要先冷静。"那位医生劝诫道，"你去问问隔壁的小周，他实习一年，见过十几个获得性免疫缺陷综合征手术患者。老百姓总觉得自己离 HIV 很远，为什么？因为国家有保密措施，准夫妻去做婚检，男的被查出 HIV 阳性，医院都不能告诉女的，否则就算违法。这是严格的规则，我们必须保护病人的隐私。你知道吗？家属都没有获得性免疫缺陷综合征的知情权，何况外面那些陌生人呢？"顿了一下，医生又说，"现在这个病也不是绝症，你那些恐慌都没必要。按时吃药，你还能活好几十岁。"

赵云深勉强自己不去想。那种感觉就像高中模考又考砸了，他偷藏成绩单，装作毫不在意，保持一副吊儿郎当的混世样子，其实心中介怀得很。

手臂一连酸麻几天，他的情绪一直不太稳定。

周末休息时，赵云深与许星辰见面，心不在焉地讲了一个故事："我们科室里有一个男医生，刚和他老婆结婚没几个月。现在他被查出 HIV 阳性，你说他老婆会怎样选择？"

他们坐在街边的小吃店里，许星辰点了一碗麻辣凉粉。她用勺子舀了一口，略思索后应道："医生和他的老婆有孩子吗？"

赵云深笑着回答："没有。"

许星辰不知他为什么会笑。因为他们讨论的话题还挺严肃的。许星辰捧起碗，不假思索地道："他们大概会离婚吧，如果他老婆知道他有病的话。"

赵云深没再讲话。他从衣兜里摸出一根烟，点燃吸了一口。可他还没学会抽烟，低下头不停地咳嗽，火光与白雾缭绕于指间。

许星辰扶住他，他推掉了她的手。

许星辰被他弄疼，发蒙道："你生气了？"

赵云深没来由地朝她发火道："你还指望我有多高兴？"

许星辰一下子没反应过来，道："你怎么了，你告诉我啊。"

赵云深索性与她摊牌："前几天我们抢救一个出车祸的男的，那人有获得性免疫缺陷综合征。我给他动手术的时候，切到了手指。"

许星辰接受不了他所传达的信息，睁大双眼，空气凝滞在胸间，而他貌似镇定地说："我主动跟你讲，是防止你从别人那里听来什么。我正在吃阻断药，每个月按时到医院复查，半年后能确诊。"

他弹了一下烟灰，言辞磕巴道："你要因为这件事想甩了我，我、我也没有意见。"

今天出门之前，赵云深想过如何坦承——这是一件大事，他不能瞒着她。

哪怕他当真被病毒感染，也希望许星辰能明白状况。可是演练无数次的话竟然打结了，他为自己的软弱和局促感到惭愧。

在主刀医师面前，赵云深撒了谎。他声称不怕死，那是假的，他是个凡人，当然也会怕死。

他还怕许星辰屈服于现实，坐立不安，等待着她的裁决。

许星辰打了个寒战。她安静地低下头，吃完一整盘麻辣凉粉，徒劳地整理着脑子里那一团乱麻。辣椒呛到嗓子，她一口气没提上来，憋得脸颊通红。

赵云深拿起玻璃杯，给她倒了一瓶冰可乐。他将杯子递给许星辰，不知怀着什么心态，反过来安慰她道："没事的，我们主任说了，吃完药，感染率会大大降低。现在治疗技术发达，就算我真的得病，还能活好几十年……"

许星辰喝下可乐，艰难地吞咽着。

赵云深故作轻松道："你也别难过，我还没死呢。"

他这么一说，泪水就从她的眼中涌出。她端着碗，吭哧吭哧地哭了起来，他越哄她，她的眼泪淌得越多，赵云深不由得失笑道："你能不能别这样，遇到点事就哭，哭有什么用？哭就能让你长本事吗？哭能解决问题吗？"

许星辰哽咽道："不能。"

赵云深不知道她是在回答第一个问题，还是最后一个问题。他无意识地叹了口气，说道："今天把话说明白了，如果你害怕潜在风险，咱们俩暂时别见面，冷静几个月。"

许星辰趴在桌上摇头。

赵云深劝告道："那个阻断药有副作用，会影响心情。"

许星辰竟然嘟囔了一句："你的脾气本来就不好啊，没关系。"

赵云深踹了一脚旁边的椅子道："你去找个脾气更好的男人。"

许星辰抿唇道："你是不是想和我分手？"她仰起脑袋，泪眼蒙眬，"你是故意气我的吗？"

"我算哪门子的故意？"赵云深态度更恶劣地回答，"故意割伤手指，还是故意找你讲故事玩？"

许星辰被他吼出新的眼泪："你为什么还要冲我发火？我都不知道该怎么办了……"

她的哭诉挽回了赵云深的理智。他扶稳桌子，手心汗水涔涔，压低声音道："我不该这么着急的。你不用管我，出结果了再说吧。我要是有病，不会拖着你。"

许星辰却道："你有病我也不放弃。"

她推开桌子，坐得离他更近。

周围几位食客别过眼，悄悄看向他们这一边。许星辰摒弃一切羞耻心，伸手牢牢抱住他道："我不走。无论结果怎么样，我们打起精神面对。"

他回答："好。"

此后很多年，赵云深偶尔想起那一天，说不上来确切的感受。不过他心里清楚，那种情况下还能坚持陪伴他的人，除了父母，就只有许星辰。他恨自己当时没悟通。

第八章
屋漏偏逢连夜雨

　　天气渐冷，这座城市逐渐入冬。对大四的学生而言，美好的本科时光快要结束。毕业季来临，分手的情侣一对又一对，几乎没人能在感情与前途的抉择中独善其身。

　　赵云深庆幸，许星辰依然留在他身边。

　　他们每周都会出门踏青，拍照、赏景，尝遍附近的小吃。每逢遇到寺庙或教堂，许星辰一定要走进去转一圈。哪怕许星辰不说，赵云深也知道，她盼望他被好运气眷顾。

　　许星辰非但没有嫌弃他，还对他更加百依百顺。赵云深在她面前一切正常，但是到了医院，他却压抑不住烦闷的情绪。

　　尤其那天晚上曾经参与同台手术的某一位学长蹲在更衣室偷偷地哭，他告诉赵云深：他老婆怀孕三个多月，他不敢跟老婆讲实话。清创时，他沾到了病人的血。

　　学长心理压力极大，难以平复。赵云深见他可怜，就帮他替了一夜的班。

　　凌晨一点多，赵云深正在犯困，忽然听到外头的响动。他出门一看，原来是一个老头带着儿子看病，非要使用他女儿的医保卡，并与

174

护士发生争执。

护士耐心地解释道："对不起啊，我们有规定，你们要拿自己的医保卡。性别和年龄都对不上号，我们怎么给你挂门诊呢？"

老头倔强道："我人在这里，银行卡在这里，还能赖账吗？我不是不付钱啊，规矩是死的，人是活的，你们怎么都不晓得变通一下？"

老头的儿子是个二十岁出头的壮汉。那位小伙子被邻居家的猫挠了一爪子，急着打针，心浮气躁地道："你们睁一只眼闭一只眼不就过去了？"

护士面露难色道："我们要按规定办事。"

小伙子笑道："我呸。换个家里有关系的人，跟你们说一声就能打针，你们的规定都是专门折腾普通老百姓的……"他伸手去拉护士，赵云深挡在了前面。

赵云深尽量客气道："医院看病要按流程来。您这边请，我给你们带路。"

小伙子见他一表人才，跟着他走了几分钟。结果赵云深把他们带到了医院门口，淡淡地说："慢走啊，我不送了。"

赵云深犯了一个忌讳。他曾被老师和学长们多次教导，不要与病人发生正面冲突。在他离开之后，那位小伙子品过味儿，立刻嚷嚷出声，愤怒地联系当地记者，拨打市长热线。他的说辞是：这家医院拒绝收治一个被动物挠伤的患者，还把患者赶出了门。

这件事起因很小，根本翻不出水花，很快就被医院平息。

不过，赵云深又被喊到了某一位老师面前，低头挨训。

老师言辞恳切地道："你的那股劲要收一收，态度要好一些。我们几个科室的人都知道你的名字，想看你有更长远的发展。做医生嘛，难免累一些，被家属骂两句，那都没关系，你又不会掉块肉。你瞧他们儿科多艰苦，人家一直在坚持。"

赵云深连声称是。

老师翻看着桌上的查房记录道："你有技术，有学历，也有论文，再熬几年评上职称，日子就好过了。"

赵云深恭维道："要向老师学习。"

老师掀起眼皮，目光穿透眼镜片，认真盯着他道："最近你的学习和生活都顺利吗？"

赵云深将双手揣进白大褂的衣兜里，说道："我的那件事，您也知道。别的倒没什么，就怕结果一出来，我不能面对女朋友。"

这位老师和他的夫人十分恩爱。若干年前，夫妻俩一同留学德国，此后又一起回国，同舟共济，抵御数不清的风风雨雨，至今感情美满，家庭和睦。

于是，老师一听赵云深也是重情重义之人，声音不自觉温和许多："你会没事的。你要是想散散心，副院长那儿有个去北大医学院培训的机会，两个月的免费培训，能记入档案，你想去吗？我帮你说说。"

赵云深立刻开口，拜托老师帮他争取。几天之后，老师告诉他事情敲定了，希望他暂时换个环境，多一些见识，调整好心态。

赵云深答应了。他和实验室的导师打过招呼，又向室友们透露道："我要去北京待两个月，回来给你们带北京烤鸭。"

"真空包装的北京烤鸭？"杨广绥评价道，"超级难吃的，添加了防腐剂，骨头都是软的。有一次我在火车上买了一包北京烤鸭，吃完就吐了。"

赵云深提出一个行李箱，拿来半湿的抹布，擦掉箱子上积的灰尘道："我想起一个知识点，呕吐的发生机制。呕吐是一种反射动作，可以细分为几个阶段……"

杨广绥笑着鼓掌道："欢迎来到赵医生的小课堂。"

邵文轩悄无声息地站起来，从杨广绥的背后揽住他的肩膀。邵文轩关心的问题只有一个："赵医生，你去北京干吗？"

赵云深一边收拾东西，一边简略回答道："有个集训，我们领导带队。"他找出几件厚实的衣服，叠得整整齐齐，一丝不苟地塞进行李箱。北京气温低，冬天更是干燥，而他因为服用阻断药，近来有些畏寒脾虚。

从小到大，赵云深的身体都很好。他初中就是年级里的运动健将，隔壁班的女孩子会在课间休息时特意跑过来看他。每当他坐在靠窗的位置，就一定会有女生在外面来回走动。赵云深往往会佯装一副看书的样子，实际上清楚并享受着被一群异性关注的殊荣。他很明白"长相好"对女孩子有怎样一种致命的吸引力。

他什么时候清醒一些了呢？大概是高中吧。不知是谁带头喊出"入我相思门，云深不知处"的口号，高一那年的情人节，他的抽屉里一度被塞满了巧克力。

巧克力的包装纸上贴着粉色字条。

每一盒巧克力赵云深都打开了，分发给周围的兄弟们。至于那些字条，被他揉皱了，扔进垃圾桶。

他们的班长是个姓陈的女孩子。"陈"的后面，跟着一个生僻字，怎么念怎么写？赵云深早就记不清了。陈班长自述，她的巧克力被他吃了，字条也被他扔了，她要他像个男人一样敢作敢当，并在他面前哭得很厉害。

严格来讲，陈班长是赵云深的第一任女朋友。不过两人最亲密的接触仅仅是坐在一起写作业。到了高二，他们分道扬镳，赵云深又认识了翟晴。

他很快发现，男女之间对感情的期待或许并不一样。思维差异会导致不可避免的隔阂，总有一方要做出妥协和让步。当他和翟晴在一起时，退让的那个人总是他。他还记得自己第一次和女生接吻。他拉着翟晴的手，躲在学校的体育用品仓库里，两人在飘浮着尘埃的昏暗光影中亲吻对方。当他从体育仓库走出来时，翟晴却怪他没挑好地方，四周都是灰，她的嗓子被呛到了。她还怪他头脑简单，这些指责都让他感到莫名其妙。但他跟许星辰谈恋爱，很少遇到这种问题。许星辰是他的情之所系、心之所往。

他沉浸在各种回忆里，细数着许星辰的优点。

第二天，赵云深很放松地告诉许星辰："我要去北大医学院参加培训，过两个月回来。你想要什么礼物？跟我说吧，我给你带。"

他说话时，许星辰做好了饭，正站在水槽边刷锅。

许星辰践行约定，实习赚钱后不久，她就在外面租房了。房租每月一千，靠近赵云深的校区，离许星辰上班的地方有些远。许星辰每天早晨五点起床，给赵云深做好早饭，把他从床上叫醒，再去赶六点二十的公交车，刚好八点十分能进公司——那家公司规定，每个员工都必须打卡，晚于八点二十五打卡的员工，将被视作迟到，会被扣掉奖金。

许星辰逐渐习惯了上班族的作息规律。

赵云深每周在她家里住上四五天，周末返回学校宿舍，整理一周的学习心得。他完全不用操心家务和卫生问题。许星辰总是将他的衣服洗得干干净净，郑重地摆在衣橱里，也总是把房间打扫得一尘不染，像是高标准严要求的五星级宾馆。

她听说他要去北京，也没显露一丝不高兴，仍是欢欣雀跃地道："北大医学院吗？太厉害啦。我帮你把衬衣熨一遍吧。"

他推托道："不用麻烦。"又问她，"故宫明信片你喜欢吗？我也没去过北京，不清楚北京有什么好东西。"

许星辰摇头，笑说："礼物只是个形式。我想啊，两个月后再见到你，我会很开心的，不会在意你带没带好东西。"她低头端起一盆红枣枸杞鸡汤，"现在是 2012 年，也不像从前那样交通不方便，想买什么买不着？我们家离乐购和大润发都很近。啊，对了，你瞧，我今天炖了鸡汤，天冷补身的，你要喝一碗。"

厨房弥漫着饭菜香味，散不掉的热气缓慢蒸腾，四处飘荡，落在透明的玻璃窗上，结下一层模糊的白雾。

窗外临近黑夜，黄昏向晚，夕阳沉落于地平线下，掩藏最后一丝余光。

赵云深神色平静，将一盆鸡汤接过来放在桌上，从许星辰的身后抱住她。熟悉的香气围绕着他，慰藉着他，暖橙色的灯光漾开一片温馨氛围。

"我在北京肯定特别想你。"他说。

许星辰真的很瘦。赵云深每次拥紧她，都会奇怪她为什么只有这么一小点。她的腰很细，他怀疑自己的手能把她掐断，于是他心中不由自主地怜惜起来，嘱咐道："你多吃点饭吧，瞧你这样……最好平常坚持锻炼。等我回来，晚上不用值班，我就带你去跑步。"

许星辰搭住他的手背道："嗯嗯，我明天去夜跑，你回来了，我再跟着你跑。"

"那不行。"赵云深严令禁止道，"女孩子晚上单独出门不安全。"

许星辰笑意盎然道："我在学校里每天晚上十一点多才回寝室呢。"

赵云深松开她，端起一个瓷碗，亲手为她盛汤："学校和外面哪能一样？"

他讲解着安全知识，灌输着安全理念，还举了现实中的一些例子。他说自己在急诊科见惯了奇葩，又在肿瘤科和心内科目睹了生离死别，人间惨剧每天都在医院上演，他要教会许星辰如何提高防护意识。

许星辰被他说得一愣一愣的。她停下筷子，双手托腮望着他，凝视几分钟，就戳中了他的笑点。他很温柔地摸了摸她的脑袋道："你怎么听得这么认真？不吃饭了？"

他将鸡肉用勺子捞出来，悄悄地放进她的碗里。

他给她夹的菜，她基本全吃光了。

不过许星辰发现，赵云深不会用他的筷子给她夹菜。自从他告诉她那件事之后，他总是准备另一个汤勺，或者是另一双筷子。

饭后许星辰躺在沙发上打游戏。赵云深烧开一锅水，先用洗洁精冲刷碗筷，再拿开水给餐具消毒，最后把碗筷放进消毒柜，他自己也去浴室洗澡了。

他很久没和许星辰接过吻。除开牵手和拥抱，赵云深终止了所有的亲密纠缠。

他的专业知识十分齐全，他应该比许星辰更清楚获得性免疫缺陷综合征的传播途径。他为什么要做到现在这一步？许星辰不知道他是为了让她安心，还是单纯向她表态。

他刚才说，他在北京肯定特别想她。

而对许星辰来说，他还没走，她就已经开始想他了。

几天后，赵云深启程前往北京。这也是他第一次去首都。培训初期，上级布置的任务不多，赵云深跟着同事们游览了北京的名胜古迹。他买到了故宫和颐和园的明信片，从中挑选了五六张，认真写道："老婆，下次我们一起来北京旅游吧。"

· 这一句话躺在纸上，干巴巴的，一点也不打动人。

赵云深提笔细想，又写道："我发现有一种茯苓饼，还蛮好吃的，皮脆，夹层软，你会喜欢。我的几位同事说，六必居的酱菜很有名，能下饭。我决定买一堆零食带给你。明信片今天寄出……"

圆珠笔的墨水即将用尽，赵云深按着纸张，右手使劲甩了甩笔，最后写出一句："我和这六张明信片，哪个会先飞到你身边？"

他写完，就去了一趟邮局。

当天上午，他寄走了明信片，坐公交车赶往医院时，刚好路过一片新开盘的楼房。高楼大厦鳞次栉比，顶层挂着巨大而醒目的横幅：惊爆价！每平方米十二万九千八！

赵云深暗叹：北京果然是大都市。在这里，钱都不值钱了。

另有同事问他将来的职业规划，想不想留在北京的顶级大医院工作，赵云深一口回绝道："我在我们那里都不算拔尖，挤破头跑来北京，不用想也知道，完全是找罪受。"

同事调侃道："你还没成家吧？不趁着年轻闯一闯？"

"成了。谁说我没成？"赵云深也对人笑道，"下次请你吃饭，带你们见我老婆。"

室内一派喜庆，众人都欢快地应和。

赵云深更是高兴。他的老师判断正确，一旦他脱离了医院的氛围，见不到那些接触过获得性免疫缺陷综合征患者的伙伴，大家的担惊受怕就不会互相传染。赵云深心平气和地每天服药，度过了一段无人打搅的日子。

培训结束的前一个星期，赵云深正在誊写笔记，母亲的电话又打了过来。赵云深按下接听，一边心不在焉地答话，一边快速浏览着今天学到的知识点，忽然，他的母亲语速极快地道："寒假你必须回家一趟。你必须回来，听见没有，赵云深？"

医院是一个察言观色的好地方，面对疾病与生死的重压，鲜少有人能保持淡定从容。

赵云深的母亲说话的腔调和方式，像极了重症室外走投无路的患者家属。笔杆从赵云深的指间滑落，他握了握左拳，紧张地笑道："怎么了这是？你慢点说。"

无论赵云深怎么问，他的母亲都咬紧牙关，绝不肯向他透露一个字。为什么？赵云深开始反思。或许在父母眼中，他还不是一个成熟而可靠的男子汉，禁不住来自家庭的强烈打击。于是他说："妈妈，你等我，我明天就回家。"

"不，不用。"母亲的嗓子像是突然哑了，情绪和声调一同沉寂下去，"你做完培训，考过了期末考试，等寒假再回来。"

赵云深往后一靠，僵硬的背部贴紧了椅子："家里到底出了什么事？"

"没啥大事。"母亲回答，"你好久没回家，我和你爸都挺想你的。"

相比几分钟前的惊慌失措，赵云深的母亲明显平静了许多。她絮絮叨叨地叮嘱赵云深认真学医，心态放宽，要以前途为重。赵云深听不进她的一番劝告，只想马不停蹄地赶回老家。

次日上午，他写下了一张请假条。

领导问他："小赵，家里出事了？"

赵云深实话实说道："可能有事，我想回家确认。"

领导端起自己的茶杯。那杯子是九十年代医院发放的慰问品，被他沿用至今。他观摩着杯子，静静地坐着，等到水中茶叶完全泡开，才说："你的请假条，我怎么批示呢？我要写一行，赵云深家里可能有事，培训无法完成。"

赵云深退让道："我老家也在北方城市。我坐今天下午的火车，凌晨到家，如果家里没事，明早就能赶回来，我请两个半天的病假……"

领导摇头道："我给你开了个先例，别人都会跟着学。我不晓得你们是去干吗了，只能严格要求你们每一个人，争取做到一碗水端平。小赵，你想想，如果你是我，你听到学生说自己可能有事，所以要请假、要旷课，你会怎么办？"

赵云深捏紧拳头，抵住坚硬而冰冷的桌面。他用另一只手铺开请假条，近乎哀求地道："您签个字。有责任，我来担着。"

"我签字很简单，两秒钟的事！"领导见他倔强固执，态度也变得公正严明，试图动之以情、晓之以理。他对赵云深说，"赵云深，你要知道，你现在待在一个团队里。培训机会不是天上掉下来正好砸到你头上的，你就这么自私吗？随便找个理由请假。你晓不晓得，手术台的实训按照人数分好了，三人一组，现场测评，你走了，你的组员怎么办？培训任务的进度怎么办？他们的考评结果怎么办？"

领导将茶杯狠狠放在桌面上，水滴溅了出来。

要是有人蹲在茶杯前，视线望向赵云深站立的位置，就会发现，领导的那杯茶像是从天而降，扣在了赵云深的头上。

赵云深倍感压力地道："现在只是培训，还没到真正上手术台的那一天。我会和老师们商量，这门实训课就算我零分，让那两位组员的任务简单些。"

领导坚决不批假，谆谆教诲道："什么叫算你零分？多好的培训机会，你说不要就不要了？你的态度不端正。医学生最忌讳骄傲自满，认为自己学得好，就不用再学了……"

赵云深往前一步，靠近办公桌，压低声音，食指点在办公桌的边沿，一字一顿地告诉领导："不管您签不签字，我今天下午都会走。我昨天买了火车票。"

赵云深一开始的打算仅仅是劝服领导，他想说怀疑父亲生了重病。话未出口，他将自己的猜测咽了回去，因为现实已经摆在眼前——他不可能获得上级的许可。就算他这么说了，别人相不相信他还是另一回事。他在医院工作了这么久，很清楚"感同身受"几乎是一件不可能的事。

当然他也可以向领导诉苦，不断抱怨自己的处境有多艰难，自己的遭遇有多悲惨，自己有多惦念老家的父母——可是这种做法很不体面，让他觉得很丢脸。光是想象一下，他都觉得极其耻辱。在一个原本就对他不耐烦的人面前乞求同情、乞求恻隐之心，是一件多么可怜又恶心的事情！这就像是被人扒光了扔在大街上游行。他甚至宁愿在大街上游行，也不愿低声下气地践踏自尊心。

从小到大，父亲经常教导他：做男人要有骨气。

当天深夜，赵云深乘坐火车奔赴老家。他提着行李，坐在 307 路公交车上，生平第一次体会到所谓的"近乡情怯"。

每当公交车驶过一站路，赵云深的心情就更急躁，整个人如同被谁缚住手脚，扔进油锅，等待着油升温和一连串的烹煎炸烤。

路面结冰，车辆缓缓行进，到达站点之后，赵云深默然下车。

他先是慢慢地步行，脑中回忆着几年来的点点滴滴。自从上了大学，赵云深回家的次数屈指可数。父母都是一年比一年更老……有时他也奇怪，父母为什么突然就老了？似乎没有铺垫，一切只发生在一瞬间。

冰凉的冷空气灌入他的鼻间，直抵肺部。他做了几次深呼吸，有些头晕，单元楼内一片漆黑，台阶迎着霜寒月色，隐没在未知的视野中。声控灯坏了，物业没有派人来修。赵云深掏出钥匙，摸黑打开房门，预想中的光明并未来临……家中无人。他徒劳地低声念道："爸爸、妈妈？"

回应他的，只有被风吹动的飘摇的窗帘。

赵云深坐在沙发上打电话，致电给了堂姐。午夜十二点，姐姐还没睡觉。或许是女孩子的情绪容易被感染，姐姐没讲两句话，隐有哭腔地道："叔叔和婶婶跟我们打过招呼，让我们都瞒着你……你怎么才回来啊？"

赵云深直截了当地问她："我爸是不是在住院？"

"住了四个月。"姐姐告诉他，"你当年念高三，你爸第一次被查出来那个病。你高考出成绩那几天，叔叔在哈尔滨做手术，他们骗别人说，他们只是出去旅游……"

赵云深闭上双眼道："当时治好了，现在复发了？癌细胞扩散转移到了身体的其他部位？"

姐姐苦笑道："我宁愿你没猜中。"

赵云深问出医院的地址，简单收拾了一遍行李，连夜赶去了医院。他从没对医院生出那么强烈的恐惧感，见到父亲的那一刻，赵云深的血液和骨头完全凝固，又突然崩裂，如同一座被人敲得粉碎的石雕。

他轻轻地喊："爸爸？"

隔壁病床上的老头在打鼾。

赵云深的母亲趴在一旁补眠。

赵云深并未唤醒父亲，但他惊动了母亲。母亲乍一眼看见他，还以为是做梦，便低下头去揉眼，剪短的头发毛躁干枯，灰白交杂。

"妈妈。"赵云深念道。

母亲问他："考试结束了？"

赵云深盯着病床道："还没开始，我请假回来了。"

母亲又问："你们领导给你批假？"

"是啊。"赵云深摘下围巾，不愿细谈，草率地宣称，"领导听说我家有事，立刻批假。大家对我都很好，现在都讲究一个人文关怀。"

赵云深和母亲交谈时，病床上的父亲悠悠转醒。他身高一米八几，瘦得只剩一具黄皮骨架，有没有八十斤？赵云深并不确定。

他记忆中的父亲是强健有力的。小时候赵云深随父母回乡，参加镇上的赶集，人来人往，好不热闹。父亲把赵云深举起来，让他坐在自己肩上，一家三口走街串巷，似乎是很久以前的事了。而现在，他的父亲身患胆管癌，晚期确诊。母亲和赵云深提起，这个病特别缠人，不仅麻烦，还很疼的，剧痛一旦发作，就需要注射吗啡。

赵云深万分清楚，胆管癌患者依靠吗啡止痛，病情已经到了什么程度。他弯下腰，躬身靠近父亲，喊道："爸爸。"

父亲应道："哎，爸还在呢。"他抬起一只手，碰到了赵云深的手腕。

赵云深低声笑了："爸爸，我是医生，也在肿瘤科实习过。你答应我，别放弃，心理作用的影响很大。我明早去找你的主治医师，现代医学发达了，你会没事的。"

父亲只是点头。

赵云深反握住他的手道："爸爸，我再过四年博士毕业。毕业典礼上，你怎么说也要来吧。还有，我和许星辰正在商量结婚的事，到了婚礼那天，新郎的爸爸必须上台发表致辞。"

父亲隐有期待地道："是的，爸爸知道。"

赵云深与他拉钩："我们说好了。"

赵云深仿佛回到了童年时代，像个小男孩一样索求父亲的许诺。而他的父亲一如当年，痛快地答应了他。

这一瞬间，他拾起很多记忆的碎片。比如他喜欢吃另一条街上的烤羊腿，父亲下班时，经常骑着自行车路过那里，打包一份带回来给儿子；又比如，互联网刚刚兴起时，父亲咬牙给他买了一台电脑，摆在房间里，教他如何拨号上网。

他非常想抓紧父亲的手，但无法用力。

之后几天，赵云深一直留守在医院里。他不断和主治医师沟通，对方那一手龙飞凤舞的字、那一副见惯生死的淡然态度，都让赵云深觉得讽刺又好笑。他对医生说："我愿意折寿二十年，换我爸爸再活五年。"

医生感叹道："在世的人更要珍惜生活。"

赵云深平白无故冒出一股火，说："你什么意思？我爸还躺在病床上，你们医院要放弃治疗吗？"

医生礼貌地道："我们一定会全力救治。"

赵云深此前一直站在医生的角度看问题，患者家属的态度稍有不好，他就懒得理人。如今角色颠倒，他一时竟然没适应过来。

他彻底放下了学业，每天待在病床前，盼着医学奇迹的降临。那一天上午，赵云深还觉得他们的努力得到了回报，昏睡的父亲忽然意识清醒，想吃一碗米粥。

"白米粥和豆沙包。"他这样说。停顿片刻，他又含糊其词道："长身体啊，不能不吃早饭。"

赵云深上初中时，很不爱吃早饭。他听到父亲的话，就像被锤子砸裂了脊骨。他牵起父亲的手，感觉冰冷又潮湿，这代表了骤减的循环血液量。他急忙喊道："爸爸，坚持一下，你答应过我。"

他冲出病房，到处找医生。

他的大脑麻木，不会思考，既像是痛苦到了极点，又像是已经得道成仙。灵魂脱离了肉体，他双脚虚浮，飘浮在走廊上。隔着几间病房，赵云深听见一阵"咯咯"声，来自病人的肺泡积攒的分泌物，预示着死亡不可挽回。

赵云深转身狂奔回病房，但已经来不及了。

他爸爸说过："等你博士毕业，我想参加你们的毕业典礼。"还说过，"我永远是你的后盾。"

可惜，命里注定会缺席。

从那天开始，赵云深没有了父亲。

赵云深的爸爸是个好榜样。他答应儿子的事，从来没有反悔，也从来没有食言。他唯一的一次不守约定，就是在医院说："再活七年。"然后，他只活了七天。

母亲一边收拾遗物，一边告诉赵云深："你那时候总抱怨，谁家儿子二十多岁了，还每天往家里打电话？我们经常打电话给你，不是故意让你烦。你爸爸病倒了，想听听你的声音。你跟他说句话，他心里高兴。"

**第九章
无法妥协**

赵云深失踪了半个月。

辅导员联系上了赵云深的母亲。赵母说，丈夫去世，儿子在家守孝，暂时赶不回学校。她问辅导员，学校还有什么重要的事情吗？

辅导员不断安慰她，憋到最后才说："再过几天，就是大四年级的期末考试。虽然赵云深事出有因，但是学校的考试规定不能更改。"

母亲含泪，转告儿子道："你去学校考试吧。"

赵云深却回答："过了头七我再走。"

母亲劝说道："你爸还在的时候，就怕打扰你的学习。你那么用功，家里给你的经济支持不多，也没办法托人帮你找关系。你总是说，最大的愿望就是拿到职称，进大医院……"

赵云深抬起手，扶着一旁的桌子道："妈妈，你别担心我，你回房间休息。"

无论如何，他们还要打起精神办好后事。

亲人去世的那一瞬间，痛苦就在心底扎根。之后的追悼会、葬礼、上坟，都将反复提醒在世者：阴阳相隔，那个人已经离开了。哪怕他生前是最好的丈夫、最好的父亲，每当想念时，他的至亲也只能走到坟前坐一坐。

自从父亲走后，赵云深的母亲的精神与身体状况都不太好。她不上班了，请过病假，枯坐在家，经常整理几十年前拍过的老相片。

八十年代留存的黑白照片中，赵云深的父亲年轻挺拔，英姿飒爽。照片边缘是锯齿状的花纹，背面写有一行字："思你念你，此生相依。"

赵云深的母亲就对着这张照片流泪。

隔日，她去了影楼，放大照片，做成遗像挂在书房中，桌前了摆上烛台和香炉。她每日点燃一炷香，还会和丈夫说许多话。

赵云深原本想开解母亲，后来觉得这样也好，她心里有个寄托。

赵云深每天清晨出门，走到农贸市场买菜，回来做饭、刷碗、打扫卫生。规律的生活只持续了两天，第三天上午，赵云深走出小区，竟然撞见了狂奔向他的许星辰。

许星辰抱住他不撒手，问道："你家里出事了吗？"

最近赵云深经常听见"节哀顺变"这四个字。他乍一见到许星辰，就像久行于黑暗中的迷途者发现了一束光，身心交瘁，恍如隔世。

他扯开嘴角，挤出一个比哭更惨的笑，说："我爸走了。"

许星辰定在原地。

赵云深又对她复述了一遍："我爸走了，再也不回来了。"

许星辰泪眼模糊，脑袋直往他怀里钻："你不要说了，我明白的，我都明白。你不要难过，你还有我，我会永远对你好，永远照顾你的。"

许星辰刚说完，赵云深就紧紧揽住了她。她的耳朵一凉，全身的感官都被唤醒，变得无比灵敏，哪怕此时见不到赵云深的那张脸，她也知道，他哭了，流了几滴眼泪，落在她的耳朵上。

她心疼得像是被谁千刀万剐。

赵云深哑声问道："你特意来找我的吗？"

许星辰用力拽紧他的衣角道："杨广绥找到我，让我求你回学校考试。大家都不知道你怎么了，我们都很担心你……"

赵云深弯腰，坐在路边的台阶上，说："你也没考试吧？实习工作请假了？你有空复习吗？"

"这些都不要紧。"许星辰却说，"我来陪你了。"

赵云深低下头，从口袋里摸出一盒烟。他抽完一根烟，便带着她去市场买菜。

菜市场摊位杂乱，吆喝声喧闹，许星辰东奔西跑，买下了两斤鲍鱼和螃蟹。她实习挣到了几千块钱，平常基本都不花，全部存在银行里，非常节省。她平常看到喜欢的东西都不舍得买，但是今天消费不眨眼，拎了一大堆东西，跟着赵云深回到他的家里。

房门打开，满室寂静。

许星辰和赵云深的母亲打了个招呼。对方的态度不冷不热，说不上好，也说不上不好——许星辰特别能理解她。因为丈夫刚离世，所以，对方并没有待客的好心情。

许星辰挽起袖子，跑进了厨房忙活。

鲍鱼的壳与肉之间，沾着一层细碎的泥沙。许星辰拆开一支新牙刷，站在水池边刷得起劲。赵云深一边淘米一边问她："你什么时候回学校？你不能不去参加期末考试。"

"你也是呀。"许星辰抽了一下鼻子说，"杨广绥说，大四年级没有补考。你付出了三年半的心血，最后一年不能打水漂。你成绩那么好，怎么能说放弃就放弃？那前三年的努力都白白浪费了。你再休息一天，明天和我一起返校，好不好？"

赵云深拆开黑色塑料袋，答非所问道："真倒霉，买到一个发芽的土豆。"

许星辰用抹布擦手，蹲在他面前。她那一双澄净如清泉的眼睛，似乎望进了他的心里。她做口型问他:"你是不是在自责?"

许星辰很颓丧。她一难过,就特别想哭,这次她强忍着,哽咽道:"你这样惩罚自己也没用,你爸爸不想看到你自暴自弃。"她说,"振作一点,哪怕只是挺过考试周。算是我求你了,我很少求你的,这一次你听听我的话。"

赵云深拔掉了土豆新发的绿芽,侧过脸,认真看着她道:"我爸爸走后的那两天,我妈妈吃不下一口饭。我一返校,家里没有人管她……"

许星辰终于找到根源所在。她做出了一个大胆的举动。午餐结束后,赵云深在书房整理东西,许星辰找上了赵云深的母亲,详细解释了医学院的规定,还有大四年级的特殊性,很快劝服了赵云深他妈妈。

第二天下午,许星辰拽着赵云深踏上了火车。

她被赵云深的朋友们称为"救星"。

杨广绥甚至说:"你们瞧,患难见真情!我又相信爱情了!"

杨广绥一个劲地询问赵云深咋了,是惹上了恐怖的黑社会,还是看破红尘想出家?除了这两种假设,他想不出赵云深为什么会放弃考试。

赵云深实话实说:"没爸爸了,人走茶凉。"

他很牵挂着独自在家的母亲,更怕母亲出什么事,从此他会失去父母,就是真真正正的无根无家。许星辰察觉他的抑郁状态,几乎整天看着他,不断安慰他、鼓励他。连续三天,赵云深泡在图书馆疯狂复习,顺利度过期末考试。寝室里的兄弟们都很关心他,经常从食堂给他带饭。许星辰更是每天报到,拿走他的脏衣服,洗净晾干再送回来。

不同于赵云深的一贯优秀。本学期许星辰每门课都徘徊在 60 分左右,惊险过关。由于她已经开始工作,当然不在乎成绩,心中想着:及格就行，及格万岁。

在许星辰的千盼万盼之中，大四的寒假终于来临。

许星辰向公司告了年假，提前回了家。她还在一所驾校报名，打算趁着最近有空，把驾照考下来，贷款买一辆车。她把自己的计划告诉了赵云深，他应道：好啊，我也去考一个。

这正中许星辰的下怀。

她默默盘算着：只要赵云深转移了注意力，时间会抚平他的所有情绪。

冬天的夜晚黑得早，驾校又离赵云深的家很近，于是训练结束后，赵云深经常把许星辰带回来，等她吃过晚饭，再把她送回她的小区。

为了活跃赵家的气氛，许星辰讲过好多笑话。她偷偷给赵母买过一套护肤品，又送了赵母一对平安符。许星辰说："您现在是他最重要的人，我的新年愿望就是祝您平安快乐。"

赵母将平安符收进了抽屉里。

人一旦上了年纪，记忆力便会减退。几天后，赵母又想找到平安符，挂在丈夫的遗像旁边。她多希望世上有鬼啊？倘若无鬼，那她真是与丈夫永别了。

赵母来回走动，翻箱倒柜地道："平安符呢？"

那一晚，许星辰待在赵家。而赵云深下楼散步，顺便去一家小超市买烟……许星辰不准他抽烟。他比许星辰更清楚，染上烟瘾的人会有怎样的肺部——无比触目惊心，漆黑的肺泡中透着一股土黄色。于是赵云深限制自己，这一个月之后，就戒烟。

许星辰还以为赵云深是单纯散步去了。他想一个人静静心，无须任何人陪伴在侧。许星辰明白男人一定要有自由，要有独处的空间。所以她对赵云深的管束很少，少到几乎没有。

她对赵云深的母亲又很热心，眼见赵母急得团团转，飞快地奔向书房，拉开抽屉，提醒她道："阿姨，平安符在这里。"

许星辰扒开了抽屉内的杂物。

角落里塞着一个巴掌大的铁盒——大概是哪一年中秋节之后，被留下的月饼盒子。那铁盖没有扣紧，许星辰随手拨弄，盖子就掉了下来。她害怕弄乱人家的东西，赶紧一只手端起铁盒，另一只手抓住盖子，正要将其关紧，盒内几张白纸上的"欠条"二字，让她感到胆寒。

赵母循着她的视线望过来，汗毛倒竖，声音尖厉地质问她道："你瞎翻什么？"

许星辰被吓了一大跳，顿时做贼心虚。她发现，赵云深的父亲去世之前，接受医院的各种治疗花掉一笔巨款，欠下十几万的外债。而那些慷慨解囊的人，多半是赵家的亲戚——比如赵云深的伯父和堂姐。

赵云深不知道这些事。

他知道了也没用。

年轻的医生能挣多少钱？养活自己就算不错了。

许星辰心慌意乱之下，放开盒子，一再后退。她无意识地伸平手臂，碰到了一幅挂在墙上的画像。相框掉落在地上——那是赵云深的父亲的遗像。

赵母头发散乱，遮挡了她的视线。许星辰凝望着她，心跳巨响，仿佛震动了耳膜，脚下忽然一痛……原来许星辰踩到了相框边缘。

赵母飞奔过来，捡起遗像，撞倒了许星辰。

"你干什么？"赵母质问她道，"你妈妈没教过你怎么在别人家里做客？"

许星辰哑口无言。不过片刻，许星辰便坦白道："我、我没有妈妈。"

赵母问道："去世了？"

许星辰摇头道："我六岁的时候，我妈妈，她……"

　　许星辰不习惯撒谎。可是有时候，她张开嘴，话已出口，又恍然发觉，讲实话是一件很困难的事。她欲言又止几次，赵母猜到了原因："跟另一个男人走了？"这是实情，许星辰默认。她听见赵母叹息着评价道："不要脸的东西。"

　　脸上烧起一阵火辣辣的热度，许星辰十分难堪地道："不是的，她是我的妈妈，我尊重她。"

　　许星辰的辩解很苍白。

　　赵母坐在地上发呆，话到嘴边，又被她咽了回去。她将丈夫的遗像挂回墙上，走出卧室之前，叮嘱了一句："那件事，你不要跟赵云深说……他还是个没毕业的学生。"

　　许星辰扶着椅子，勉强站起来道："我们还是告诉他吧。"

　　赵母留给她一个静止的背影。

　　许星辰心乱如麻，理不清脑袋里那些杂七杂八的思绪。她想到了什么，干脆直接说出口道："赵云深因为他爸爸的事情特别自责。如果家里遇到了难关，他是希望能和您一起渡过的。"

　　赵母保持着强硬作风说道："我对他的要求就是自给自足。儿子不欠父母的，我们不用他还债。"

　　赵云深都不知道的秘密，却被许星辰发现了。

　　许星辰有些慌张。

　　按道理讲，她应该帮赵母瞒着赵云深，可是她也清楚，赵云深从2009年开始炒股，到现在炒了三年，还获得过无数奖学金，平常也不爱花钱，甚至不喜欢谈钱，可能是比较清高矜持。但他曾和许星辰提过：他想在他们定居的城市买房。让许星辰租房度日，他觉得自己委屈了她。

　　赵云深手头至少有好几万块钱。如果赵母真的处境艰难，赵云深可以解决燃眉之急。

或许是因为姑姑和爸爸都对许星辰很好，所以，许星辰看不惯长辈们省钱给孩子。

经过反复掂量，最终她决定向赵云深坦白。

许星辰坐在客厅里，等着赵云深回来。他进屋时带着一股冷风和消散不尽的烟味。许星辰把他拽进卧室，像侦探一样检查他的全身，从他的上衣内部的口袋中摸出一盒香烟，说："你别这样，抽烟很伤身的。"

他似乎听了进去，说道："行，我不抽了。"

许星辰松下一口气。她把烟盒盖紧，扔进垃圾桶。赵云深没有烟，心头躁动，按着许星辰的肩膀把她抵到了门后。他缓慢地低下头，一寸一寸地迫近，挑高她的下巴和她接吻，像吸烟一样辗转含吮她的嘴唇。

五秒钟后，他急忙松开她。

他忘记自己正在服用获得性免疫缺陷综合征的阻断药了。

两人除了牵手和拥抱，别的接触，都不应该。

淡淡的烟草气息挥之不去，许星辰抿唇，忽然不知道要如何开口。赵云深送她回家的路上，她说："今天在你家，我看到抽屉里有一个不锈钢的月饼盒子。"

赵云深的思维果然与她不同："你想吃月饼了？春节有卖月饼的地方吗？你喜欢吃红豆馅和莲蓉馅的月饼，对吧？"

许星辰一鼓作气地讲给他听："月饼盒子里装着几张欠条，好像是你伯父和堂姐一共借了十几万。阿姨不让我告诉你，可是我觉得你是你们家的重要成员……"

洒满月光的街道上，赵云深左手伸进衣兜里摸索，忽又想起他今天新买的那包烟已经被许星辰扔了。他皱着眉，坐到了公共长椅上，两只手搭在一双腿上。当他垂首时，那张十分好看的脸都被埋没在幽暗的阴影中——或许他的母亲是正确的。他是这么年轻英俊，这么惹她疼惜的一个人，刚经历丧父之痛，不该为经济和债务而烦忧。

许星辰自认捅了娄子，懊悔地道："我心里藏不住事。"

"说出来才好。"赵云深竟然回答道，"家里有困难，我最应该担责任。二十来岁的人，白吃了这么多年的饭。"

许星辰坐在他身边道："你不要这么讲自己啦。"

赵云深漫不经心地摆了摆手。这半年错综复杂的经历交织在一起，使他无法像从前一样专注于学术工作，对自身的职业也产生了一丝不敢妄言的质疑。

他心情不好，怫然不悦。愤怒埋藏在心底，仅仅针对他自己。

他莫名其妙地说："那什么，许星辰……"

她转头望着他："嗯？"

赵云深别过脸去，错开她的目光道："对不起啊。"

许星辰很奇怪他为什么要道歉，只听他补充道："我去年和你说再奋斗三年，我们贷款买房。现在我的检测结果还没出来，我爸走了，家里条件比不上从前。做医生穷得没钱挣，这一行表面风光，其实吃得饱，饿不死，发不了财。"

他并不是第一次规划未来的生活。许星辰经常听他描绘蓝图，他气血方刚，追求卓越，雄心壮志比天高，这些她都知道。

于是，她第一次察觉赵云深的怯弱、消极和沮丧。

她能怎么办呢？她也没有钱。

是的，初听赵云深的那番话，许星辰压根不觉得他不好。她只惆怅自己也是个庸庸碌碌的普通人，缺乏大富大贵的机会。如果她很有钱就好了。如果她很有钱，她就能帮他渡过难关。

许星辰拉开背包道："我的卡里攒了七千三百块钱。我给你七千应急，不够你再说，我们公司能预支一个月的薪水。啊，对了，春节后我就能转正了，老板答应给我办正式员工的手续，等我的毕业证下来，立刻和公司补合同。"

赵云深推开她的背包道："你别跟我胡闹，我怎么能要女人的钱？"

许星辰急忙抓住他的手说："什么你的我的？你跟我分那么清楚干吗？我是你的女朋友，将来还要做你的老婆，夫妻收入就是共同财产，这是法律规定的，你就收下吧，收下吧。"

赵云深对这个问题很在意："哪家有本事的男人要靠他老婆救济才能活下去？你把钱给我拿走，我不想冲你发火。"他怒中带笑道，"许星辰，我就算没地方住、没东西吃，饿死街头，也不会拿你的钱去还我家的债。"

许星辰也生气了，说道："呸呸呸，你说什么呢？马上就过年了。"

赵云深不再和她争辩。

天寒风大，赵云深扯着许星辰站起身，只想尽快送她回家。和往常一样，他看着她打开单元门，距离他越来越远。

他忍不住开口，再次强调道："你的那些想法都省省，我还有钱。你的钱留着给你自己买东西，买几件衣服，多吃点好吃的……不要饿瘦了。"

"好的。"许星辰回应道。

不知为何，转身时，她很想哭。

晚上十点多钟，赵云深回到家。他跟母亲摊牌，商量道：家中有事，不能把他当成外人。是的，他确实把学业放到了第一位，做梦都想成为主治医师，可是这不代表他一点也不重视家庭。

母亲的第一反应是："许星辰告诉你了？"

赵云深为她掩护道："不是。我自己在书房翻抽屉翻见了。"

母亲却说："你别对亲妈撒谎。那个月饼盒子被我拿到我房间的床头放着，可不在书房的抽屉里。"

"在哪儿都无所谓。"赵云深绕回主题道，"我想和你一起解决这件事。堂姐明年结婚，伯父的身体不算好。他昨天发短信问我，不能报销的乙类药品怎么买便宜货。"

母亲颔首道："变着花样催债呢。"

赵云深有时会觉得，父亲走后，也带走了母亲的希望和豁达。她变得阴晴不定，无法调整情绪，整宿整宿地失眠，每夜都回忆丈夫在世的日子，回忆他们的初恋、深爱、结婚、儿子降生……以及生离死别的结局。

长此以往，正常人也会疯掉。

赵云深想给她找一位心理医生，但也明白，靠谱的心理医生太少了，他们这座小城市，基本没有对症下药的专业人士。

他尽量宽慰母亲道："伯父愿意借钱，这是有恩，我在医院见过太多借不到钱的普通人。"

他掏出存折道："我每年都拿几项奖学金，还有医院的补助，改天把股票卖了，又是一笔钱。"

母子二人各怀心事，一阵沉默。

赵云深敲了下桌子道："你们也不相信我学医，把我当作没经验的学生，觉得我什么都不会。我爸生病，我连医院的处方药都没见过。"

母亲碎碎念道："你爸的毛病一复发，我们就找了给他做过手术的医生。我们还去了北京的三甲医院，大地方，建议保守治疗。你爸最后被转院回来，专家都没办法……人家五六十岁的北京专家只能摇头，你一个二十岁的学生能怎样？添乱。"

赵云深开怀痛饮，喝下一碗凉茶，火气才被浇灭。少顷，他说："妈妈，我没别的想法，只盼着你能好好过。家里有什么麻烦，咱俩一起挨过去。"

母亲神色松动。昏暗的灯光下，母亲还问他："你都有什么打算啊？"

"我在医院努力工作，接着写论文，多拿几份奖金。"赵云深随口道，"明年……"

明年他规划的大事是什么？

他声音渐低地道："我想和许星辰领结婚证。"

母亲目光疲倦地望着他。

而他自嘲般扯动嘴角道："说真的，我能给她的东西很少。"

他虽然宣告了许星辰的重要性，母亲对待许星辰的态度仍然与从前一样，似乎只是把她看作一位客人。而且由于许星辰违背约定向赵云深泄密，她在赵母那里越来越讨不到好。

赵母从未和她发生任何正面冲突，吵架都吵不起来。赵母仅仅是对人爱搭不理。

于是，许星辰上网搜索相关热帖，想看别人都是如何处理婆媳关系的。她发现天涯上吐槽婆媳关系的姑娘，何止成千上万，几乎家家都有一本难念的经。

有人说：沟通是一门艺术。女孩子要善于沟通，主动和婆婆聊天，找到问题，解决问题，维持和睦的家庭。

许星辰对此信以为真。

某天傍晚，赵云深和许星辰从驾校回来，吃过晚饭，赵云深就下楼散步去了。

许星辰按照网上所教的方法，找到了赵云深的母亲，紧张又局促地说："阿姨，我们聊天吧。"

赵母恍若未闻。

许星辰忐忑不安地开口道："我、我……"半天讲不出一句话。

赵母忽然抬头道："前天我拖地呢，赵云深在他的卧室里打电话。我听见他和别人说，他元宵节回学校，每周都能兼职，可以做家教、发传单……你满意了？"

许星辰起初没听懂，后来才拼命摇头道："不是的，不是。"

许星辰很少和人争论。有些谈话技巧，需要在实践中巩固，而许星辰显然不会。她只能一个劲地解释道："他没告诉我兼职的事。他还在上学……没事的，再过四年，他就博士毕业。我有工作，会帮他的。"

"他很要脸，自尊心很强。"赵母淡淡地说，"不像你和你妈妈一样。"

许星辰的脑袋里仿佛爬满了最聒噪的蝉，混乱的响声越演越烈，她难过到耳鸣头晕，大声反问了两句："你为什么总是骂我妈妈？骂人不骂父母，你知不知道？"

赵母没作声，垂下头，闭着眼睛，神色无望而压抑。

许星辰退让道："我明白赵云深他爸爸去世后家里的状况和以前不一样了，您要是心里憋得难受，多出门和朋友见面会好一些，节哀顺变。"她这句话一说出口，非但没有抚慰到赵母，还令赵母绷紧一张脸，长久地盯着许星辰。

许星辰被她凝视得头皮发麻，从头到脚一片寒冷。她很害怕，只能语无伦次地道歉。

场面一度非常严肃。

许星辰暗恨自己见识少，没吃过亏，并不擅长和长辈说话。

这时，赵母开口道："你走，离开我家，这几天我不能看到你。"

许星辰完全没料到赵母会有这种反应，问："阿姨，我做错事了吗？"

"没有没有。"赵母说，"我做错了事，对你说错了话。"

赵母说着，表情无一丝变化，眼泪不止，如江河奔流般涌下。但她的精神正处于一种割裂状态，就好像悲伤绝望又疯狂痛哭的人并不是她。她只是一位坐在床边的旁观者，丧失一切喜怒哀乐。她一边痛苦到难以忍受，一边又平静到无欲无求。

显然，她崩溃了。

许星辰仓皇失措地逃出卧室，给赵云深打电话让他快点回家。

赵云深一支烟刚抽到一半，立刻把烟头熄灭，急急忙忙地跑回家。他刚进家门，就听母亲在说："许星辰，今年元宵节前，你都别来了，我不能见到你……"

赵云深推开父母卧室的房门，母亲满脸泪痕的样子映入他的视野。他问许星辰："你也哭了？"

许星辰挠了下头发道："我、我不知道。"

赵云深揽住她的肩膀道："走吧，我先送你回家。"他身上又有一股烟味。他平常抽完烟，其实要在楼下静坐一会儿，等到烟草遗留的气息消失干净。不过今天他太匆忙，来不及销毁证据，许星辰就说："你又抽烟了。"

赵母在后面笑道："他还出去兼职呢，给人做工发传单。"

"八字没一撇。"赵云深温声作答道，"再说了，我二十来岁才出去打工，凭本事挣钱，又不丢人，怎么了？"

赵母伏在被褥中哭泣道："你们就气死我吧。她还讲你爸死了，你家里不一样了……"

母亲前言不搭后语，赵云深只听了个大概，又侧过脸去问许星辰："你说了这样的话？你怎么分不清场合？"

许星辰否认道："不是的，我刚才说的是——我明白你爸爸去世后，你家里的状况和以前不一样。"

赵云深掂量道："这不是一个意思吗？"

　　许星辰觉得他们不该纠结这些。她深呼吸一口气，赵母仍然絮絮叨叨的。赵云深为了给双方一个台阶，先是拜托他母亲调整心态，尊重许星辰，又反过来恳请许星辰注意言辞，保护家庭关系。最后，他说：大家心情都不好，最近不要碰面了。

　　走出卧室时，他问："你怎么跟我妈闹起来了？"

　　许星辰头疼地道："你妈妈骂我妈妈不要脸。"

　　赵云深却说："你们有误会，她从不讲这种话。"

　　许星辰一时气急道："她就是说了，说了两次。我干吗骗你啊？你没听过，她就不会讲吗？"

　　赵云深推推她的后背，将她带出家门。或许是许星辰今天过于敏感，认为像是被赵云深扫地出门了。再加上赵母强塞的冤枉理由，她恍然失神一般道："你刚才不相信我。"

　　赵云深站在走廊上，回头看着她道："我哪有不相信你？我不就是问一问情况？"

　　许星辰哽咽道："我不知道怎么形容，你心里是向着你妈妈的，你也觉得我错了。"

　　"许星辰。"赵云深念她的名字，"我妈妈最近精神压力很大。你们俩对我来说都很重要，我不会偏袒她，你也不要在脑子里胡思乱想。"

　　许星辰顺着楼梯往下走，说："你调解纠纷就像在教训我。可是我别的委屈都能吃……"她逐渐声不成声、调不成调，哽咽转变为啜泣，"我受不了别人讲我妈妈。她都走了那么多年了，再不对也生下我把我养到六岁，她不是不要脸的人……"

　　赵云深打断她的话，没有让她讲完："我妈妈又不了解情况，你跟她计较什么？你这样就显得不懂事了。"他站在后方，看不见她的表情，"你跟一个家庭刚破碎的人争论对错，很划不来。这一点，你是做得不对。不过我也要……"

"道歉"两个字没出口，许星辰打断他道："我做得不对，我倒贴你才是最不对的事。"

赵云深静默下来。他不是无话可说，只是没见许星辰发过脾气。今天第一次碰上，他也不知道自己应该理智地讲道理，让她冷静，还是用什么海誓山盟来哄她。

许星辰的情绪像是被炸破一角的水坝，水流汹涌地决堤而出："你总是在忙，总是在忙，不关心我，也不相信我。你总觉得我不懂事，像个废物。我好难过，今晚真的好难过，你懂不懂？我难过得忍不了了，本来睡一觉就可以忘记，可是今天真的太难过了，太难过了……"

她不停地说话，发泄负面能量时，体力也像被抽走了。她蹲在冰冷的台阶上，追忆着往事："你的大部分时间给了图书馆和实验室，我是你可有可无的娱乐活动。我姑姑生病的时候，你让我别烦你；我每次流眼泪，你骂我没用，遇到事除了哭，别的都不会；你刚吃阻断药的那两个月脾气真差，动不动就吼我。"

她疯狂地哭道："我不喜欢问你爱不爱我，因为我知道答案，会自己骗自己。你不说，我就觉得你很爱我。今天你妈妈骂我不要脸，又骂我妈妈不要脸，你也说是我不对……我真傻。"

赵云深后知后觉，抬手去拉她。但他重心不稳，差点踩空。

许星辰甩开他的手，头也不回地道："你放开我。"

他乞求道："别别别，我们好好说一说。"

许星辰狠狠地推走他，背着双肩包往下冲。赵云深有一种直觉，他这时候不把她弄回来，将永远失去她，无可挽回。

许星辰的承诺在他的脑中循环播放。

她说："我工作日上班，周六周日有空，多些时间陪你啊。我每天早晨五点起床，给你做早饭。"

她还说过："你不要难过，你还有我。我会永远对你好，永远照顾你的。"

赵云深连滚带爬地下楼。真没用，他骂自己，单元楼底下一个人影都没有，赵云深绕着许星辰回家必经之路来回转了几圈，最后跑到许星辰家门口等她。夜里十二点，许星辰仍然没回来。

赵云深敲开了许星辰的家门。

许星辰的姑姑披着睡衣出现："小赵？"

因为那次住院，赵云深每天都送饭，姑姑其实挺认可他。她想，这孩子要不是有急事，不会这么晚上门，就问："你怎么了呀？"

赵云深急忙问她："许星辰呢？"

姑姑疑惑地道："哦，她没跟你说吗？她今晚去姨妈家了，她表姐快结婚了，姐妹俩有话要聊。她十一点多给我打过电话……"

赵云深不由得悻悻然。他甚至想起，许星辰的姨妈在北京工作，她这时候跑去姨妈家，不会是挂念着北京的那份工作吧？他拜托姑姑允许他用家中座机给许星辰打电话，姑姑同意。

姑姑还是一副过来人的样子，开解道："你跟她吵架了吗？"

赵云深一边拨打电话，一边说："我想给她一个解释。"

深夜铃声响了两遍，接电话的人恰好是许星辰。她想当然地以为是姑姑打给她的，于是就在表姐家里，靠在表姐的床上，抱着话筒，带着哭腔说："喂？"

一个小时前，许星辰停止哭泣，声音很正常地和姑姑聊过天。

而现在，许星辰因为刚刚与表姐倾诉完，正处于茫然状态。

当她听见赵云深的声音，还以为自己幻听了，无意识地按下了免提，赵云深郑重其事地告诉她道："你别去北京。许星辰你听我说，我对你非常认真，从来没有对谁这么认真过……"

许星辰的表姐一把抢走话筒，反问道："你打我妹妹的电话，就是让她别去北京？"

赵云深说话太急，被呛得咳嗽了一声，才问："你是谁？"

表姐捂着话筒，对许星辰吐槽道："你怎么会认识这种男人啊？他到底是爱你还是怕你跑了？他短时间内找不到下家，都不让你去北京，你尿不尿，人生就被别人控制了？"

许星辰安静地躺倒。

表姐挂断了赵云深的电话："难怪呢，潘移舟总跟我说你男朋友不靠谱。瞧你，哭成大花脸才想到哥哥和姐姐。"

许星辰问她："我现在应该怎么办啊？"

表姐说："先把你现在的工作辞了。我听妈妈说，你一个月才挣两千五？你去北京，能翻四倍啊。春节后，你跟我妈去北京适应一下，三个月后你就毕业了吧？"

许星辰点头。

表姐在灯光下涂着朱红的指甲油道："小傻瓜，你为了男人放弃前途，还挣着钱养男人，你在想什么呢？你要做的是女朋友，不是他的老母亲。白送上门的东西，换我，我也不珍惜。你跟他妈妈吵架，他都不向着你，你的那些苦啊，都白吃了。"

表姐昨天刚领的结婚证，后天就要办婚礼。但她对表姐夫的评价是：我只是找了个男人搭伙过日子，不指望他。

许星辰没办法理解表姐的心态，也理不清自己的状况，她的脑袋里全是糨糊，连续几天没有回自己家。

她借住在姨妈家里，度日如年。表姐的婚礼办得很热闹，众多亲戚来来往往，嘘寒问暖，许星辰越发觉得浑浑噩噩，像是被谁抽走了主心骨。

许星辰的表哥潘移舟看不惯她的状态。潘移舟寻了个机会，仔细问她："听说你和赵云深分手了？"

许星辰垂首，视线下移，望着自己的膝盖。她的发丝挡住了半边脸，唇色发白，眼中光彩尽失，仿佛一朵失去滋养的枯萎的玫瑰。

她的表情说明了一切。

潘移舟暗叹：当年许星辰刚上大一，自己就提醒过她……那个赵云深不是什么好东西。可惜女孩子们总有一股为爱牺牲的倔劲，愿意飞蛾扑火，庇护她们所信仰的爱情。

潘移舟建议道："过两天你收拾东西和你姨妈去北京。赵云深那臭小子还是个缠人精。你姑姑告诉我，他天天蹲在你家楼下等着堵你呢，就跟黑社会讨债似的。"

许星辰没有拒绝。

隔天傍晚，许星辰回家整理衣服。姨妈为她买好了火车票，要带她去北京见世面。表姐也在一旁推波助澜，反复告诫她：要是赵云深过来求复合，你千万不能一时心软就答应他。

许星辰连连点头道："我不会的。"

可是当她走进自家的小区，瞧见坐在地上的赵云深时，心脏就在刹那间猛然收紧。她飞奔着跑向单元门，不想被他发现。而他转瞬来到她的身后，死死扣住了她的手腕。

许星辰挣脱道："你干什么？"

"你不要冲动。"赵云深嗓音微哑地道，"这些天，我想了很多。"

许星辰起初想转身，可是哥哥姐姐们的忠告让她心有余悸。她奋不顾身地扑向他，他们就能有一个好结果吗？她没有把握，对此很胆怯。

赵云深压低声音，弯腰靠近她道："我不想和你分手。是，我以前对你不够好，忽视了你，因为你没有跟我抱怨过，我就没往那个方面考虑。我做错了，你不跟我说，我怎么能自己猜到？你不能一声不吭地就走了。你总得给我改正的机会吧。"

他依然牵着她的手，不断用指腹摩挲她的手背。不过他在严冬的白昼和深夜中站立太久，指节都生了暗红的冻疮，许星辰注意到这一点，难免热泪盈眶。

赵云深从她背后捂住她的眼睛，泪水落在了他的掌心里。他又说："许星辰，你瞧我现在失去父亲，家庭毁了。我没请假就逃离了北京的团队培训，得罪领导，回到医院肯定要挨训，事业和学业都是一团糟。还有健康，我前两天忘记吃药，肠胃状况很差，体力也不行，整夜做噩梦、冒冷汗，床单和被罩都潮了。昨晚我梦见你穿着婚纱嫁给了别人，忽然觉得活着很没劲……我努力活着是为了什么？"

他的颓废和悲伤像一条河，水浪疯狂地翻涌，或许溅到了她的心。

他告诉她："我用功读书，想给你一个好的未来。你说过，我们要生三个小孩，名字也是你起。你不能挑在这时候离开我。"

许星辰已经不会思考。但她记得表姐讲过的话，表姐说，如果她再遇上赵云深，可以问问他，如何解决许星辰和他妈妈的矛盾呢？

于是，许星辰回答："你妈妈可能忘不了……是我害得你不得不打工赚钱。"

"我会说服她。"赵云深承诺道，"你也别怕，我们和她一年见不到一次面。"

许星辰没作声。

他立刻抱住她道："我们和好了吗？"

"和好个鬼！"他背后传来一个男人的声音。

赵云深转身，刚好撞上许星辰的表哥潘移舟。

潘移舟将车钥匙挂在指间，骂道："我去停个车的工夫，你这臭小子就黏上来了？你属鼻涕虫的吗，麻烦你把右手从我妹妹身上拿开。"

从潘移舟的角度看，赵云深这四年也不是毫无进步。他成熟了不少。比如，赵云深大一那年还会与潘移舟针锋相对，而今天，赵云深恭敬地低下头喊道："表哥。"

　　潘移舟并不知道，这种"低三下四"对赵云深而言是破天荒头一回。他更不知道赵云深是那种宁死都不肯嘴软的倔强性格，这种程度的让步，已经是赵云深能做出的极限了。潘移舟盯着赵云深，看着他那张俊朗的脸在呼啸的冷风中被冻得通红，仍然没好气地道："滚吧，谁是你表哥。"

　　许星辰拉住了潘移舟的衣袖。潘移舟见状，暗叹不好，是不是赵云深又讲了一些甜言蜜语，把许星辰给哄回去了？

　　潘移舟狠下心，挑拨离间道："许星辰，你不要好了伤疤忘了疼。那天你在姨妈家里哭成什么样了？"

　　赵云深挡在许星辰面前，接话道："我和她只是谈恋爱有小摩擦，闹别扭。你们把对我的偏见放到这件事上来谈，对我和许星辰都不公平。"

　　潘移舟发出一连串的疑问："我先声明啊，我不知道你们闹过什么别扭。你诚实地回答我，你们在学校一周见几次面？你嫌弃过她多少次？"他双手揣进衣服口袋里，"我妹妹跟你处了四年，人是越来越没自信，还经常问我她是不是很没用，是不是偷懒的废物。谁给她灌输的这些思想？"

　　赵云深吸了一口气，凛冽冬风中，他被冻疮覆盖的手搭在了许星辰的肩膀上。

　　赵云深极力挣扎道："那些都是开玩笑的话，我也经常夸她。"

　　"夸她好看，还是懂事？"潘移舟讽刺道，"你是把她当宠物吧。"

　　许星辰终于出声："别说了。"她擦了下鼻子，"你们俩都不要说话了。"

　　许星辰跑回单元门，赵云深想追她，却被潘移舟拦住。潘移舟威胁道："没你的事了，你走吧。"

　　天寒地冻的隆冬时节，呼出的空气被染上了淡白色。光秃秃的树叶枝杈被积雪压断，"啪"的一下掉在地上。潘移舟踩着落雪和断枝，稍微转过头，发现赵云深站在原地一动不动。

潘移舟语气稍微缓和地道："天很冷，你别待这儿了，回家吧。"

赵云深失笑道："我去喝杯酒，暖暖胃。"

小区附近有一条新开的商业街，遍布各类酒吧和饭店，围绕着几座电影院建成——这里无疑是谈情说爱的好去处，夜里八九点，灯火璀璨，处处都是红尘喧嚣。

赵云深独自一人，坐在店里喝闷酒。

他被女孩子们搭讪，扭头时目眦欲裂，凶神恶煞地痛骂道："滚！"

姑娘们都被吓得不轻，将他看作生活不顺的疯子。而他醉眼迷蒙，谁也不理，越细想越痛苦，倒不如喝得不省人事，暂时抽离于现实世界。

赵云深将手搭在桌面上，暗忖：这是我的手。

随后，他又想："我"是谁呢？"我"从哪里来？

当他闭上眼睛，放缓呼吸，寄居肉体的灵魂竟然多了一丝不真切感。

他记起从前阅读的一本尼采的著作。尼采说，人类分成两种，大多数是低层次的牲畜，跪服在逆境中；而少部分是能克服所有苦难的超人，通过战胜磨难来完善自己的精神，打破世界的原有秩序，创造属于自己的新哲学。

赵云深曾经认为自己是超人。但是他最近明白了，他其实是不堪一击的牲畜。

他开始酗酒豪饮。

母亲察觉他深夜未归，给他打电话。赵云深开口就问："妈，你满意了吗？我跟她彻底玩完了。你是不是觉得爸爸走了以后，我的生活还不够惨，就把许星辰也撵走算了？你根本就不知道，我不能没有她。"

母亲喋喋不休道："许星辰跟你提分手了？在你最困难的时候抛弃你，这种女孩子，你怎么能要？"

赵云深被酒水刺激喉咙，咳嗽了几声，应道："她拖着我回学校考试，陪我在图书馆复习，她自己的学业都没顾上。要不是她，我已经辍学了，还谈什么前途和未来？她那时候还没放弃我。现在不一样了，连我都想放弃自己了。"

他嗓音模糊，不清不楚地道："我这些天很想她，也很想我爸……"

赵云深的母亲一听这话，心神一震，颤抖着道："云深，妈妈心疼你，妈妈都是为了你好。你在哪里啊？妈妈心脏不好，你别吓唬妈妈。"

赵云深言简意赅地道："我在酒吧。我继续喝酒了，再见。"

讲完，他结束了通话。

赵云深的母亲在家中坐立难安。她想出门去找儿子，刚刚走到玄关处，才反应过来：她也不知道儿子的确切方位。全市那么多酒吧，自己一个人哪里来得及找他？

赵母琢磨着儿子的话，猜测他应该是刚和许星辰谈崩，借酒消愁。那么许星辰一定知道他在哪里。

为了儿子，赵母拉下脸面，从通讯录里翻出了许星辰的号码。她用赵云深的爸爸留下的手机拨通了许星辰的电话。许星辰果然选择接听，有气无力地开口道："您好，请问是谁啊？"

赵母回答："许星辰，你晓得赵云深在哪家酒吧吗？他跟我打电话，说想放弃自己，还有轻生的念头……他做了再多错事，你不能逼他去死吧？"

许星辰被突如其来的严肃指控吓了一大跳。

她丢下行李箱，穿上外套，急匆匆地跑下楼。她很快来到小区附近的商业街，沿着一条灯光散漫的长路，钻进一家又一家酒吧，四处找人。

半个小时后，她望见了赵云深。

那家酒吧的客人好多，室内播放着重金属摇滚音乐。染着黄发和绿发的潮流男女站在舞池中央忘我地扭动着腰肢。许星辰一出现，就有两个流里流气的男人拦住她。他们一边嚼口香糖一边问："小妹妹还是学生吧？"

许星辰撇下他们，直奔向赵云深。

男人们如苍蝇般尾随着她。

许星辰拽起赵云深，拉着他就往外走，陌生男子还在一旁问："这谁呀？他是你的什么人啊？"

赵云深因为职业关系，对自身的清醒度要求很高，所以平常几乎滴酒不沾，这也导致了他酒品不好。他已经是半醉半醒，分不清许星辰和周围的女人有什么区别，将她推远，骂道："滚。"

"滚"这个字，他今晚至少说过五次。

许星辰被赵云深推进了陌生人的怀抱里。

她哭都哭不出来了，喃喃自语道："赵云深，你就这么对我？"

陌生男人很会怜香惜玉，稍微环住了许星辰的腰部，留下一段空隙，确保双方没有实质上的接触，幸灾乐祸地道："你是个可怜人啊，刚被男朋友甩了？"

赵云深摇摇晃晃地走在前面，甚至没有回过头看她一眼。

许星辰心如死灰。

但她还是挣脱陌生男人，跑到门口。雪水融化成冰，被冰凉的灯光照得光滑，许星辰鞋底蹭到了一块，立刻摔倒在路边，脚踝传来一阵钻心的痛。

她大声喊道："赵云深！"

他没停下脚步。

她一瘸一拐地跟上他。无论如何，至少要把他送回家，她心想。

商业街不乏排队候客的出租车。许星辰拦下一辆车，拽着赵云深的衣服，将他塞进了车里。不久之后，他在车上吐了，污秽的赃物沾到了许星辰的裤子。她拽出纸巾替他收拾时，前排的出租车司机还说："这不行哎，我还要拉客呢！你们必须赔钱。"

许星辰失神，没听见司机的话。

司机只能威胁道："你们不赔钱啊，我就开车去郊区，把你们两个扔外头。这么冷的天，你们能待在外头吗？"

许星辰叹了口气，问道："您要多少？"

司机扭头一看，斟酌着道："两百……不，三百，他把我的垫子弄脏了。"

许星辰表示同意。出租车开到赵云深的小区门外，许星辰一共掏出了三百五十块钱。她扶着赵云深走回他的家。他这会儿说不清话了，嘴里像是含着舌头，许星辰不知道他在讲什么。

赵云深那么高，肌肉又很结实，像一座巍峨的山，压着许星辰的肩膀。

许星辰费尽九牛二虎之力才把赵云深送到家门口。她自己也狼狈得不像个人，外套和裤子黏着酒气和他的呕吐物。

她以为今天的挫折应该到此为止了，然而赵云深的母亲打开门，见到自己的儿子，非但没有一句感谢的话，还冷冰冰地问："你以为你和他分手，就能报复到我们家，报复到我头上？"

她打量着许星辰道："你看看你，有多脏。"

许星辰微微发抖地说："你才脏呢。让我去找赵云深的人是你，我把人送回来了，你为什么羞辱我？"

赵母将儿子扶进家门，然后带着钥匙出来，关紧房门，叹息道："你换一种态度和长辈讲话。"

许星辰想一股脑地宣泄情绪，不自觉带上了赵云深平常的腔调道："我和赵云深在一起四年，没做过一件对不起他的事，你骂我不要脸又骂我脏，你算什么长辈，疯了吗？赵云深就算不想活了，也是被你逼的！"

赵云深今晚和母亲说过的话，仍然萦绕在赵母的脑海中。赵母挺直脊背，整个人摇摇欲坠。片刻后，她抬起手掌，响亮地扇了许星辰一耳光。

许星辰被打蒙了。

赵母推上许星辰的后背，怒道："你不可以出现在我们家了。"

赵母开门，许星辰往里面望，瞧见赵云深睡在沙发上，宁静又安稳。她原本是要掉眼泪的，可是左脸火辣辣的，疼得几乎麻木。

她眼冒金星，哪里哭得出来呢。

贱货！贱货！她认为自己是个贱货。

到今天下午，许星辰还对赵云深心存幻想，无法割舍四年的感情。现在，她认真回忆，恋爱中甜蜜细节少得可怜，大多数的粉红泡沫源于她自己的努力编造。

许星辰失魂落魄地回到家中，又和姑姑说："我不要他了，我再也不要他了。"

隔天一大早，许星辰踏上了前往北京的火车。

她给赵云深发送的最后一条短信是："今天我们分手。我跟你在一起只有痛苦，越多相处，越容易难过。还是早点解脱吧。我去北京了，勿念。"

第十章
此去经年

北京是个好地方，美食丰盛，交通便利，文化底蕴深厚。

为了留下来，许星辰遵循姨妈的安排，去姨妈推荐的那家酒店报到。财务部给她开出了八千多块的高薪，她暗叹自己何德何能？反复考量之后，她与酒店签下了劳务合同。

姨妈欣慰地道："我向他们保证过的，说你活泼开朗，有耐心，会和人处关系，又是名校毕业的年轻人，肯学习，肯吃苦……"

姨妈平常都住在职工宿舍。许星辰想在外面找房子，但是北京的房价真高啊。她找了很久都不满意，暂时和四个女同事住在一起。

五位姑娘，租下一室一厅，客厅也摆着三张床。生活水平直线下降，许星辰想念她上大学的地方了。

开学后，许星辰并未返校——大四下学期，除了毕业设计，再没有别的任务。不少同学跑到了外地实习，学校考虑大家的前途，当然也不要求他们住校。

许星辰换了手机号，甚至没告诉她的室友。她和室友们通过 QQ 联系，还拉黑了赵云深。

某天夜里，许星辰在线时，杨广绥突然给她发消息："赵云深的检测结果出来了。他没有感染获得性免疫缺陷综合征……"

许星辰没回复。

杨广绥又发了一个哭脸表情:"深哥这学期大变样,整天废在寝室里,不去医院实习,也不去实验室工作。他们的导师都快愁死了。"

许星辰终于敲下一行字:"他能不能成熟点?"

这是赵云深曾经对许星辰讲过的话。他经常责问她:你能不能成熟点?你究竟是不是一个成年人?

许星辰希望他能以身作则。

可她心里也像是烂了一块窟窿。她的某位室友患有抑郁症,那个室友察觉许星辰奇怪的状态,邀请她和自己一起吃药。许星辰吃过几回,心情莫名就好了很多,只是会突然嗜睡,头脑空白地躺在床上也不知道自己是谁。

或许是因为抗抑郁胶囊的药效,四五个月之后,许星辰能以一个旁观者的角度……看待那一段贯穿大学四年的漫长恋爱了。

但她仍然会触景生情。

许星辰的毕业设计是瞎写的。老师给了她 64 分,她满足了。除了答辩和拍毕业照,她没有回过学校,或许终此一生都不会再回去——因为校园内的每一条街道、每一处角落、每一把长椅,都有她和赵云深共同的回忆。她记得他牵着她走过这条路,他曾在那棵树下吻过她,他望着月亮说:许星辰,我跟你在一起,轻松愉快无忧无虑,就像隔绝了外面的烦恼。

他还提议过:你毕业了我们就办婚礼。

结果,婚礼没办成,两人分道扬镳。

这不算什么,许星辰安慰自己。谁没在年轻时谈过一场无疾而终的恋爱呢?谁没在年轻时进行过一场不计回报的付出呢?比起男人,她更需要一个脾气相投的室友。

第二年的春节，许星辰裹着被子坐在客厅的床上，抱着笔记本电脑浏览网页，忽然有一个热门的租房帖子吸引了她的目光。

许星辰点开一看，只见帖子写道："诚招室友。本人二十四岁，性别女，从事金融行业，工作稳定。现招一位女性室友，要求作息规律，身体健康，讲究卫生，无不良嗜好。"

发帖人按照规矩，附上了几张房子的照片。

发帖人拍照的水平很一般，那房子也不是多豪华，简单整洁，路段较好……这个帖子之所以火起来，只是因为发帖人拍摄洗手间时，不小心从镜子中照到了自己，隐隐露出侧脸和身段，非常漂亮，非常勾人，引发众多男网友回帖："你对室友的性别要求能不能放宽啊？美女？"

许星辰看不惯他们对美女的调戏，又怕这位美女被人骗了。她给发帖人写了一封邮件，稀里糊涂地附上了自己的简历，对方立刻回复，邀请许星辰见面。

周六早晨，许星辰打扮一新，欣然赴约。

那位发帖人比照片上更漂亮，双眼顾盼生姿，使人神魂颠倒。她穿着高跟鞋一路走过来，腰细腿长，吸睛无数，还带来一阵淡淡香风，说话声音也很甜美："你好，我叫姜锦年。"

许星辰对她笑了一下，说道："你好啊，我就是许星辰。"

姜锦年打印了自己的简历，交到许星辰的手里，问她是否愿意做室友。许星辰翻过那张履历表，赞叹道："金融界的学霸！天哪，你太厉害了吧，从这么好的学校毕业，均分还这么高。"

许星辰欢欣雀跃道："我最喜欢学霸了。"

姜锦年轻轻含着吸管，吮了两口果汁，说道："那你可以搬过来了吗？我刚回国不久，房子是新租的，没有来得及买东西。"

姜锦年谈到"刚回国"这三个字，许星辰竟然就下意识地想起了当年赵云深去美国大学的短期访问。分手一年多了,她还是时不时地想起他,生活中的细枝末节都可能是导火索。

许星辰心不在焉地说:"好呀。我马上搬家。"

许星辰用最快的速度搬了家,周日就和姜锦年住到了一起。两个女孩子花费一天时间,从宜家买来各种餐具、台灯、桌布和小装饰品,愉快地布置着房间。

她和姜锦年租住了两室一厅的房子。

北漂一年之后,许星辰终于拥有了自己的卧室,很开心。

可是某天夜里,许星辰躺在沙发上打游戏,姜锦年去浴室洗澡了。许星辰玩游戏玩到一半,迷糊地睡着,忽然被人晃醒。她睁开双目,看到了裹着浴巾,眼神蒙眬的姜锦年。

许星辰搭上她的肩膀问道:"你怎么了?"

姜锦年穿得很少。她不习惯与别人亲密接触——哪怕这人是她的女性室友。所以,姜锦年有些脸红,咬唇道:"你……刚才好像在做噩梦。"

许星辰怀疑地道:"有吗?"

姜锦年实话实说:"你还哭了。"

许星辰往里面躺了躺,示意姜锦年坐过来。

姜锦年顺从地趴在沙发边上,一手托腮,思考道:"谁是赵云深?"

许星辰猛地坐起来。犹豫几秒之后,她透露道:"是我的前男友。"

姜锦年诧然道:"你谈过恋爱呀?"

许星辰反问:"你没有处过对象吗?"

姜锦年摇了摇头道:"我没有。"

许星辰分析道:"你这么年轻漂亮,学历好、工作好又聪明,追你的人能从北京排到我的老家吧。"

姜锦年伸直一双雪白纤细的长腿道："我上司是个四十多岁的女精英，没结婚，没有孩子，年入百万。她就是我的奋斗目标，我才不要谈恋爱结婚生孩子。"

许星辰没作声，走神了。

姜锦年和她说悄悄话："你的前男友是什么样的人？谈恋爱好玩吗？"

许星辰翻身平躺，说道："你有没有喜欢过一个人？不是一般喜欢，是特别喜欢，心里扎了根，拔下来也留着血窟窿。"

姜锦年诚实地回答："有啊，不过他不喜欢我。我和他就连开始的机会都没有。我算是明白了，男人不能追，越追越蹬鼻子上脸。"

许星辰赞成道："我早点认识你就好了。你这种仙女倒追男人都没结果，何况是我呢？"

姜锦年轻笑道："你也是仙女。"

许星辰蜷成一团，说："我的前男友……不怎么喜欢我。我和他分手那天，还被他妈妈扇了一耳光。现在想起来，没有那么生气了，我甚至觉得那时候他的处境很糟糕，我不该把话说得太绝。我有点对不起他。"

姜锦年从茶几的抽屉中摸出一瓶身体乳，并拢双腿，一边抹着乳液，一边说："你能有这种想法，说明你已经不爱他了。你要开心！他不值得你生气。"

许星辰工作一年多，处世态度与方法都改变了。她同意姜锦年的话，又拿走姜锦年的身体乳，豪爽地道："我帮你涂。"顿了一下，她又说，"以后不要提我的前男友了。"

姜锦年立刻答应。

许星辰与姜锦年融洽相处，两人不是姐妹却胜似姐妹。

姜锦年比许星辰大一岁，经常照顾她，帮她解决麻烦。某日，许星辰抱着笔记本电脑做统计的时候，手机铃声忽然响起，她想也没想就接通了，电话那边传来赵云深的声音："许星辰？"

笔记本电脑顺着许星辰的双腿往下滑，"砰"地掉落在地板上。

姜锦年从卧室走出来，问她："你还好吗？"

许星辰扔开了手机。

姜锦年下意识地接住手机，出声应答："喂？您好，请问找谁呢？"

她听到一个挺有磁性的低沉男声说："你好，我是赵云深。这是不是许星辰小姐的手机号码？"

姜锦年懒洋洋地道："你连她的电话号码都不清楚，就问我要人吗？"

赵云深了然，坦荡地道："你把手机给她，我想跟她说话。"

姜锦年似笑非笑，缓缓地道："你算老几啊，命令我。"

赵云深似乎笑了一下，主动挂断了电话。

姜锦年并不认识赵云深。她对他的印象只有两点：第一，赵云深并不怎么喜欢许星辰；第二，他和许星辰分手的时候，纵容母亲扇了许星辰一耳光。因此在姜锦年看来，这种男人就是垃圾。分手还要扇人一耳光，这是什么素质？她把手机还给许星辰，余怒未平地道："赵云深竟然有脸来找你，他以为全世界只剩下他一个男人了吗？"

许星辰的嘴唇抿成了一条线。她前日里上火，嘴角生出了疱，稍微一动，就被牵引得钻心地疼——这让她想起自己和赵云深交往的那几年，做小伏低，亦步亦趋，所有的愤懑、不满都化成一颗逐渐长大的疱，在某年某月某日忽然炸掉。

许星辰双手抚上额头，将散乱的发丝往后梳理。

半晌后，许星辰开口道："男人没一个好东西。"

姜锦年深以为然道："他们都是骗子。"

许星辰侧卧在沙发上，笑着打趣道："不怪他们骗术高，只怪我自己是个傻子。"她默默盯着墙边的落影，又赶紧扭过头去，以免沾上一丁点"顾影自怜"的意味。她弯腰捡起笔记本电脑，重新打开工作文档，却发现由于她刚刚的失误，文件被强制关闭，还没来得及保存。

这是不是上天的暗示呢？许星辰心想。哪怕大学毕业已经一年，一旦和赵云深扯上关系，她还是会栽进坑里。

最让许星辰害怕的是，她并不像姜锦年所断定的那样——对赵云深丧失一切感情。他的声音再度响起的那一瞬，她听见一阵急速加快的心跳声。那种感觉是如此真切而熟悉，很遗憾，她骗不了自己。

第二天早晨，许星辰差点迟到。

交通高峰时间的地铁十分拥挤，哪怕地铁先后来了两趟，许星辰也没踏进去。她徒劳地低头看着手表，心中掐算着时间，难免有些焦躁。

地铁的玻璃门上，映着一张又一张陌生人的脸。

众人的身影重合着，灯光无限延伸，停在远处虚晃。

许星辰观察得细致，逐渐走神，想起昨晚的那个梦。她其实有一个秘密：自从和赵云深分手，她经常会梦见他。那些梦境荒诞又离奇，甚至完全脱离现实——比如，她和赵云深一共生了三个孩子。他们一家五口常去寺庙还愿。赵云深的父亲每天接送孙子和孙女们上下学。

梦中，许星辰幸福快乐。梦醒，许星辰头痛欲裂。

她唾弃又责备自己——你怎么还有幻想？

许星辰唯一庆幸的是，白天思维清晰时，可以控制自己不挂念他。再过几年，她将彻底遗忘他。到了中年或老年，她甚至可以说：我年轻时谈过一场恋爱，但不记得那个男人的名字了。

第二天，许星辰工作的酒店迎来一位特殊的客人。

那人身量笔挺，相貌英俊，自称是来参加医疗会议。他在前台刷卡结账，签名时留下了三个字：赵云深。

中午换班的时候，前台小姐站在更衣室里，兴致勃勃地道："我今天见到一个医学生，长得好帅。他姓赵，也很年轻呢，才二十三岁。"

许星辰拎着一份河粉外卖，正从更衣室的柜子里拿东西，听见前台小姐的话，手指一颤，河粉险些撒出来。

更衣室紧挨着休息室。许星辰避开了前台小姐，走进休息室吃外卖。她用力掰开一次性的竹筷子，像是八辈子没吃过饭一样匆匆忙忙地咀嚼着河粉。很快，她被噎到了，只能拧开一瓶可乐，往嘴里猛灌一口饮料。

忽然有人敲响桌子，许星辰抬头，见到了赵云深。

赵云深穿着一身西装。他今天特意挑了自己最好的一件衣服，颇具成熟男人的风度。他的外貌与大学时代相比，几乎毫无变化，不过头上多了白头发——至少十几根白头发。明亮如昼的灯光下，许星辰看得清清楚楚，双眼瞬间像被针扎一般感到刺痛。

赵云深明知故问道："你在吃饭？"

许星辰还没回答，他就笑出了声。

赵云深打量着她道："你瘦了。"他低声呢喃，"我跟你讲过，让你多买几件衣服，多吃点好吃的，不要省钱。"

许星辰眼底涌上泪意，吓得不会讲话。她做出了一个自身也无法理解的奇怪举动——无论赵云深如何搭讪，都不回答。她埋头狂吃河粉，像是饿死鬼投胎，毫无修养可言。

赵云深搬来一张椅子，坐到她的旁边，嘱咐道："你慢点。吃得太快，对你的消化系统不好。"

赵云深的语气和缓，看她的眼神都和从前很像。仿佛他们从未分离，此刻还留在学校里，这一年多来的长久分别，只是虚生的幻境。

不过下一秒，赵云深就将她拉回了现实："我只在北京待三天。朋友们给我介绍了对象，我回去就要相亲了。那位姑娘是本地人，温柔体贴……她是我们的学妹，也是贤妻良母的性格。"

许星辰平静地拿起餐巾纸擦了擦嘴："这是好事啊。"

赵云深转了一下腕间的手表。许星辰偷瞄了一眼，还好，只是七百多块的卡西欧电子表。

她其实还挺惧怕赵云深一夜暴富，特意赶到北京，住进总统套房，戴上伯爵或者百达翡丽的手表，跑到职工休息室来向她炫富——许星辰并不是不希望他过上好日子，只是担心场面一度尴尬到无法收拾，她将找不到一言半语来回复他的任何一个问题。

事实证明，赵云深没有暴富，也没有脉脉长情。他和许多人一样，平凡又理性。

许星辰扯动嘴角，对他笑了笑道："你干吗把相亲的计划告诉我？我不关心的……我是说，我不关心你有没有相亲。祝你幸福。"

赵云深微微点头道："我知道你不关心。我跟你说这件事，是不想让你继续误会我，以为我对你有什么不好的企图。"

许星辰顿时感到万般窘迫。她和赵云深谈了四年恋爱，生活习惯都被他改变了。赵云深轻飘飘的一句话讲完，她从喉咙到气管都开始发痛，仿佛她真的还在肖想他，期盼和他旧情复燃。这种假设令她羞耻又难堪，所有情绪逐渐化为一种压抑的低落感，积压在胸口里，积压在喉管里，积压在她的泪腺里。

于是，短暂离别一年之后，她不幸又被赵云深打败。她感觉胸闷心慌，很想流眼泪。

许星辰站起身，将一碗河粉倒进垃圾桶，尽最大努力装作云淡风轻地道："我回办公室了，今天公司的事情好多啊。"

赵云深依然坐在原位，纹丝不动地道："你谈恋爱了吗？"

许星辰咬牙道:"谈了。"因为她背对着赵云深,所以看不见他的表情。

许星辰不擅长撒谎,勉强坚持道:"我男朋友今年二十四岁,长得非常好看,走在路上回头率特别高,成绩也特别好,数学超强,还是个海归,从事基金行业……现在我们住在一起。"

许星辰正在形容姜锦年。她无法凭空捏造一个模板,又必须打压赵云深的气焰。可她刚描述完,赵云深就问道:"我很怀疑,人家看得上你?"

许星辰垂下脑袋,目光落进垃圾桶里。

赵云深无所谓地笑了笑道:"千万别当真,我刚才跟你开玩笑的。我能不能和你男朋友见一面?那天我打电话联系你,有个女孩子替你接了电话,她的声音还蛮好听。她也是基金行业的吗,长得好不好看,平常上街回头率高不高?"

许星辰恍然悟道:她被赵云深轻而易举地揭穿了。

许星辰和赵云深朝夕相处四年,撒谎时她会用什么语调,他可能比任何人都清楚。

前男友真是世界上最恶心的生物,她想。他如此了解你,弃你如敝屣,到头来还要装作关心你。

许星辰擦干净眼泪,转身出门。临走前,她说:"你不用大老远跑到北京来羞辱我。我吃过半年的药,终于过上正常生活,也没有害过你。我和你在一起的时候,虽然最后做得不对,平常也算是尽心尽力,你不要再对我找碴了。"

赵云深简短地问道:"你吃了什么药?"

许星辰如实回答:"抗抑郁的药。吃完我就嗜睡了,睡得昏天暗地的。"

赵云深听完,淡淡一笑道:"谁不是呢。"

他看着许星辰跑远，却没有起身追她。他不由自主地回想刚才的对话，心肺都被挤压出片刻的沉闷，像是熬夜工作到凌晨三点，弯腰站在手术台边，非常想睡觉，但又不能睡，于是身体产生一连串的强烈不适感。

他端起许星辰喝过的可乐瓶，她忘记扔掉瓶子。赵云深就从瓶口饮下了大半可乐。

随后，他打开手机，看着某位朋友发过来的消息："云深，我跟人家妹子介绍了你——赵云深，学历很高，长得很帅，成绩很好，发表过两篇'SCI'论文，将来很有可能成为一名心外科医生。他工作体面，专一又顾家，舍得为女朋友花钱。"朋友说，"人家小姑娘一听你的条件，看过你的照片，都排着队嚷嚷着要跟你见面。"

赵云深回复："那就见吧。"

朋友热情地道："好嘞。你要早点走出来啊，赵医生。"

赵云深退掉了这家酒店的房间，住到了另一处更偏远的酒店，晚上通宵工作，修改论文，彻夜无眠。

许星辰的状况并不比他好。

许星辰当天回家，在玄关处跌倒，摔了一跤，再也站不起来。姜锦年正好待在客厅里削苹果，连忙跑过来扶她，轻声问道："你还好吗？"

许星辰扑进她的怀里，号啕大哭："我的青春喂了狗……"

姜锦年又问："你跟我说，你今天遇到了什么事？"

许星辰摇头，不肯细谈。

可惜姜锦年过于聪明，问道："赵云深去找你了？他昨晚给你打电话，因为他要来北京吗？你昨天和今天起床都比我迟，差不多会迟到，下班时间也没变……那你是在酒店里遇见了他？"

许星辰半跪在地上道："你都猜到了。"

姜锦年不停地问："赵云深和你说了什么？他是怎么欺负你的？"

许星辰和赵云深的对话十分简短，她三言两语就复述完了。然后，她默默地坐在原地发呆，没想到自己能把他的一番话记得这么清楚，竟然一个字都没漏掉。

姜锦年下定结论："他对你耀武扬威，想证明他受欢迎，市场行情好，女人都愿意排着队和他相亲……是不是这个意思？他简直没良心！气死我了。"

许星辰扎了个马尾辫，忽然又觉得头晕、胸闷，喘不上气，是因为发绳扎得太紧了吗？她取下发绳，仍然很难受，胃部和肺部像是绞在了一起，隐隐作痛。她呼吸困难，趴伏在地上，几近窒息和呕吐。

所以，她特别羡慕从没有过心理问题的人。他们劝说朋友时，会给出非常温柔的忠告："抑郁症根本不算什么，你别想那么多就行了。"

可惜的是，她不想也没用啊。抑郁不是心理反应，是一种强烈的生理刺激——透不过气的压抑、不受控制的泪腺、心跳到麻痹的慌乱感，永远无法解脱；站也不是，躺也不是，好像做什么都没意义，做什么都像是在身上背负一种罪，永远无法救赎。她只能在深渊里不断下沉，无计可施。

许星辰的神情把姜锦年吓到。姜锦年跪在地板上，抱住许星辰的手臂，小心翼翼地安慰着她："你不要难过，依我看呢，赵云深就是个垃圾。你彻底摆脱了他，这是好事，时间会治愈一切的。"

许星辰使劲摇头道："我们不要讲他了。我跟你聊赵云深，只会说他的不好，你听完一定很生气，会跟我一起骂他，我们就会不停地骂他，但这不是真的……"

姜锦年若有所思道："你的意思是，你骂完赵云深，我再陪你骂赵云深，会形成一个不断增强的负面循环，让你越来越讨厌他？但他其实没有那么讨厌，还有一些你不想忘记的优点？"

许星辰没想到，在她前言不搭后语的混乱状态中，姜锦年还能理解她的意思。许星辰盘起双腿，尽量挺直腰杆道："是的，我们都很容易被身边的人影响到啊。我刚和赵云深分手的时候，听了哥哥姐姐的一些劝告，都快忘记他的优点了。其实我不想的。"她半靠着门框，公平公正地评价道，"赵云深并不是一无是处。他厨艺好、成绩好，很要面子，很专一，再苦再累也不花女生的钱。"

姜锦年斟酌着问："你在安慰自己吗？"

许星辰笑道："嗯哪，我上大学的时候光顾着谈恋爱了，没做多少正经事。"

这一晚，许星辰和姜锦年都没吃东西。

夜里九点多钟，许星辰披衣上床，静静地躺了一会儿。她辗转反侧，怎样都睡不着，忍不住拿出日记本，在纸页上写道："其实我能猜到完美的爱情是什么样——男方强大坚定，深爱并信任他的妻子，嫌隙和猜忌绝不存在。他甚至不能穷，因为贫贱夫妻百事哀……"

许星辰把这一张纸撕掉，揉碎，扔进了垃圾桶。

她决心开启人生新篇章。从明天开始，她也要相亲！

打定主意之后，她昏厥般栽倒在床上，迷迷糊糊地睡着了。

次日早晨，许星辰注册了相亲网站的账号。她抱着笔记本电脑，筛选了一批又一批用户，然而姜锦年凑过来说："你不要看了，很多是骗子。"

许星辰合上笔记本电脑，姜锦年又问："你要是真想谈恋爱，我给你介绍金融行业的男人？"

许星辰顺口说："不用啦，他们看不上我的。"

姜锦年十分严肃地说："你不要被赵云深洗脑了。"

姜锦年的斗志被点燃。她像是和赵云深比赛一样，当天中午就翻出通讯录，认真挑选圈子里那些风评较好的单身男青年。结果，还真让她找到了几个。

恰好，当晚有一场气氛轻松的业内聚会，可去可不去，姜锦年原本想开溜，不过为了许星辰的终身大事，把许星辰带进了酒店礼堂。

许星辰在姜锦年的介绍下，认识了两位金融界的青年才俊。其中一人对许星辰很有兴趣，还问她："没见过你呀，许小姐，你是哪家基金公司的？"

许星辰摇头道："我在财务部门做会计。"

那人回答："哦，我哥哥在香港有一家会计师事务所。你听说过吗？事务所的英文名是 Benediction，音译过来，就是伯尼迪什……"他有些腼腆地笑道，"英文的意思是祝福和恩赐。"

许星辰并没有听说过，可点头了。

那人又问："许小姐，你现在是单身吗？"

"是的。"许星辰说，"我、我正想脱离这个状态。"

那位男青年很有礼貌地邀请她第二天见面。他还说，他们可以吃顿饭，开车出去兜兜风。许星辰犹豫很久都没有答应。对方自讨没趣，就转身走了。

片刻后，姜锦年跑过来问她："怎么样？"

许星辰叹气道："不行啊，我不适合交际，只想回家打游戏。我跟他们聊天都聊不到一起去，还是宅在家里吧。"

第十一章
最终的告别

　　游戏和小说都能让许星辰感到快乐。

　　她最喜欢在工作一天之后，回到家吃过晚饭，躺在柔软的单人床上，对着明亮的灯光看书。她有很多很多的书，堆满了两个柜子，涵盖古今中外的优质名著，当然也有市面上的言情小说，令她沉迷于旁观虚幻的爱恨情仇。

　　不过这一晚，许星辰扔开书本，随意浏览着相亲网站。她的 QQ 状态是在线，不久之后，大学时代的室友王蕾问她："许星辰，你在吗？"

　　许星辰回复："我在！"

　　王蕾又问："哎呀，你过得好吗？"

　　许星辰发送了一张爱心表情包："挺好的！你呢？"

　　本科毕业之后，王蕾与男朋友分手，飞向美国攻读硕士学位。而她的男朋友也被保送到了上海读博。两人好聚好散，毫无怨言。

　　王蕾甚至能把"初恋"当作笑话讲出来。她告诉许星辰：大四下学期的时候，她想甩了男朋友，男朋友也想甩了她。谁都不好意思先开口，害怕对方死缠烂打，为自己留下"负心"的差劲名声。

起初，许星辰有些疑问："我记得……你们的感情很好？"

王蕾浑不在意地道："你傻呀，人的感情都是会变的。别说三四年了，半年就能看出影响。你现在的性格和大一时也不一样啊。要是你经历了失恋分手，走上社会工作，性格还没一点变化，不是你傻了，就是我傻了。"

许星辰无话可说，只能发送表情包。

王蕾立刻举例说明："我们俩念本科的时候，可是挤一张床、盖一床被子聊天的密切关系。现在呢？我们一周才联系一次，我虽然还是你的好朋友吧，肯定比不上你的那位美女室友了。"

许星辰回复："哈哈哈哈哈哈哈哈哈哈。"

王蕾作势道："我更美，还是你的室友更美？"

许星辰在心里说：室友最美，却如同渣男一般哄骗道："你最可爱了！"

王蕾打出了一行字："这还差不多。"她继续分析道，"维持一段关系，要么花钱，要么花时间，就这两种办法。为什么我突然不赞成学生谈恋爱了呢？学生嘛，在学校里经常见面，算是同路人……他们一旦毕业了各奔东西，就像两条直线经过相交点，永远回不去了。我们不再是学生，发展轨迹也不一样，双方怎么取舍感情呢？这就成了一个难题。"

王蕾的感慨越来越多："我小学最好的朋友，我忘记她的名字了。我初中最好的朋友，早就嫁人了，上个月联系到她，人家都生二胎了。我们真想和对方聊天啊，也是真的找不到话题。我对她的生活一无所知，她也想象不到我在过什么样的日子。我高中最好的朋友，大学跑去日本读书了，现在嫁给日本男人，改掉了中国姓氏……我不是说这样不好，就是……我妈妈是江苏南京人，南京大屠杀你肯定知道，我接受不了我的好朋友突然跟了一个日本人。当然我对现在的日本人没什么看法，挺佩服日本文化的，就是对她有点介意。"

许星辰使用了趴倒的颜表情。

王蕾连忙解释道："我有偏见！想法不对！我有错我有错。"道完歉之后，王蕾谨慎地询问，"你懂吗？我刚明白过来，随着年龄增长，知己会越来越少。不是别人的生活距离我们太远，就是我们对他们抱了偏见。有时候，我们都认识不到那是一种不应该存在的偏见呢。"

许星辰安慰她："等你找到一份好工作，认识更多的人……"

"不会啦。"王蕾不以为然地说，"等你周围的人一多，你更难看见朋友的真心。"

许星辰试探般问道："你有没有想过，也许人生本来就是孤独的？我们认识的每一个人，无论朋友、爱人、父母、孩子，都只能陪你走一段路。从出生开始，我们就注定孤单了。"

王蕾沉默了十分钟。

许星辰一度以为她掉线了。

许星辰拆开一袋番茄味薯片，津津有味地享受了一会儿。其间，姜锦年敲响她的房门，送来一盒她最爱的红枣酸奶。许星辰欢喜地道："小宝贝，你吃薯片吗？"

姜锦年冷漠地拒绝她道："我不吃垃圾食品。"

见许星辰眼神黯淡，姜锦年马上改口道："薯片不算垃圾食品，我只是今晚没胃口。你喝酸奶吗？我给你拆开盖子。"

姜锦年坐到许星辰的床上，看到许星辰刚刚发送的句子，忍不住接了一句话："朋友可能会分别，老公可能会变心，父母总有一天要变老。人生的滋味，真是不好受。"

许星辰搂住她的肩膀道："打起精神来，不要悲观消极！你会遇到一个不变心的好老公！"

这时，王蕾又发来一条消息："许星辰，你在北京找对象了吗？"

许星辰格外诚实地说："找不到啊，我只是注册了相亲网站的账号。"

王蕾软磨硬泡道："什么网站啊？你发来让我长见识。"

许星辰偷偷把网站截屏，没注意自己截下了用户名，直接把全屏图片发给了王蕾。她还将笔记本电脑抱到一边，防止姜锦年看到聊天记录。因为姜锦年很不喜欢相亲网站。她曾经告诫许星辰：网络信息缺乏审核，撒谎的成本太低了。

许星辰虽然没有认真相亲，但是偶尔也会点开网站的消息框。

当夜，入睡之前，她收到一个新用户的邀请："明天可以见面吗？在华威游戏厅。"

她已读，却没回复。

对方又说："我是游戏厅里扮演公仔的人，被你的简介吸引了，就想和你交个朋友。我的账号是新注册的，你的账号也是新注册的，我们俩很有缘吧。见个面好吗？"

许星辰想起了姜锦年的叮嘱：网络信息缺乏审核，撒谎的成本太低了。

可她仍然答应道："好啊。明天周六，我们几点见呢？"

那位陌生用户回答："早晨七点。"

许星辰爽快地道："没问题。"

她以为自己会失眠，可没有。这一夜她睡得很安稳，也没做梦。直到闹钟"丁零零"地响起，许星辰才猛然起床，精神抖擞地跑出了家门，准时抵达游戏厅。

游戏厅门外，站着一个跳跳虎公仔。

许星辰跑过去，拍响了跳跳虎的后背："嘿，你好，你就是网上的那位用户吗？"

跳跳虎点头。

　　许星辰展颜一笑，和他握手道："我叫许星辰，刚来北京一年多，你呢？"他比画手势，伸出了三根手指。许星辰恍然大悟道："你在北京住了三年？你叫什么名字？"

　　许星辰静候良久，而他沉默无声，没给出确切的回答。

　　许星辰做思考状："你穿着这种玩偶的衣服，是不是没办法和我讲话啊？那我就叫你阿虎吧，阿虎……"她被这个称呼逗笑了。

　　阿虎并未反对。

　　七点已过，游戏厅开始营业。

　　阿虎和许星辰十分默契地进门，停在一台游戏机旁边。许星辰投进一枚硬币，一顿操作猛如虎，很快就连赢几盘。

　　她笑着问："我厉害吗？"

　　阿虎冲她竖起了大拇指。

　　他们并肩协作，不断挑战最难的机器。阿虎受到服装的约束，手指不太灵活，可依然能敏捷快速地操纵游戏杆，可见他的双手技巧性十足，难以想象他的双手经历过怎样的锻炼。

　　两人玩到中午，还没有吃饭的意思。

　　游戏厅内多了不少人。有一对年轻的情侣徘徊在阿虎身边，几分钟后，男生开口问："咱们仨能拍个合照吗？我的女朋友特别喜欢跳跳虎。"

　　许星辰随口问："你们是大学生吗？"

　　男生爽朗一笑，挠了一下头道："是啊，我们今年大二，谈了两年。"

　　他的女朋友脸颊通红，倚在他的肩膀处打闹。阿虎笔直地伫立原地，望着他们，动也不动，那对情侣这才停止打情骂俏，举起自拍杆，拍下了一张与阿虎的合照。

　　情侣正要离开，阿虎拦住了他们。

男生问："还有事吗？"

阿虎从口袋里掏出自己的手机，递到了男生手里。然后他跑向许星辰，站在许星辰的身侧，那位男生立刻明白过来，说："你想让我给你们拍一张照片啊？好嘞。"

男生认真地蹲在地上，念道："一、二、三！拍完了！"他打开手机相册，展示给阿虎看，"一共拍了三张。"

相片里，许星辰明眸皓齿，笑得很甜。

阿虎像是藏着一块宝贝似的，捂住了自己的手机。

下午一点多钟，许星辰和阿虎坐在游戏厅的休息室里吃午饭。休息室紧挨着一家小餐馆，许星辰以为那人应该把头套取下来了。可他仅仅拉开了嘴巴边的拉链，露出线条完美的下巴——整个过程只有短短一瞬间，他就飞快地低下头。

许星辰双手托腮，明知故问："你到底叫什么名字啊？"

他不回答。

许星辰调侃道："你是天生的哑巴吗？"

他竟然敲了一下筷子。

许星辰不再追问。她拿起菜单，点了六道菜，其中五道菜都迎合了他的口味。

这家餐厅非同一般，服务员上菜很快，不过许星辰吃得很慢，一口饭咀嚼几十遍，直到毫无滋味了，才会咽下去。

饭后，他们重回游戏厅。

那是北京的早春四月，温度偏低，寒风萧瑟，天也黑得比较早。许星辰玩游戏时有些出神，盯着窗外的高楼大厦，连输两把，废掉了几枚游戏币。

她擦掉额头上的一滴汗，又说："我们去玩夹娃娃机！"

不等他回应，她就跑向那台机器。

一定要赢！她告诉自己。

可惜就像当年一样，许星辰夹不到一个娃娃。而那个跟过来的男人帮她弄上来一个米老鼠玩偶。他仍不满足，将所有的游戏币投入机器——因为他想夹到角落里的粉色小熊。

他费尽一切努力，耗光所有游戏币，仍然与小熊失之交臂。

许星辰忽然说："我们念大一的时候，你在游戏厅里给我夹娃娃，很快就抓住了一只粉红色的小熊。那个玩偶我没有带到北京，被我放在老家了，我不想天天看见它，那样会很难过的。可是你应该知道吧，当年我很喜欢那一只小熊的。"

他的手臂抵住了娃娃机，轻微摇晃。

许星辰笑道："赵云深，你把头套拿下来吧。"

赵云深走向游戏厅休息室，许星辰在后面一路追着他。等他们踏进封闭的室内，他脱掉了跳跳虎的伪装，露出白色衬衫和西装裤。他坐在一张软沙发上，问她："你什么时候发现的？"

许星辰原地一蹦，回答道："我虽然傻，也不是智障。王蕾在美国很忙的，不会无缘无故地找我，肯定是你让她帮忙。还有啊，你在相亲网站上的说话语气，和你本人的语气太像了……你中午拉开头套拉链，下巴的轮廓太明显了。赵云深，我不得不夸你，你就像当年一样帅。"

赵云深双手握拳，搭在腿上，说："我不认为你傻。除了这种无聊的办法，我还能用什么方式接近你？"

许星辰坐到他的旁边道："唉，你前天才告诉我你回去就要相亲了。"

"推掉了。"赵云深掏出打火机，准备点燃一根烟，"我都推掉了。这两天我没睡觉，想到一些事，也跟朋友们讲得很清楚。朋友们骂了我一顿，说他们再也不会关心我的感情问题。"

许星辰握住他的打火机。于是他不敢碰到开关，更不敢让一点火星溅到她的手。

他问："今天，你过得开心吗？"

许星辰呢喃道："嗯，蛮开心的，你呢？"

赵云深回答："我好久……没有这种放松的感觉了。虽然我穿得像个傻瓜。时间过得特别快，从早晨七点，到现在……"他瞧了一眼手表，"不知不觉就六点半了，你吃晚饭吗？"

许星辰歪头道："不吃了。我想回家。"

赵云深整理着衣服，说："那我送你吧。"

他站起身，许星辰仍然静止。她眼中逐渐没了笑意，还让他坐回来。他往前踏出一步，左手五指蜷曲，骨节被捏得发白。

他低声说："许星辰，我把思考的结果告诉你。我还是很喜欢你，像去年这个时候一样，不愿意和你分手……十五万的债被我还清了，现在家里不欠钱。来北京之前，我想到你突然甩下我，心里是有情绪，前天跑去你们酒店，跟你说要相亲，是想让你告诉我，我有女朋友，女朋友是你，我并不需要相亲。"

许星辰听完他的话，只问了一句："阿姨还好吗？"

她说的阿姨，是赵云深的母亲。

赵云深吐出一口气道："好一些了。"

许星辰又问："阿姨对我还有意见吗？"

赵云深略微前倾，紧紧揽住许星辰。她和记忆中一样柔软，身上的气息是奶香融合着果香，赵云深埋首在她发间，不断加深呼吸，手臂钳得她肩膀发痛："你信我一次，我会说服她。"

许星辰搭住他的后背。

她摸到他的脊骨僵直。她缓慢地轻抚了两秒，温声细语道："嗯，赵云深，我和你分手以后那么痛苦，还有一个原因，是我最近才想到的。因为你当时情况很不好，学业、工作、家庭方面都有很大的压力，你妈妈不理解你，你还要打工还债。我自己忍不了，崩溃了，就把你抛下了，一想到你有多受伤，我也像是被千刀万剐。所以我欠你一句对不起。对不起，我当时不应该逃跑的。这一年多来我很自责。你打工时也吃了很多苦吧？"

赵云深贴在她耳边，应话道："没关系的，都过去了。"

许星辰半低着头道："看到你现在熬过来了，我很感激。"

赵云深没接话。他亲吻着她的耳尖，她没反抗。他的心都要狂热燃烧，五指打战，挑高她的下巴，很想和她接吻。他的等待已经持续了一年多，无数个难熬的夜晚，他背负着沉重负担，压抑感渗透了骨髓，黑夜里唯一的明灯，是他对未来的希望。

他终于能坦白"希望"的内容："我们都是二十多岁的成年人，扭扭捏捏不好玩。岁月不饶人，青春不等人，实话跟你讲，我想对你负责。"

许星辰十八岁那年，曾用同样的话向他表白。

他清楚地记得每一个字。

每一个字。

他说："今天我们重新在一起吧。"

许星辰仰头望着天花板道："今天？今天我可以和你画上一个圆满的句号。"

赵云深仍在打趣她道："然后我们另起一个新篇章？"

许星辰伸手道："赵云深，我们最后拥抱一下。"

赵云深一退三尺远："你说什么最后？许星辰，你别跟我闹了。"

许星辰走过去，坐下来，主动倚靠着他，缓缓枕在他的肩膀上道："赵云深，我去年是不是给你发了一条短信？短信里写着，我和你在一起只有痛苦？那都是骗你的，我骗你的。你不要当真。你对我挺好的，我那时候也是真的喜欢你，很喜欢你，每天晚上做梦都是你。大学四年，能和你在一起，我很开心，也不后悔。"她说，"我希望你过得幸福。你跟我讲过，你要做心外科医生，我上个月去寺庙里上香，也替你许愿了……像是我们以前经常在寺庙里许愿。"

赵云深立刻接话道："你和我一起回去，我们到那边的寺庙还愿。"

许星辰攥紧他的衣领，说："如果我今年十八岁，会和你走的。那时候我天不怕地不怕，勇气很多，忘性很大，可是现在不行了。我适应了这里的工作和生活，再为你放弃一切回到原点，我不能保证自己将来不会后悔。"

赵云深仍看着她，神情在暗淡的灯光下显得格外认真："你只是不敢踏出这一步。你给我六年时间，等我评上副高职称，每年多做几台手术，也有可能挣很多钱……你跟着我不会再受委屈。"

"不是钱的问题。"许星辰一时讲不清楚。

赵云深压低嗓音道："就算有别的问题，你跟我回去，我们慢慢解决。"

许星辰将散乱的长发挴到耳后，说道："赵云深，你今天扮演了跳跳虎，我扮演了大学时候的许星辰。我现在的性格可能和你熟悉的那个时候的我不一样了。我认识你之前，没被人骂过滚，没和人吵过架，也没有被扇过耳光。"

赵云深反问她："谁扇过你的耳光？"

许星辰回视赵云深，一言未发。他已经猜到了答案，可仍然说："你们发生了什么误会？"

许星辰抬起双腿晃了晃道："你瞧，你还是不相信我。"

"我没有。"赵云深拉紧她的手说，"许星辰，你把脑袋转过来。"

许星辰揉了下眼睛："有很多事，我不想经历第二次。我希望你能少一点暴脾气，好好工作和生活。"她说完，就拿起赵云深的手机道，

"今天拍的那三张照片，还是删掉比较好。"

她删除第一张时，赵云深没反应。删除第二张时，赵云深抓走了她的右手，她正要删除第三张，他开口道："别、别删了。"

他手指微微发颤，掌心有汗意："你给我留一张。"话里有乞求的意思。

许星辰已经按到了删除键。她把手机还给他，站起身道："我想对你说的话，都已经说过了。你明天回学校吗？我就不送你了。"

她走出几步，又返回原地。

赵云深坐在沙发上，双腿叉开，手肘搁在膝盖上，微微弯着腰。他发现许星辰回来找他，眼中漾开一层清冽的灯光，看得许星辰有些于心不忍。

许星辰退后，笑道："忘记和你说再见了，再见。祝你幸福，祝你一切都好。"

她原本想把今天在游戏厅里赵云深夹出来的米老鼠玩偶扔给他。但是她忽然反悔，带着米老鼠走出游戏厅，将它放在了街边的角落里。

赵云深跟着许星辰走了一段路。

他看着她进入地铁站，背影逐渐消失。

他有一种狂奔追上她的冲动，可是许星辰说过的那些话，依然盘旋于他的脑海中。

许星辰告诉他："我希望你过得幸福。今天我们可以画上一个圆满的句号。"

赵云深蹲在路边，瞬间又很无力，像是灵魂摆脱了躯体，飘荡到无知无觉的地方。

他还不想放弃。

他妈妈不再提许星辰了，家里的债务也还清了。他差不多走出了父亲逝世的阴影，学业稳定，实习工作顺利，生活正在往好的方向发展。他和许星辰为什么不能重归于好？

这个问题，折磨得他头疼。

今天下午，许星辰和赵云深聊天时，曾经收到一条快递公司的短信。赵云深扫视了一眼，记下了她所居住的小区。他念着那个地名。傍晚八点，他坐到了小区门口。

天黑了，夜幕辽阔，寒风吹过，一阵比一阵冷。

赵云深给许星辰发短信："你到家了吗？"

她没回复。

赵云深又问："吃过晚饭了吗？"

他把手机铃声调到最大。这部手机他已经用了三年，舍不得换。

赵云深把许星辰发给他的短信都留在收件箱里，一条都没删，闲来无事时，总喜欢把短信拿出来翻一翻，会从头开始看。

2010年3月16日，许星辰发送过"害羞"的颜文字。那时她说："老公，我在食堂给你打好饭了，你直接来食堂找我吧。"

2011年4月12日，那天是个雨天。赵云深跑回本校开会，没有带伞。许星辰翘课给他送伞，还带来一杯红豆味的奶茶。她说："红豆生南国，此物最相思。"

2011年8月29日，许星辰从老家回学校，赵云深赶去火车站接她。两人见面之前，许星辰发短信问他："你想不想我？"

你想不想我？

赵云深差点回答一句：我很想你。真的很想你。

今晚的月亮偏圆，悬挂于天边，光芒淡成冷色调，如同在屋檐和玻璃窗上覆了一层白霜。

赵云深叹了口气，继续编辑一条短信，发给许星辰。

许星辰换号一年多，从没和他说过，种种迹象都表明，他的所有努力都将是徒劳无功的。

赵云深仍然固执地说："我在你家楼下。明天上午九点，我坐火车回学校，从现在开始到明天六点，你要是回心转意了，我就在这里等你。"

半个小时以后，许星辰终于规劝道："你早点回酒店休息吧。"

他说："不，我等你。"

虽然他毫无信心，但是语气坚定。

深夜十点半，赵云深还是没见到许星辰。

他只能转述自己的所见所闻："我看到一对夫妻开车进了小区。丈夫把车停在路边，他老婆抱着孩子下车了，小孩可能只有一两岁。丈夫摇下车窗，他老婆弯腰亲了他。"

他潜意识里暗藏着颓丧，唇边反而挑起几分笑意，又发送一条短信："以前说好了毕业结婚。你要是愿意跟我走，我们回去就领证好不好？"他还提醒她，"我们至少会有两个孩子，老大叫赵嘉翰，老二叫许乐筠，这都是你起的名字。"

赵云深希望，他能打动许星辰。但他很快察觉，希望注定要破灭。

凌晨两点，街道空旷。他的影子屹立在风中，孤寂地映照于地上。

他觉得，许星辰不会下楼来找他了。他不该亲手把自己推入困境。趁着现在只是凌晨两点，他应该马上离开。明天早晨，他还要赶火车回家。

于是，赵云深没有等到第二天早晨六点，拦下一辆出租车，提前回到了酒店。并不是不可以继续等，他只是认清了现实，又想给自己留一丝幻想。

返校之后，赵云深看起来很正常。

他掀开宿舍阳台上的木柜，找出一个铁盒，翻到了许星辰当年写给他的信。墨水质量并不好，她的字迹还有些褪色。他小心翼翼地捏着纸张，另一只手搭在冰冷的铁架上。

她曾经为他写道："赵云深，听你说完'职业暴露'的事，我上网查了查，原来那么多外科医生都经历过职业暴露。你最近好像经常担忧，我也在担心你，想把我所有的好运气都分给你。你不要丧失信心，想想我们未来的生活——你是赵嘉翰和许乐筠的爸爸。将来我们的孩子长大了，你可以把现在的经历说给他们听，你会成为他们的榜样……"最下面一行是："别害怕将来会发生什么。我永远爱你。"

彼时，赵云深尚未脱离危险，脾气十分急躁，当然也沉不下心。许星辰给他写的信，他粗略地扫了一眼，就把信扔进了柜子。甚至当他看到"我们的孩子"时，还觉得有些生气。他讨厌吵闹的小孩子，更没准备好给别人当父亲。

此去经年，他再拿出信来，不管怎样研究，也没有用了。

他重新把信装回去，脚步虚浮，困乏得厉害。床位离他太远了，太远了，他瞥了一眼，估测了一下，三四步的距离。

他就躺在阳台上，贴着冰冷的瓷砖，望着白色的墙面。

午后阳光灿烂，气温转暖，室友杨广绥抱着一本书进门，见到赵云深的样子，一个箭步跑向他道："深哥，怎么了啊这是？"

杨广绥知道赵云深刚从北京回来，也能猜到赵云深一定见过许星辰。

安慰的话说得太多，再讲一句都没意思。杨广绥摸了摸鼻子道："赵云深，你起来，地上凉，不要感冒了。咱们明天还要考试。"

一语成谶。

隔日赵云深生了一场大病，发起高烧，身心俱疲。

夜里他住院了，病床紧挨着一扇窗。

窗帘没拉严实，赵云深默然侧过脸，模模糊糊看见夜空中繁星闪烁。意识被抽离，他逐渐睡着，做了一个冗长而琐碎的梦。他梦见那天在游戏厅，许星辰答应和他一起回家。两人踏上同一班火车，领了结婚证，租下两室一厅的房子，愉快地布置着新家。许星辰给他炖排骨汤，他给她的盆栽浇花……她一声又一声地叫他："老公。"

他总要应答："我在啊。"

梦中他仍有感知，怕自己醒过来。

不要醒，他愿意一直留在梦里。

赵云深的状况很不好，像是结过一层痂，又被人抠破，血液横流，他才有了强烈的痛感。

杨广绥将赵云深的状况告诉了许星辰。他给许星辰打电话，问她有空吗？如果有空，回一趟母校吧，哪怕不是为了赵云深，大家也能坐在一起吃顿饭。

杨广绥还说："赵云深这一年过得……真的很苦。有一次喝醉了，他跟我们说，虽然生活煎熬，但想着你的话，他就不会放弃。"

他作为一个旁观者，竟然开始哽咽。

许星辰选择放下手机。

她站在酒店的办公室里，远望高楼大厦和车水马龙。然后她心想，长痛不如短痛，现在和赵云深斩断关系，仍然能留下美好的回忆。

她相信他不会难过太久，因为时间能抚平一切伤痕。

第十二章
谁也没有回头

果然，自那以后，许星辰再也没有收到过赵云深的短信，也没有接过他的朋友的电话。她的生活按部就班，薪水稳中有升，就像大城市里千千万万的上班族，日复一日，朝九晚五地工作。

室友姜锦年问她："许星辰，你有什么理想？"

那时许星辰正抱着电脑玩游戏。她抓了一把薯片，认真地道："很简单的，过好每一天吧。"

姜锦年却说："这也不简单了。"

许星辰搂住她的肩膀道："唉，我还有你呢，咱俩一起开开心心地过日子呗。"

姜锦年当场答应她。

许星辰以为，像姜锦年这种事业心极强的姑娘，会对婚姻比较排斥。但她似乎猜错了。姜锦年遇到灵魂伴侣之后，谈恋爱不到一年就飞快地领证，摆酒席、怀孕。

许星辰做了她的伴娘。

婚礼上，姜锦年偷偷地问她的丈夫："你认识那么多人，有没有那种性格温柔、工作稳定、懂得怎么和女孩子相处的单身适龄男青年？"

　　许星辰听见这句话，惊讶地望着姜锦年。

　　姜锦年的丈夫名为傅承林。傅承林出身金融业，也经营着连锁酒店，交际广泛，性格偏沉稳冷静。他的那帮朋友，几乎什么种类的都有。

　　姜锦年挽着傅承林的右手道："正好今天是我们的婚礼，来了很多客人。"她作为新娘，没有扔高捧花，直接把捧花给了许星辰。

　　"我最希望你幸福。"姜锦年开口道。

　　许星辰握着捧花，心中百感交集。

　　但她对"幸福"的定义早已不是找到一个男人，嫁给他，为他生儿育女，和他携手此生。她有自己的乐趣和追求，也能在独处中收获快乐。她的人生价值并不需要用"成家"来证明。这种证明对她来说已经毫无意义。

　　傅承林还是介绍了一些青年才俊给许星辰。他察觉许星辰的抵触，游刃有余地道："大家相互认识，交个朋友，不会有任何损失。"

　　姜锦年也说："你不是告诉我，我搬走以后，你一个人在家经常做噩梦，没人说话吗？你可以跟朋友们聊天。"

　　许星辰心想有道理，听从姜锦年的建议，主动拓展着交际圈。她自称一名"游戏陪练"，可以上线代打，不收费不惹事，谁要玩游戏，招呼她一声就行了。

　　因为她话少、操作强、技术高超，很快就将一位单身男青年发展为网友。那人名叫赵景澄，比许星辰大一岁，也是傅承林的朋友之一。

　　赵景澄相貌俊朗，比较安静内向，父母都是大学教授。他本人专做投资，也开了一家饭店，许星辰经常称呼他为赵老板。

　　最开始，她打出那个"赵"字时，偶尔会有些走神。

　　赵景澄不知道她的那一段前缘。他工作不算忙，也不算轻松，偶尔没事就爱宅在家里，痛快地打几盘游戏。

许星辰与他兴趣相投，配合默契。两人做了五个多月的网友，他终于忍不住问："我能去见你一面吗？"

许星辰反问："这么一直打游戏不好吗？"她讲出了理由，"游戏里有关卡、等级、攻略，我们没事就一起玩，每天也能很开心的。"

赵景澄竟然被她说服："好吧。"可是两天后，他又很委婉地邀约道，"我的一个好哥们也有社交恐惧症……我和他见面会选在气氛好一点的地方，实在不行，面对面用手机发微信也可以的。"

许星辰被他逗乐，终于同意见面。

赵景澄比她早到半个小时，还带着一捧浅红色的玫瑰。他把玫瑰摆在餐厅的木桌上，安静地等待着。而许星辰好不容易挤进公交车，半路又遭遇一场交通拥堵。

她焦急地给他发微信："我迟到了！我要迟到了！"

他秒回："堵车？"

许星辰说："是的是的！真的堵车了！我拍照给你看。"

赵景澄打趣道："北京的堵车日常。你不用急，离饭点还早。"

又过了一个小时，许星辰飞奔向餐厅，问他："你等了多久？"

赵景澄摇头道："没多久。"

许星辰感到很愧疚。

赵景澄只字不提，招来服务员，等着许星辰点菜。他其实也有些紧张，双手一会儿放在桌沿，一会儿又搭在腿上。

赵景澄并不是没谈过恋爱，只是这一次格外不同寻常。

他和许星辰在网上交流了六个月，在虚拟游戏中，他们是并肩作战的队友；在微信上，他们是轻松聊天的朋友。当二次元与三次元交接，他盼着两人的关系能更进一步。

那一年，许星辰二十六岁。

家里一直在催她找对象，可她一点都不着急。赵景澄或许是摆在面前的最好选择，就连许星辰的表姐也劝她："你不小了，要考虑现实因素，哪有那么多好人等着你挑啊？"

许星辰自由惯了几年，不喜欢被人约束，有点不开心。

赵景澄看透了她的想法。他做投资时，很讲究短期回报，但告诉许星辰："我们慢慢相处，有感觉了再说。"他接着问她，"你在什么条件下，会考虑和一个人交往？"

他说话时，和她一起坐在公园里。两人各拿着一袋玉米，一小把一小把地喂鸽子。鸽子"咕叽咕叽"地叫着，扑棱翅膀飞向一旁，许星辰双手护头，赵景澄脱下外套罩在她的身上。

他没等来她的回答，就不再追问了。

他一直都是这样。她愿意讲，他会听；她不愿意讲，他也不强求。

许星辰反问他："你喜欢我什么呢？"

赵景澄愣了一下。片刻后他笑了，笑得很好看，眼中还有她的影子。

他说："你爱开玩笑，活泼开朗，也容易心软地迁就别人。你在游戏里救人，好多次都是网络版的农夫与蛇，然后才学会了绕道走。我当时就想，要是我不来照顾你，你会让我心疼很多次吧。"

赵景澄这番话听在她耳朵里，并未激起丝毫涟漪。不过许星辰记起很多年前，她也问过另一个人："你为什么喜欢我呢？"

那人回答："因为我和你在一起，轻松快乐，无忧无虑。"

当时许星辰听完很开心，可是后来，偶尔也会怀疑：如果她无法让他永远"轻松快乐，无忧无虑"，他们的关系是不是就要结束了？

事实证明，确实如此。

远方的云朵被夕阳染成浓重的红色，深深地飘在高空中，可望而不可即。许星辰看得出神，又说："周围的朋友们都不知道，我前几年吃过抗抑郁的药。我不记得谈恋爱是什么感觉了，也不记得要怎么和异性相处。我经常在游戏里救人，不代表我在现实中容易心软。赵景澄，我觉得你人特别好……"

赵景澄低下头，专注地喂着鸽子："完了，我听出来你要给我发好人卡了。"他把外套给了许星辰，只穿着一件单薄的羊毛衫。在越发昏暗的天色下，他那张脸显得更好看，鼻梁挺直，唇微抿，目光垂落在地上。

许星辰见不得帅哥发愁，热情洋溢地鼓励他道："赵景澄，你条件这么好，会有很多女孩子欣赏你的。"

赵景澄认真地看着她道："不需要很多女孩子欣赏我，只要有你就行了。你瞧我，这么宅的一个人，饭店只能经营一家，投资也只是做短线，除了看书、打球和打游戏，就没别的爱好了。"

许星辰回应道："你喜欢打桌球和壁球，对吧？"

赵景澄含笑道："对啊，想学吗？"

许星辰考虑道："我会桌球。有空的话，我们切磋一把。"

赵景澄撒出一大片玉米，无数鸽子扇着翅膀聚集到附近。许星辰又惊又喜地喊道："鸽子，鸽子！我碰到它们的翅膀了！"

赵景澄趁乱搭住她的衣袖道："小辰，小辰，我也碰到你了。"他没接触她的手，连指尖都没挨上。许星辰偏过头望着他，心念倏然一动。

当夜，赵景澄开车送她回家。

两个月前，许星辰搬家了。她独自搬进了更小的一室一厅居室，房东是一位和善的阿姨，答应让她养狗。许星辰就养了一条白色博美，毛茸茸一团，可能是因为太小了，这条狗还不会摇尾巴。

赵景澄蹲下来，低声问："它叫什么名字？"

许星辰挺不好意思地说："艾欧里亚。"

赵景澄没听清，问："什么？"

许星辰坦然道："艾欧里亚。《圣斗士星矢》里，战斗力超强的那个角色。"

赵景澄接受了她的设定，坐在冰凉的瓷砖上，念道："艾欧里亚！"

白色的小毛球一溜烟跑向他，扑进他的怀中。他笑着抱住了艾欧里亚，还说："它喜欢我。"

许星辰惊讶地道："它在外人面前是很凶的！上次我的一个女同事来我家做客，它凶得汪汪叫。"

赵景澄摸着狗头，解释道："它可能没把我当外人吧。"他握住一只狗爪，悄悄约定道，"下次再来你家做客，我带上宠物狗的罐头。"

许星辰问他："你也养狗吗？"

"小时候养过黑色的猎犬。"赵景澄用手比画了猎犬的体长，"那会儿我家还在郊区，能养大狗。我跟你说个好笑的……"

许星辰点头，坐到他的身侧。

赵景澄面朝着她道："我家狗只是长得壮，胆子很小，比兔子还小。院子里一有什么风吹草动，它立刻钻回狗窝。我爸本来指望它保护我，没想到它只能保护它的狗窝。"

许星辰哈哈大笑。

赵景澄接着回忆道："我小学六年级，有天晚上回家，在家门口遇见一条疯掉的流浪狗……狂犬病发作。"

许星辰竖起耳朵，看着他的双眼。他说："我家狗第一次那么勇敢，像一道闪电，跑出来救了我。可是我宁愿它不要逞强。"

许星辰听得难过道："它想让你活下去啊。"她又问，"那之后呢，你们搬家了吗？"

赵景澄沉默片刻，透露道："搬家了。我家现在离你家挺近的。"

许星辰已经猜到他住在哪里。她站起身，拍了拍裙子道："你想喝点什么吗？我家有咖啡、奶茶和啤酒。"

赵景澄客气道："一罐啤酒就行了。"他又问，"你一个人在家也喝酒吗？"

许星辰点头道："喝一点，晚上睡得好。"她一边说话，一边打开冰箱门，拿出冷藏的啤酒罐。

赵景澄喝酒的时候，许星辰坐在沙发上，随手打开了电视机。于是，赵景澄自然而然地走来，和她一起看电视。

她换了好几个台，全都是讲述婆媳纠纷的家庭连续剧。

许星辰轻咳一声道："找不到好看的。"

赵景澄提议道："我们去片库里挑一部电影？"

许星辰忽然想到什么，问他："你怎么看待那种……婆婆和儿媳妇的斗争？"

"这不是小事。"赵景澄若有所思道，"最好能让双方坐下来谈判，丈夫要偏向他的妻子，因为父母对儿子有宽容心，儿媳妇和他家没有血缘关系。当然这也代表丈夫的母亲对他很重要，所以他才要负责维持平衡。"

许星辰反问道："那对婆婆来说，不是不公平吗？"

赵景澄思索了几秒，回答道："如果丈夫也偏袒他的母亲，那就变成了一家人一致对外。调解矛盾是一个目的，缓和关系是另一个目的，大家都要兼顾一点。我们追求的是和平，不是公平，你说对吗？"

许星辰心不在焉地道："对啊。"

赵景澄笑道："我要是跟着未来的妻子去她家，也想在她爸爸面前挣一点面子，不挨训，不用尿着做人。我想让她也帮我说话。将心比心吧。"

许星辰顺口说："我爸爸是特别好相处的一个人。"

此话一出，她才反应过来自己犯了什么错。

　　赵景澄离她更近。他的左手搭在沙发边缘，右手逐渐搂上她的腰。许星辰朝着沙发的内侧挪动，于是他仅仅抱了她一会儿，还问："你平常都用什么香水？"

　　她感觉心跳骤然加速，诚实地说："从来没用过香水。"

　　他低头想了一会儿，了然道："哦，我懂了，天生的。"

　　许星辰抵住他的胸膛，想将他推开。他自称是个死宅，但也没少锻炼，身量修长，肌肉劲健有力，她能从他开扣的衣领中窥见一些脉络和轮廓。

　　她语调更轻地唤道："赵景澄？"

　　赵景澄在她耳边叹气。

　　她又念："赵景澄。"

　　他回答："抓紧时间，我们打几盘游戏。"

　　许星辰每日上线，喊他开局的时候，会不断叫他的名字。

　　她常说：赵景澄赵景澄！我们快组队！

　　许星辰家里有两台笔记本电脑。她把配置更高的一台给了赵景澄，自己用的是一台跑得很慢的老爷机。

　　她介绍道："这是我大一开学那年，姑姑买的电脑。"

　　赵景澄扫了一眼，又将自己拿到的笔记本电脑塞回许星辰手中。

　　许星辰没推托，直接打开网游页面。

　　她和赵景澄轮流控制着同一个账号，差一点就通过了最困难的副本。电脑在他们二人之间传来传去，实在有些麻烦。到了后来，赵景澄让她坐到自己的腿上，她急着通关，立刻爬上去了。

　　他左手搂住她的腰，单手操作……她以为他会很厉害的，可是他连续翻车，导致游戏结束。

　　许星辰茫然地道："你输了。"

　　赵景澄双手搂紧她道："我心里想的都不是游戏。"

她长发微乱，扭过头看他。正好，他帮她把发丝拨开，又问："你在网上跟我聊天时挺热情的，咱们能不能把那种热情代入现实里？"

许星辰却道："我、我下班回家，没事做，只好跟你聊天。"

赵景澄低声笑开了："我有好多事要做，还是想跟你聊天。"他握住她的腕骨，俯身靠近。许星辰明白他想做什么。这一瞬间，她忽然害羞起来，蜷缩在他怀里，三分顺从七分抵抗，整个人显得安静又紧张。

赵景澄亲了她的手背，向她告别道："九点多了，待在你家不好。我回去了。今晚喝了啤酒，车先停在你家楼下，我明天来取。"

许星辰送他出门。

他站在走廊的尽头，等她关门了，才按下电梯的按钮。

从那之后，许星辰和赵景澄每周约会三次。

赵景澄受父辈影响，喜欢钻研《易经》，偶尔也琢磨卦象，探测别人的流年大运。他担心许星辰会嫌他迷信，搞那一套封建的东西。

所以，每次许星辰到他家里玩，赵景澄会提前整理书房，不少古籍被他收进了柜子里。

某天晚上，许星辰没打招呼就出现了。赵景澄来不及收拾，只能把一堆杂物扔到了书柜中。

许星辰探头一望，笑问他："你背着我藏了什么？"

柜门被挤开，杂物掉落在地。

许星辰捡起其中一本书翻开一瞧，全是一片繁体竖排字。她看得眼花缭乱，仍然兴致勃勃地道："你会算命吗？快给我算命。"

赵景澄解释道："我不会算命，最多只会推测一些规律和道理。"

许星辰问他："那你推测过……我和你的规律吗？"

"没有啊。"他回答。

许星辰疑惑不解地问："为什么不给我们算一下？电视剧里都会

演，古时候一对夫妻结婚，要先算他们的生辰八字合不合。"

赵景澄盘腿而坐，好半晌才说："不算了，这些都是古时候的封建迷信啊。"

许星辰试探道："你是不是算过了，但是我们的结果不好？"

赵景澄如实说："真没有。"他收拾着地上的东西，"我们的未来是你说了算。"

许星辰半低着头，按住他的手。他抽离一寸，她又按住，他挪动到另一侧，她按得更紧，一路不断追随着他，像是在玩打地鼠的游戏。

于是他停止一切动作。

许星辰仰起脸看着他。

她的下巴被轻轻托住，他用力亲吻着她的嘴唇。大概过了三秒，她才反应过来发生了什么，不由得浑身战栗，如同一只被扼住咽喉的兔子。

赵景澄一边吻她，一边说："不怕，我不会伤害你。"

两天后，许星辰过生日。

她像往年那样，给自己买了个草莓蛋糕。

当天下班，许星辰左手拎着蛋糕，右手抱着一盒薯片，正准备去坐地铁，忽然听见汽车的喇叭声。她立刻转身，赵景澄的那辆车十分显眼。

他摇下车窗，笑道："生日快乐。"

要说赵景澄这个人有多少浪漫情趣，其实也没有。他不会准备生日惊喜，从没举办过任何聚会。许星辰过生日，他订下了一家餐厅的包间，送了她一束玫瑰花，还有一条坠着爱心的项链。

许星辰拆开包装盒，又听他问："还行吗？这条项链。"

她认真回答："我第一次收到项链，很喜欢。"她透露道，"你也是第一个送我玫瑰花的人。"

为了防止话题延伸，许星辰双手拢住头发，背对着他道："帮我把项链戴上。"

他依言照做。末了，他按着她的肩膀，轻吻她的后颈。温热气息萦绕在耳侧，她不停地调整呼吸，直到服务员敲门进来，她才与他隔开适当的距离。

"我去一趟洗手间。"说完，许星辰就跑了。

她面对洗手间的镜子，审视那一条项链。或许是因为平时不出门，上班都是坐办公室，她的肤色更白润，衬得项链银光璀璨。

她翻开项链吊坠，在背面见到一行字：许星辰和赵景澄。

她紧紧握住了吊坠。

许星辰滞留于洗手间里时，留在座位上的手机响了。

赵景澄瞧见一个陌生号码，没管。但是那个电话一遍又一遍地打过来，赵景澄忍不住接听道："喂，您好。"

手机里的男人立刻反问："你是谁？这是许小姐的手机号吗？"

赵景澄礼貌地道："我是许小姐的男朋友。"

那人便道："托您转告她，我快结婚了。"

赵景澄按兵不动，静默半晌。

那个男人笑道："我快结婚了，许星辰没反应吗？"

赵景澄也笑道："你想要什么反应呢？"他已经猜出了打电话的人是谁。

赵景澄从许星辰口中得知，她曾经吃过一段时间的抗抑郁的药。又经过多方打听，赵景澄找到了许星辰的大学同学。那位同学告诉赵景澄，许星辰当年在大学里……有一个关系很好的男朋友。据说许星辰和她那位初恋男友一度"如胶似漆、蜜里调油"，在某些不可抗、不可知的原因下，二人遗憾地分手了。

这本来没什么，赵景澄也有前女友。对他而言，那些前女友都是过去式。而对许星辰而言，赵云深又意味着什么？

赵景澄心中隐隐有些介怀。他花了很大力气，才和许星辰走到今天。每一步都是他主动，每一招都是他事先想好。他忍不住把自己和赵云深对比，然后又忍不住暗暗嘲笑自己可笑的保护欲和可耻的嫉妒心。

赵景澄还在胡思乱想，许星辰已经回来了。她悄然落座，对着赵景澄伸手，他把手机还给她，解释情况："有个人结婚了，打电话过来告诉你。"

她已有预料。

当她听见赵云深的声音时，笑着回话："我恭喜你啊。"

赵云深问他："你在吃晚饭？"

许星辰喝下一口果汁，回道："是啊。"

赵云深又问："接电话的男人到底是谁？"

许星辰脑袋向后仰了一小段距离，声音不太清晰地回答："我男朋友。"

赵云深似乎没死心道："你怎么会有男朋友？"

许星辰咬住了吸管。

赵云深没忘记她当年撒过的谎："金融业？海归？"他促狭地笑道，"我还是那句话，人家看得上你吗？你小心别被人骗了。"

许星辰挂断电话，过生日的好心情烟消云散。想当年她曾努力地和赵云深圆满告别，也曾经头脑一热在凌晨三点跑下楼去找他，不过他自称要等到早上六点……凌晨三点时，就已经食言离开了。

当时她想，那样也好，他走了也好。不然在凌晨三点的冷风中，在他凝视她的目光中，她或许就无法再坚持自己的主张，会不顾一切地收拾行李随他回家。他没有等到早晨六点，她也没去火车站追车，那应该是他们最后一次错过了。

她和他之间的一切联系都应该在那一天结束了。

而现在，他要结婚了，再联系她，图什么呢？他的每一句话、每一声笑，只会让许星辰更加反感那个曾经对赵云深执迷不悟的自己。

许星辰沉默片刻，故作轻松地道："他是不是想要份子钱？"

赵景澄一针见血地道："你前男友？"

许星辰捧着玻璃杯说："分手四年多，快五年了。"

赵景澄切开一块牛排，也装出一副淡定的样子道："你听见他的声音，心里还有触动吗？"

"什么意思？"许星辰茫然地说，"你说触动是什么意思？"

赵景澄立刻缓和语气道："我听说你和他分手以后，有一段时间过得不太好。"

许星辰承认道："对啊，很不好。"

赵景澄稍显严肃地说："过去的事已经过去了，我们不用再提起他。"

许星辰吃下一口饭，但感觉食不知味："你介意吗？"她慢慢地低下了脑袋，"既然今天你问到了，那我就把实话告诉你吧。大四那年，我和前男友分手了，真的非常痛苦。并不仅仅是因为恋爱失败，更是因为，我对自己、对他的期待，全都落空了。好像一瞬间我什么都没有了，心脏被他挖掉了一块……"

"然后你得了抑郁症吗？"赵景澄问她。

"是的。"许星辰回答。

赵景澄放下刀叉，握了握酒杯，才说："我不可能不介意。"

许星辰像是早有预料，语调也很平静："我明白，我理解。"她站起身，解开脖子上的那条项链——那条刻着"许星辰和赵景澄"七个字的项链。她把项链轻轻地放在了桌子上。

"打扰了，如果没什么事的话，我先走了。"许星辰向他告别道。

赵景澄原本还是温文尔雅的做派。但是这一刻，他似乎真的生气了，无法隐忍的愤怒在他的胸腔中猛然滋长。他出离冷静，拔高声调道："许星辰，赵云深打来一个电话，你就要走了？"

许星辰惊讶地道："不是因为他啊……"她反而笑了，"你为什么突然生气了？我还是第一次见到你生气的样子。"

赵景澄从座位上站了起来。他比许星辰高不少，许星辰只能抬头看着他。他说："我、我……"

明明刚才还在控诉，现在他又开不了口了，变得结结巴巴、拙嘴笨舌了。他捂了一下自己的额头，才说："我总是在尽量避免尴尬，不擅长处理尴尬情况。"

"哈哈，"许星辰应道，"看得出来你一急就说不好话。"

赵景澄点头道："对。"他又问，"赵云深比我伶牙俐齿吗？"

许星辰很疑惑地问："你为什么非要和他比？你和他是不太相同的两个人。"

赵景澄看着她的双眼，对她说："因为我嫉妒他。"

她心头一震，问道："你也会嫉妒？"

赵景澄还在说："我是人，是人就有感情，也会嫉妒。我嫉妒赵云深大学就认识你，更嫉妒你到现在仍然放不下他。今天是你的生日，他打过来一个电话，你解开项链就要甩下我走了。"

"我没有啊。"许星辰道。

赵景澄拿起餐桌上的项链，说："这是你落下的东西。"

许星辰深吸一口气，解释道："我想走，不是因为赵云深，是因为你啊。我以为，我交过男朋友，还在分手后得了抑郁症……会让你有点介意。我特别理解，真的。我以前也不懂抑郁症是怎么一回事，那我们暂时分开一段时间，冷静冷静也好。"

"我怎么会是那种人？"赵景澄更急了。

许星辰又笑道："说开就好了。"

为了避免自己表述不清，赵景澄先打了腹稿，才说："我之所以愤怒，是因为我不确定他现在能不能影响你。还有，我心疼当年的你。"

"过去的事都过去啦。"许星辰牵住了他的手。

赵景澄重新帮她戴上项链，又问："赵云深知道今天是你的生日吗？"

"应该不知道吧。"许星辰有理有据地分析道，"那时候他也不记得我的生日，我每次都是和室友在一起庆生。"

话音落后，许星辰和赵景澄都沉默了。

片刻后，许星辰才说："我喜欢你，因为我和你在一起的时候，更像是我自己。你看，我想笑就笑，想走就走，想说就说了……"

赵景澄搂住她的腰，轻轻拍了拍她的后背。虽然没有进一步的亲密举动，但他们之间的感情却很缠绵。

许星辰自称赵云深不记得她的生日，不过她猜错了。

事实上，赵云深很清楚今天是她的生日。

他这几年没空发论文，扎根于外科手术，前途一片大好。医院里有一个去北京交流三年的机会，他想争取，又从柳彤口中听说许星辰的空窗期长达四年……

赵云深以为她还在等他。光是想到这一点，想到她还在等他，他又不自觉地回忆起种种过往。

杨广绥时刻关注着他们的进展。今晚赵云深犹豫着要不要打电话时，杨广绥还在一旁为他鼓劲："今天是许星辰的生日，你给她打电话，没准就把她说动了呢？她不愿意回来，你去北京找她啊。柳彤说她这四年都没谈过恋爱，没怎么交朋友，每逢节假日就整天在家里宅着，这不是明摆着还有希望吗？"

上一次和许星辰见面之后，赵云深大病一场。病愈后他仍然备受女生欢迎，于是他找了个漂亮的学妹谈恋爱，不到半年就分手。分手时，学妹哭着问他："赵云深，你是不是还在想前任？我什么都给你了，你为什么还在想她？"他表现得很冷静，还为自己辩驳了两句。辩驳完毕，他怀疑自己的理智早已与情感分离。他嘴中说出的话，或许并不是他心中所想。

此后，他又马不停蹄地谈了一位知书达理的女朋友。这一任女友的外貌比较清秀，远不及前几任美貌动人，放在人群中丝毫不显眼。但她性格温柔，父母都是高知——她最大的优点就是善解人意。她和赵云深的关系维持了整整两年，最终两人还是分道扬镳。这一次分手是赵云深提出来的，理由是不想再耽误她。

所以，赵云深目前孤身一人，并没有结婚的计划，当然也没有结婚对象。

为什么撒谎？为什么不敢对她说实话？他质问自己。

杨广绥也听不下去了："赵云深，你干吗啊？你要求许星辰和你复合，还说你要结婚了，你这不是把人往外推吗？"

赵云深穿上白大褂，神色沉静地道："她是真的恋爱了，不是跟我。"他于漫长的医院走廊上停下脚步，"最后那一点念想，我也不愿意留着。"他扶住窗台，像是告诉别人，也像是告诉自己，"她会有新生活。"

赵云深取下了挂在钥匙串上的貔貅，也没舍得扔掉，将其锁进了某间柜子的最深处。

对许星辰而言，前男友的来电只是日常生活中的小插曲。

要不要给份子钱呢？她思考了几分钟，最后还是决定……不给了吧。

周末趁着有空，赵景澄带她去浙江度假。两人住进了森林温泉酒店。整座酒店都是仿古设计，雕梁画栋，依山傍水，潜藏在一片繁茂密林之中。

赵景澄订下的房间位于最高层，温泉水池紧挨着一扇落地窗。许星辰泡在水里，偷偷往外看，只见春树暮云，百草丰茂。

她说："好壮观。"

赵景澄调暗了浴池的灯光，半靠着石壁，望向室外，又提议道："我刚刚看了天气预报，明天是晴天，不下雨。我们早点起床去爬山吧？"

许星辰拍打着水花，溅开一圈又一圈涟漪："好啊。"

她穿着泳衣，锁骨以上露出了水面，赵景澄说她像一条美人鱼。她笑谈自己有一双腿，引他过来探索。水浪起伏更剧烈，灯笼的光芒散在波纹中，他们躲进了僻静的角落里接吻。

许星辰喜欢看着他的眼睛。他的瞳仁很黑，又被淡色灯光覆盖，影影绰绰的，那些热烈的情绪显得说不清道不明。她抱住他的脖子，蜻蜓点水一般啄吻他，亲出"吧唧吧唧"的声响。

他忍耐了一会儿，哑声说："我们去玩一个新的副本。"

许星辰答应道："嗯！在哪里玩？"

他附耳低语："卧室。"片刻后，他又说，"浴室也不是不行吧，只是场地要求比较高。我们在这里玩，容易滑倒。我摔一次那是没关系，摔到你就不好了。"

许星辰推搡他，跑出泳池，他拽了条浴巾追上来，又用浴巾裹住她，和她十指相扣，亲吻得缠绵悱恻，深夜才停止。

月上中天，赵景澄将她抱到了另一张床上。铺开松软的被子，他轻拍了一下她的后背，两人逐渐安睡。

这次度假快乐而短暂，假期结束之后，许星辰没时间享受热恋。

因为他们财务部的一位副主任提前退休，许星辰被提拔上岗。

她这时已经二十七岁，工作五年多了，谨守规则，从未出过错，深受管理层的信赖。

人一旦升职，交际就变得更多。许星辰盘算了一遍存款，买下了一辆车。她前几年就在摇号，最近终于弄到了北京的车牌，很是开心。

正式提车那天，许星辰开车到了赵景澄的公司楼下。

赵景澄西装革履，与平日里的居家风格很不一样。他今天受邀参加一场投资洽谈会，会上共有几个项目，他并不感兴趣，出门时还和朋友讨论："今年的市场规律……我没搞清。"

朋友以身示范道："我亏得接近腰斩，你呢？"

赵景澄安慰朋友道："我还好，只投资特定行业。你有兴趣吗？我让秘书发你一份规划书？"

这时，许星辰冲他挥手。

赵景澄立刻走过去，听她说："喂，帅哥，能不能跟我去兜风？"

赵景澄理了理衣袖道："不行啊，我有女朋友了。"

许星辰笑问："哟，你是妻管严吗？"

赵景澄说："可惜不是啊，我女朋友很少管我。"

许星辰再接再厉道："你和我回家吧，包吃包住。"

赵景澄拎着公文包，问："是吗？我这就来喽。"说着，他拉开车门，直接上车。

旁观这一幕的朋友僵立原地。那位朋友扶住车门，拦路道："赵景澄，你不要一时冲动……"

赵景澄反应过来，绷不住脸上的笑容了。

那位朋友规劝他道："你记不记得上次跟我们说，你和你女朋友……那女孩是叫许星辰吧，你说你们是真爱？"

许星辰惊奇地道："他还讲过这种话？"

赵景澄承认道:"是啊,我讲过。"

许星辰亲了他一口道:"表扬你!"

赵景澄的那位朋友终于明白了前因后果,也明白了这对情侣的玩笑和乐趣。他略显尴尬地站在路边,说了一些圆场的话,许星辰和他挥手作别,驾车离开。

之后不久,赵景澄带她上门拜见父母。

赵景澄的父母准备了很多菜。他们家的保姆手艺不错,菜式繁多。许星辰吃完一碗饭时,赵景澄的母亲热心地问她要不要再盛一碗,他的父亲也说:"年轻人,吃饭要吃饱。"

许星辰听话地添了半碗饭。

才吃两口,她偷偷地对赵景澄说:"我吃不下了。"

赵景澄回答道:"没事,剩着,别硬撑。"

许星辰紧张地道:"我听人讲,第一次去男朋友家里,剩饭不好。"

"还有这种说法?"赵景澄也是第一次听闻。

他端起她的碗,将剩饭扣进了自己的碗里:"我帮你吃完。"

许星辰原本不是这个意思。她喝了两口水,缓解了局促不安,又听赵景澄的母亲温柔地问:"赵景澄,你见过小辰的家长了吗?"

许星辰心脏猛跳起来。

赵景澄也含混道:"快了快了。"

赵景澄的母亲莞尔一笑道:"什么时候定下日子了,第一时间告诉我和你爸爸。"

原来她是这个意思……这令许星辰始料不及。

第二年春节,在赵景澄三翻五次的催促下,许星辰拽着他回了老家。他似乎曾经说过:他想在岳父跟前有面子。

许星辰为他计划了千百种排场,然而一到许星辰家里,赵景澄不用提携,已经和大家打成一片,和许星辰的表哥称兄道弟,主动和年纪小的孩子们玩游戏。

不过他的缺点也没有任何改进。他不喜欢参加人多的活动，除非是单独行动，否则他会尽量避免跟着一大堆人出门。他一个人待着的时候，领地意识非常强，不愿被任何人打扰。

许星辰问他："你一个做金融的人，为什么不爱凑热闹？"

"金融行业的人，性格也是千奇百怪的。"赵景澄解释道，"不是不爱凑热闹，我从小就怕麻烦。人一多了，挨个跟我讲话，我就特别特别不适应。"

许星辰担忧地道："那你结婚的时候怎么办呢？"

赵景澄揽住她的肩膀说："看在新娘的面上，我勉强可以适应啊。"

说完，他不知从哪儿摸出一枚钻石戒指。

"我们结婚吧。"他恳求道，"我会照顾你，给你一个温暖的家。"

天很冷，赵景澄没戴手套。北风冻得他关节发红，他捏不住戒指，五指都失去感知。但他还是很努力地握着她的手，颤颤巍巍地挑起她的无名指。

许星辰催促道："我们快一点，家里的菜已经下锅了，姑姑等着我们去商店买酱油。"她笑着问，"你为什么会在买酱油的路上向我求婚？"

"我算过了，今天是个很好的黄道吉日。"赵景澄把戒指戴上她的手指道，"可我一直没找到和你独处的机会。"

他将她的围巾往下拉了一寸，亲了亲她的脸颊，又快速把围巾拉回去。两人的眼底都有笑意，映在彼此的视线中，寒冬也有盎然春景降临。

双方家里的长辈都很支持他们。尤其是赵景澄的母亲，还送了许星辰一对玉雕的比翼鸟。

当年初夏，许星辰结婚了。

她年满二十七岁，模样看起来还是二十岁出头。于是，当她穿着雪白色的婚纱站在落地镜前时，也回忆起了模糊的大学时光——这好像是很多年前的事了。

许星辰的亲朋好友基本都愿意为她捧场。姜锦年和她老公傅承林来得最早。那时候差不多是早晨七点，许星辰刚看到姜锦年的身影，立刻欢欣雀跃地拉住姜锦年的手。姜锦年还帮她扶了一下头冠，称赞她："好漂亮！这件婚纱好适合你。"

许星辰莞尔一笑道："真的很漂亮吗？"

姜锦年频频点头，说："当然，你今天的妆也化得很完美。你知道，我的眼光一向挑剔，哪怕我用最挑剔的眼光看你，你也是最好看的新娘子。"

许星辰被她夸得脸红："你是在哄我吧？"

姜锦年轻笑道："才没有呢。我猜赵景澄和我想的一样。"

许星辰还没和姜锦年讲上几句话，杨广绥和柳彤也出现了。杨广绥的父母已经在北京开了美容会所，他答应照顾家中生意，偶尔会飞来北京。他先是和赵景澄握了一下手，做完自我介绍，才说："恭喜恭喜，许星辰，好多年不见了。听说你的喜事，我们大家都为你高兴。这样吧，作为你的老同学，你去我家店里，我给你打七折。"

柳彤牵着杨广绥的手，调侃道："什么啊，许星辰都只能打七折，你是不是奸商？"

许星辰笑问道："你们什么时候在一起的？"

柳彤略显羞涩地说："去年啦。"

许星辰遥望整个大厅，问道："其他人呢？"

杨广绥和她多年未见，简要概括了熟人们的发展。他说，李言蹊学长留学美国，目前有个关系很好的华裔女朋友，好像快要订婚了。

杨广绥还介绍道："你记得我的室友邵文轩吗？邵文轩的研究生没念完，直接辍学了。他的微信公众号你听说过吗？H大小邵，每篇文章阅读量十万以上，光是一个广告就有好多钱。他不用做医生了。"

沉默两秒之后，杨广绥又说："那个……赵云深也来了。他正好要开会。"

许星辰只是鼓掌道："恭喜邵文轩，发了发了。"

"那也没你老公发。"王蕾突然从他们背后走来，说，"听说是个富二代？"

王蕾原本不想参加婚礼。不过她好几年没回国，父母都很想念她。而赵景澄听说王蕾是许星辰上大学时最好的朋友，主动要求负担来回机票，王蕾也就甘愿捧场了。

王蕾穿着淡粉色的裙子，戴着珍珠项链，与学生时代的打扮大不相同。她挽住了许星辰的手臂，许星辰却说："没有啦，我老公只是有一点小钱，普通小康家庭。"

王蕾又问："他家在北京有几套房子啊？"

许星辰握着捧花道："房价大涨以后，他爸爸不支持房地产投资。"

王蕾问不出什么，几人调笑一阵，结伴入席。

宾客差不多已经来齐，婚礼即将开始。许星辰站在走廊外，忽然瞧见一个并不陌生的身影。

那人穿着休闲服，白发少了一些，眉眼英俊如初。璀璨灯光之下，他盯着她，一言不发，像是要将她穿婚纱的模样收入眼底。她脚步一停，错开他的目光，回望着宾客满座的热闹礼堂。

不远处，赵景澄向她伸手道："老婆，快来吧。"

许星辰提起繁复的裙摆，跑向赵景澄，与走廊上的赵云深擦肩而过。

她往前走，他亦然。

两人面朝不同的方向，谁也没有回头。

（正文完）

番外
一盏明灯

2013 年的冬天，北风刮得凛冽，玻璃窗上结了一层霜花，阳光无法融化冰晶，只能照出一片朦胧雾色。

赵云深在沙发上睡了一夜。好在房间里暖气充足，他并不觉得冷。只是他昨夜借酒消愁，今早醒来，几乎头痛欲裂。他不得不倚靠着沙发扶手，双膝弯曲，以一种颓废的姿态半躺着。他躺了十多分钟，稍微缓过一点劲，才掏出手机，翻查短信和电话。

他的手机还是 2009 年款的诺基亚，没有触屏，只有十二宫格按键。当他发现自己收到一条未读短信时——这条短信来自许星辰，他呼吸一顿，动作急切地操纵着键盘，选择屏幕上方那个小信封的按钮，颤抖着把它点开。他看到许星辰说："今天我们分手。我跟你在一起只有痛苦，越多相处，越容易难过。还是早点解脱吧。我去北京了，勿念。"

勿念，勿念。

赵云深缓缓放下手机，脑袋里一片空白。那条短信带来的冲击太大，以至于他不能细想其中的内容。他伸长双腿，躺在沙发上，明明正在尽力放松，却感觉肩膀上扛着一副沉重的担子，压得他喘不过气来。

从出生到现在，他头一次察觉，原来呼吸也是一件费力的事。他翻了个身，在沙发上侧躺着，开始有意识地控制呼吸，双手不自觉地紧握成拳，手背上青筋暴起，好像心脏都被人捏住，被人握碎。可笑他作为一个学医快四年的学生，竟不知道要如何自救。

许星辰发的是短信。但赵云深似乎出现了幻觉，耳边隐隐有她的声音。他仿佛听见许星辰亲口对他说："赵云深，我跟你在一起只有痛苦，越多相处，越容易难过。"这声音使他的精神压力攀升至顶峰。他非常、非常压抑，那种压抑感凝聚成实体，排山倒海地向他冲来，瞬间把所有情绪淹没。

他急需寻找一个发泄口，于是他狠狠地捶了几下沙发，手掌的痛觉神经早已失效，他的力气比平常更大。很快，赵云深的妈妈从卧室里走出来，喊他："赵云深，你在干什么？"

赵云深停手，安静片刻，才说："没干什么。"

妈妈走到他旁边，慢慢坐下，说道："我早上四点多就醒了，再也睡不着了。我开始翻你爸爸的照片。你爸爸常说学医要熬过三十岁，他砸锅卖铁也要把你供出来，你都念到大四了，你爸这一走，家里欠着债，你怎么有心思好好上学？妈想跟你商量，我们把这房子卖了，我拿去还债，你留着剩下的钱，去你们学校旁边再挑一套房子，付个首付。等你毕业了，也不愁没有住的地方。"

赵云深沉默不语。妈妈摸了摸他的头发，好像他还小，还是个需要照顾的男孩子。妈妈收回手时，轻声对他说："你准备好房子，在你们学校再找一个女朋友，这不是难事。妈妈跟你说，无论你讲了什么、做了什么，爸妈都不会怪你。爸妈才是你永远的后盾……"

赵云深想发火，却发不出来。回忆起这么多年来，父母对他的关心爱护，他侧过脸，紧贴着沙发，可耻地发现自己流了眼泪。他一闭眼，泪水就落下来，晕染在粗糙的布料上。这对一个二十岁出头的男人来说，简直是不可饶恕的脆弱了。

他能怎么办？他只好说："我明白。你醒得早，再去睡会儿吧。"过了几秒钟，他补充了一句，"我学校有事。我想早点回学校。"

妈妈温声说："你记得买好火车票，路上注意安全。"

赵云深勉强支撑自己坐起来，装作无事发生地说："好，我马上去买票。我们家的房子先不要卖。你还在家，得有个落脚的地方。我炒股赚了很多钱，过两天我把股票卖了，就能填上一部分。"他说得信誓旦旦，其实连他都不相信自己。但他总要振作，因为生活还要继续。他不能活不起——赵云深暂时找到了这样的理由。

第二天一大早，赵云深提着行李箱踏上了返校的火车。一路上他不吃不喝，整个人如同灵魂出窍一般。他好不容易到了学校，正处于实习期的室友杨广绥见着他的第一句话就是："赵云深，最近还好吗？许星辰跟你一块儿回来了吗？"

赵云深把行李箱扔在地上，没有回答杨广绥的问题。他爬到自己的床铺上，推开被子倒头就睡，一觉睡到深夜十二点多，寝室已经熄灯了。他听到杨广绥在打电话。黑暗之中，杨广绥对着手机窃窃私语道："邵文轩，你什么时候来学校？不是，赵云深有点奇怪。实验室的导师找不见他的人，今天下午，宿管阿姨来我们寝室了，喊了赵云深几次，他都不醒……不是，邵文轩，你怎么说话呢？赵云深当然没死了，真的没死。他还活着，生命体征一切正常。你早点回学校，帮忙劝劝他。"

赵云深猜到了邵文轩会怎样回答。于是他用被子蒙住脑袋，可惜仍然能听见杨广绥讲话。

杨广绥笑了一声，像是被邵文轩提醒之后，才发现症结所在。杨广绥语调轻松而畅快地说："许星辰？对啊，许星辰去哪里了？我认识的女生多，我明天就叫她们去喊许星辰。我们都劝不动赵云深，只有许星辰可以。"

只有许星辰可以，杨广绥这样说。

他也不想想，如果许星辰能来探望赵云深，应该早就来了。何必找人去喊她？大学三年半以来，她一直都是热情、外向、充满自觉的。

夜幕漆黑，寝室里伸手不见五指，赵云深从床上坐起身，放平语调说："你别找她。我和她分手了。"寒冷的冬夜里，北风呼啸，他嗓音发哑地道，"分手了。别找她了。"

寝室里没有暖气。赵云深掀开棉被，披上单薄的大衣，闷声咳嗽道："没什么，别管我，我过一阵就好了。"

杨广绥从未想过，许星辰会和赵云深分手。就算天塌下来，许星辰也应该冲在前面。她经常同赵云深说："我要一辈子对你好。我要永远跟你在一起。"

所以，这个所谓的"永远"，其实只有四年吗？

杨广绥心情复杂，抬起手，拦住了赵云深的去路："深哥，这么晚了，你要去哪里？你要是和许星辰吵架了，我们同学几个帮你想想办法。许星辰那么好讲话，不会生气太久的，你得哄哄她。"

赵云深拍开他的手，嘴上只说："我去学校外边买包烟。"

杨广绥叹了口气，欲言又止。

赵云深揣好手机，拿了一点零钱，带上寝室的钥匙，缓缓走向了校外。校园里路灯昏黄，地面微潮，他才发现今天下过一场雨，他的鞋底沾了不少淤泥。夜风湿冷，他冻得打了个哆嗦，脑袋倒是清醒了很多。等他走到街角的便利店，他低声说："拿包口香糖给我。"手指在衣服口袋里摸索，他攥着钞票又说，"最便宜的。"

最便宜的一盒口香糖售价一块五，共有十片。那就一个月买三盒吧，他一天能吃一片。当年许星辰让他戒烟，他听进去了。每当他想抽烟，或者想起许星辰，会用嚼口香糖来代替。

他撕开包装纸，站在路边。今晚没有月光，天空又洒下细细的雨丝，越发显得阴冷晦暗。他一边咀嚼口香糖，一边等雨停，风雨交加之下，他的发丝被吹得散乱，黏在头上，狼狈得像一条丧家之犬。即便如此，仍然有路过的女生问他要手机号。那位女生态度温柔，他只觉得厌烦，很暴躁地回答了一句："滚远点。"

"滚"字一出，他思维一僵，蓦地想起醉酒的那一夜，他对无数人喊过"滚"，似乎还是有一个人把他扶上了出租车。是谁呢？他一猜就猜了出来。但他不愿站在许星辰的角度猜想她那一晚遭受了什么。这种假设，将是毫无意义的自我折磨。

肩膀上的担子更沉重，压得赵云深无法站立，他缓慢地蹲下身，烟卷从指间滑落，掉进水坑里，燃烧的火苗刹那间熄灭，没留下一丝光亮。

寒假过后，同学们陆续返校。

杨广绥找准机会，拜托了好几个会计系的同学，千求万求，让他们帮忙联系一下许星辰。那时杨广绥才知道，许星辰竟然不声不响地去了北京，目前已经入职了。邵文轩听闻此事，不由得评价道："她为了前程，甩了赵云深。"

杨广绥摇了一下头道："怎么会呢？许星辰不是那种人。上学期的期末，她为了让赵云深参加考试，自己都不复习了。别说这一次，还有好多次期中和期末，她跑来给赵云深送饭、打水、洗衣服。我们和她又不是一个专业的，她能捞到什么好处？"

男生寝室的走廊尽头，邵文轩剥开一个橘子，轻声说："赵云深吧，这一年太不顺，许星辰仁至义尽。"

杨广绥琢磨着他的语气，奇怪地道："听你的意思，怎么这事还全怪许星辰不够好？”

邵文轩推了推鼻梁上的眼镜说：“没，我没觉得他们有错。我就在想，赵云深要是有钱，事情就好办多了。”

他们的谈话尚未结束，耳边传来隔壁寝室的欢呼声："李言蹊学长？李言蹊学长！"

杨广绥扭头一看，只见李言蹊学长提着一袋水果，大驾光临本科生的寝室。一个多月不见，李言蹊仍然英俊潇洒，意气风发。反观赵云深呢？他整天昏睡在寝室里，昼夜颠倒，早就混得没有人样了。

李言蹊和一群本科生打过招呼，站在赵云深的寝室门口。杨广绥立刻迎上来，问他："李学长，你找……赵云深吗？"

李言蹊轻轻推开那一扇虚掩着的房门，说道："是啊。我们导师很担心他，托我来看看他的情况。导师听说他家里出事了，很理解他的心情。但是话说回来，组里的任务可不能落下。他总说自己想发几篇论文，很多实验还等着他来做。"

李言蹊表面上是在和杨广绥聊天，实际上是在开导赵云深。不管怎么说，赵云深也是他的同门学弟，更是这一届本科生里最让他的导师器重的学生。老师一向爱才惜才，听闻赵云深自从父亲去世后就一蹶不振，远在美国访问的老师很不放心赵云深，就委托几位学生帮忙照看他。

走廊上灯光明亮，光线照进了昏暗的寝室，映出一片虚影。李言蹊半倚着房门，喊道："赵云深？"他走进门，顺手把一袋水果放在桌上，又问，"赵云深，你醒着还是睡着了？"

赵云深醒了，但没说话。他面朝着墙壁，背对着李言蹊，躺在床上一动不动。床脚还有一根烟头，烟灰撒在枕巾上，衬得枕巾更白，烟灰更暗。

李言蹊叹了口气道："小赵，学校不允许你们在寝室里抽烟。如果起了火灾，你要负全责。"

赵云深置若罔闻，好像已经聋了，或者哑了。

李言蹊轻声问："他这种状态持续多少天了？"

站在一旁的杨广绥立刻回答："寒假还没结束呢，他就这样了。"

李言蹊建议道："带他去医院看一看。你们要做外科医生，也得关注心理健康……"话没说完，半空中飞来一个枕头，正好砸在李言蹊的脑门上。

李言蹊惊讶地转过脸，杨广绥也惊讶地抬起头，指责道："赵、赵云深，你怎么能用枕头砸学长？"

赵云深终于开口，打破了他自己营造的沉默："我能有多大事，用得着上医院？我只是想歇一歇。组里的实验你来做……"他的目光扫过李言蹊，语气相当随意，"组里的论文你来发。你都发那么多篇论文了，不能再发几篇？"

他丝毫没提用枕头砸人的事。杨广绥只能捡起枕头，放回赵云深的床上，试图打个圆场："那个……赵云深，我刚才听李言蹊学长说，你们的导师很担心你。"

窗户没关，夜风越过窗帘，灌进寝室，吹开了床单的一角。李言蹊伸手把床单抚平，认真地道："挺可惜的，赵云深。你大一、大二、大三那么努力，现在你大四了，马上就要大学毕业，临门一脚却功亏一篑。你用枕头砸的不是我，是过去三年的你自己。"

赵云深笑了："李学长？"

他和李言蹊认识好几年，头一次正式称呼"李学长"。此前，他一直是直接喊"李言蹊"，甚至叫过"那个姓李的男的"。于是，李言蹊也笑了："有事找我帮忙？"

赵云深客客气气地说："请你出去。"

李言蹊略显无奈地道："如果许星辰看到你现在这样……"

赵云深改口道:"滚。"

李言蹊纹丝不动,继续说:"我学过心理学,现在不应该刺激你。但我想说,赵云深,正是因为你现在处在人生的重要关口,才不能自暴自弃,要继续努力,活得像个人。"

赵云深垂下头。不过片刻,他笑得好讽刺地道:"你来安慰我?换你碰上那档子事,还能当什么都没发生过,大大方方地说'我不能自暴自弃,我要继续努力'?你他妈就是有病。"

李言蹊很少被人当面辱骂。他其实已经生气了,面容更显严肃地说:"我听说你……"他停顿片刻,当场揭开赵云深的伤疤,"我听说你爸爸去世了,你有感染获得性免疫缺陷综合征的可能,寒假还被许星辰甩了……"

"啪"的一声,是手骨撞上铁栏杆的声音。赵云深用右手手臂撑着栏杆,直接下床。寝室里光线微弱,根本看不清赵云深的表情,杨广绥十分害怕,忙说:"深哥,冷静,冷静!"

这个房间里,唯一没有动作的人依然是李言蹊。赵云深快要走到他的身边时,李言蹊忽然开口:"赵云深,好多人说你把我当成你的目标,你做什么都想超过我。你怎么不想,我比你大几岁,也没有浪费时间,那多出来的时间和精力不就用来做手术、发论文了吗?"

寝室房门敞得大开,李言蹊往后退了几步,最终立在门口,身影挺得笔直地说:"反过来,你有的东西,我不一定有。这次你要是能整理好自己的情绪,去医院看个病,再回到我们组的实验室里,像从前那样安安心心地做科研,我就打从心底承认你比我强。同你相比,我更加不堪一击。说实话,换作我遇到你的那些事,我也受不了,没几个人受得了。正因为这样,我才希望你能挺过来。你明白吗?"

赵云深穿着一套睡衣。他近来吃得少,衣服宽松了许多,过堂风一吹,更显得他高高瘦瘦,形单影只。看他现在这副模样,恐怕也打不过李言蹊了。趁着他还没开口，杨广绥赶紧附和道："对啊，李学长说得对。还有，许星辰……不，我是说，女孩子们也不想看到你现在这样。你把状态调整好了，说不准和她就又有可能了，是不是？"

赵云深说："不是。"又说，"行了，谢谢。"他拉过一把椅子坐在上面，发了一会儿呆。他的睡衣扣子只系了两颗，他似不知冷也不知热，低下头，整个人埋进了自己的阴影里，说话声音轻得像是在自言自语："就这样吧。还能怎么样？"

李言蹊的一番激励并没有带来任何正面影响。李言蹊走后，赵云深毫无变化，亦毫无起色。杨广绥替他着急。某一天，杨广绥上 QQ，刚好看到在线的许星辰。他满怀希望，郑重地打下了几行字，向她描述赵云深目前的状态。杨广绥万万没想到，许星辰的回复竟然是："他能不能成熟点？"

手指悬停在键盘上，杨广绥不知道如何回复。清官难断家务事，更何况他不是清官。他不禁想起赵云深的话：就这样吧。还能怎么样？他正准备关电脑，忽然感觉背后有人。杨广绥扭过头，只见赵云深不声不响地立在他身后，目光锁死在电脑的液晶屏幕上。杨广绥手疾眼快，连忙"啪"的一声关紧自己的笔记本电脑。

杨广绥喝了一口茶水，润了润嗓子，才语重心长地说："深哥，别难过，你看看你的脸，本来气色多好啊？现在呢，胡子拉碴，黑眼圈、红血丝都长出来了。你什么都不要想了，立刻去做个补水面膜，就用我的那个蓝色瓶的，送你了。你听我说一句，天涯何处无芳草？芳草何必本校找？就凭你这张脸、这身材，我告诉你，没有你找不到的类型……"

赵云深从床上拽过一条毛巾，捂住了自己的脖子。那时候正是仲春时节，夜里并不暖和，他很奇怪地出了点汗。

"这是后遗症。"他解释道。

杨广绥当即附和道："不用解释，咱都明白。失恋后遗症。"

"不是。"赵云深笑着说，"是我不用再吃获得性免疫缺陷综合征阻断药的后遗症。今天体检报告出来了，我没事。"

杨广绥和邵文轩都有些诧异地道："你说过了啊，说了好几遍。"

"是吗？"赵云深把毛巾扔回床上，"我太高兴了。我多讲几遍，你们俩别嫌我话多。"

杨广绥原本以为，赵云深看到了许星辰的回复，会在寝室里大发雷霆。但他没有。他表现出一副没出过事的样子，时光像是突然退回到了两年前。想当年，他们寝室其乐融融，团结一致，几乎没有矛盾和猜忌。

第二天早晨五点，赵云深起床去浴室洗了个澡。他用了两遍洗发水，把头发洗得干干净净，胡子全部刮了，还换了一身整洁的衣服——白衬衫、黑裤子。除了衣领有些皱，其他都很完美。当他出门前，顺便照了一下镜子，镜面反光，照出了他头顶的十几根白发，他不由得看愣了。

他一直认为"一夜白头"是个笑话。他一向不怎么在意自己的外表，但是这一次，他站在镜子前方，拽着一缕黑发，手指缓慢地把发丝捻开，才发现白发并不是成片出现，而是一根又一根，像杂草一般藏在黑发里。

赵云深抬手擦了一下脸，不知道自己在擦什么。冷静几秒钟后，他背起书包出了门。

实验室的学长替他介绍了一份专业课的家教工作。赵云深负责给一位家住本地的低年级大学生补习生理、生化、病理和急诊医学。这个机会来之不易，赵云深不敢放弃。他骑着一辆二手自行车，从大学校园赶往居民楼。家教费一小时九十块，两小时一百八，顾客承诺要是成绩上升，就再把薪水往上涨一涨。"涨钱"带来的吸引力，使赵云深暂时忘记了忧虑。他每天早出晚归，每周去一次实验室，服从学校的实习安排，同时抽空去做家教、兼职医学翻译。甚至当他听说哪一种新药在做临床研究，给志愿者一定的经济补贴，他都要研究一下药品成分。只要风险不高，他都会报名参加。

赵云深坚持了五个月，攒了七万多块钱。他想，过不了多久就能把家里欠亲戚的钱都还清了。彼时正是深夜，他坐在图书馆里翻译一篇医学论文——还有好多英语单词不认识，但是明天要交稿。他使劲闭眼，再睁开，视野稍微模糊了一瞬，人是越来越困，困得他倒在地上就能睡着。他的双手还在敲键盘，意识已经混沌，电脑屏幕变斜了，汉字不再是汉字。恍惚之际，他听见许星辰说："累了就休息一下吧。"

赵云深回答："你想休息你去睡，我不休息。"

许星辰抱住他的手臂，他顿时感到一阵柔软与馨香。她似乎离得越来越近，他甚至记得许星辰的头发从他的脖颈和锁骨处擦过的那种痒痒的感觉。他忍不住伸出右手，搂紧许星辰的肩膀，好像终于达成了近日来的愿望。于是他转过头，对她说："我这几个月过得不好。"

许星辰轻声问："为什么呢？"

赵云深想不起原因，也就讲得不清楚："我很累，从早忙到晚。"

许星辰又问："为什么要这么忙？"

赵云深回答："不忙更不行，不忙就会想你。"

许星辰疑惑地道："可我就在这里啊。"

赵云深左手抚额道："我是不是在做梦？"他长长地叹了一口气，"我说你到底跑哪儿去了？怎么非要把我的电话拉黑，还换了新号码？你能不能听一听我的心里话？不听也行，你这一年要是跟着我，少不了还得吃苦。你等我先自己把苦吃完，我就去找你。然后我们像以前那样，好不好？"

许星辰思考片刻，点头说好，果然还是非常懂事的样子。赵云深抱紧她，又和她拉钩。许星辰像小孩子一样高高兴兴地晃着他的手指："拉钩上吊，一百年不许变。"

赵云深心情开朗，远方亮起一盏明灯，洒下温暖的光芒。他仿佛看到了什么不得了的东西，忙说："你等一下，我们拍一张合照。我要把这张新照片夹到我的课本里。"他把手伸进衣兜，马上摸到一台照相机，再抬起头，周遭环境却变得无比潮湿阴暗，许星辰凭空消失了，有人在他耳边喊："同学，同学！请你起来！你不能睡在图书馆！"

赵云深缓慢地睁开双眼，刺目的灯光照得他头晕目眩。电脑屏幕显示当前时间——凌晨两点十四分，旁边还有人对他的座位虎视眈眈："同学，你要睡觉，就早点回寝室吧。"

赵云深飞快地收拾着东西，一路狂奔回寝室，一进门就蹿上床，胡乱地盖好了被子，马上躺倒。他期待自己继续刚才的那个梦，期待梦境与现实相融。但很可惜，下半夜他的梦支离破碎，再没有任何完整的片段供他回忆。

2009 年刚开学时，赵云深带了一台巴掌大的收音机来学校，锁在寝室的抽屉里。本科快毕业的那段时间，赵云深经常把收音机拿出来，静静地收听电台节目。深夜点播的歌曲唱道："今天的欢乐，将是明天永恒的回忆……现在你说的话，都只是你的勇气……"他一直等到这首歌放完，才知道歌曲的名字是《恋曲 1980》。

躺在隔壁上铺的邵文轩喊他："赵云深，你把收音机关了吧。十二点多了，我们想睡觉，明天还要拍照。"

赵云深发问："拍什么照？"

"你没看咱们群里的通知吗？"杨广绥接话，"学校请来了照相馆的人，各个学院轮流拍毕业照。"

赵云深似有所想。次日他找人问到了会计系的毕业照拍摄日期，猜想许星辰一定会返校。

果然，到了那天，会计系的同学全员到齐。他们要在学校最大的礼堂内举行毕业典礼，然后拍几张照片，人人都穿着学士服，心情却各不相同。赵云深谎称自己是照相馆的工作人员，成功混进了礼堂。学校的礼堂太大了，像个豪华影院，一眼望去，全是缭乱的人影。赵云深沿着台阶一级一级向上走，同时观察着成排的座位，希望能发现许星辰的身影。但他走完一圈，并没有看到她。

他给会计系的同学发短信："许星辰来了吗？"

同学回复他："来了啊。她好像坐在别的地方，不在我们班的片区里。"

赵云深绕到走廊的另一侧，眺望一排又一排的座位，进行新一轮的审查。他发现一个女生的侧脸像极了许星辰。她变瘦了，皮肤更白，戴着一顶学士帽，坐得笔直。她身旁的同学们都在交头接耳、窃窃私语，只有她一声不吭，目视前方。赵云深还没想好要和她说什么，礼堂内的明亮灯光就被调暗。昏暗而嘈杂的环境内，他感到烦躁，只能叹一口气。他摸黑走了一段路，实在记不清许星辰坐在哪里。就算他走到那里，还得让附近的同学站起来给他让路，才能挪到许星辰面前。

当他想通这一点时，停下了脚步。

校长站在台上，为毕业生发表演讲，鼓励他们不忘初心，牢记使命，为社会做贡献，为人类谋福祉。台下爆发一阵热烈的鼓掌声，赵云深也拍了两下手。他想，许星辰或许想象不到，他也在庆祝她的毕业。他站在她目不能及的地方，旁观她的毕业典礼。他对两人的未来仍有执念。

商学院的毕业典礼尚未结束，赵云深就离开了礼堂。他还要去医院值班。生活有条不紊地进行着，他把希望埋藏在了心底最深处，这种憧憬就像是一盏明灯，指引着他勇往直前。许多年后，他回想起当初的感觉，竟不确定那时候他到底是在等她，还是在等自己变得更加成熟稳重。他到底是依然爱着她，还是在怀念年轻时的自己。他曾经设想过无数种可能——比如在那一场商学院的毕业典礼上，他应当抛弃一切耻辱感，大声大胆地喊她的名字；又比如当年去北京找她时，他应当承诺会为了她而留在北京。这些补救措施，当年的他一个都没完成，此后也就没有完成的必要了。

许星辰发给赵云深的分手短信上写着："还是早点解脱吧。勿念。"

许星辰的婚礼办得不错。离开婚宴现场之后，赵云深猜想，许星辰的那条短信应该没有写完。她的最后一句话应该是：勿念，勿念，最好再不相见。

（全文完）

图书在版编目（CIP）数据

星辰 / 素光同著 . -- 成都：四川文艺出版社，
2021.2（2022.1 重印）
ISBN 978-7-5411-5835-3

Ⅰ . ①星… Ⅱ . ①素… Ⅲ . ①长篇小说—中国—当代
Ⅳ . ① I247.5

中国版本图书馆 CIP 数据核字 (2020) 第 222692 号

XINGCHEN

星辰

素光同 著

出 品 人	张庆宁
出版统筹	刘运东
特约监制	王兰颖
责任编辑	叶竹君
特约策划	刘丽伟
特约编辑	薛天舒　夏君仪
封面设计	苏　涛
责任校对	汪　平

出版发行　四川文艺出版社（成都市槐树街2号）
网　　址　www.scwys.com
电　　话　010-85526620

印　　刷　天津旭丰源印刷有限公司
成品尺寸　145mm×210mm　　　开　本　32开
印　　张　9　　　　　　　　　字　数　225千字
版　　次　2021年2月第一版　　印　次　2022年1月第三次印刷
书　　号　978-7-5411-5835-3
定　　价　38.00元